Henky Hentschel · Die Häutung

Henky Hentschel

Die Häutung

Roman

Piper
München Zürich

ISBN 3-492-03680-5

Gesetzt aus der Aldus-Antiqua
Gesamtherstellung: Offizin Andersen Nexö Leipzig GmbH
Printed in Germany

Prolog

»Manchmal«, sagte Eric mit der dem Dichter eigenen Sensibilität, »manchmal würde ich dir am liebsten eins auf den Zwölfer geben. Den Grund kennst du.«

»Nicht im geringsten. Um welchen der paar Hundert möglichen handelt es sich denn?« fragte Carl mit der dem Publizisten eigenen Neugier.

»Du bist ein schamloser Lügner, denn du weißt ganz genau, wovon ich rede. Du setzt dich in eine der verkommensten Gegenden des ganzen Planeten ab und suchst da deinen höchst persönlichen Tod, ohne deine Freunde auch nur um ihre Zustimmung zu bitten. Du bist kein Gauguin, Carl. Was willst du in dieser elenden Ecke? Komm zurück nach Europa! Europa ist ein Genuß, und du weißt es. Spaghetti al Pesto, Kerzenlicht und Schubertlieder. Dicke alte Mauern und Rundbögen in zeitlosen Gewölben. Brunello de Montalcino. Frische Croissants am Morgen und Steak au poivre mit einem 59er Châteauneuf-du-Pape am Abend. Rennen in Longchamps und Rom und Baden-Baden und hin und wieder zu Schumann's in der Maximilianstraße oder ins Residenztheater oder in die Toskana oder auf eine griechische Insel und das alles mit Stil und Lebensart – Mensch, Carl, bist du denn immer noch nicht alt genug, um dein Leben zu genießen?«

»Genießen?« Carl verzog sein in den letzten Monaten ziemlich aus dem Leim gegangenes Gesicht zu einer Fratze. Die Fratze sollte höhnisch wirken. Tatsächlich sah sie traurig aus.

»Daß ich nicht lache! Mit wem denn? Zum Genuß gehört in meinem Leben eine Frau, aber nicht eine, die ein besserer Mann sein will als du und ich und folglich dauernd auf irgendwelchen Kriegspfaden herumschleicht. Und wo in Europa soll ich diese Frau finden? Sag's mir!«

Eric zuckte die Achseln. Wie jeder Euro-Mann war auch er mit dieser Frage überfordert.

Carl war bei seinem Lieblingsthema angekommen.

»Es ist nicht meine Schuld, daß sie sich selber abgeschafft haben. Sie möchten alles sein außer einem – Frauen. Sie ziehen Hosen an und schneiden sich die Haare ab, nur, um nicht weiblich zu wirken. Ihre Psyche ist derartig vermannt, daß sie selbst ihren Brüsten am liebsten das Wachstum verbieten würden. Sie werden lieber Polizistinnen und erschießen Kriminelle, als ein Kind in die Welt zu setzen. Sie betrachten jedes Gefühl für einen Mann als Bedrohung ihrer ›Freiheit‹ und als Gefahr für ihre ›Selbstverwirklichung‹. Sie sind problemgeplagt, kopflastig, unsinnlich und lustfeindlich. Und alles, ob es sich jetzt um den deutschen Wald handelt, den Frieden, das Fahrrad, die Naturfaserklamotte, den biologischen Apfel, die Startbahn West, die Gleichberechtigung, die Sterne, die Indianer, den Biorhythmus, die Fixe, die Revolution, das Wassermann-Zeitalter, das Cholesterin – ALLES, was gerade in Mode kommt, bedeutet ihnen mehr als das Paradies zwischen ihren Schenkeln. Nein, mein Lieber, unter diesen Umständen gibt es in Europa für mich nichts zu genießen – es sei denn, ich lasse mir die Eier abschneiden.«

Carl drückte auf einen Knopf zu seiner Rechten. Das warme Wasser des Whirlpools, in dem er und Eric diesen existenziellen Dialog führten, beulte sich zu sanften Wellen und Wirbeln und massierte seine von Staphylokokken zerschundene Haut und die unversehrte des Dichters.

»Im übrigen suche ich nicht meinen Tod, sondern meine Frau, was möglicherweise auf dasselbe herauskommt. Man kann auch sagen, ich suche Liebe, aber leider weiß keiner, was das ist. Oder weißt du es?«

Eric schüttelte den Kopf.

»Wenn ich es wüßte, hätte ich das Wort vermutlich wenigstens einmal in einem Gedicht benutzt. Hab ich aber nicht.«

Carl grinste. Dann drehte er den einfachen Silberring, der an seinem linken kleinen Finger steckte.

»Den da hat mir eine Hure aus Santo Domingo geschenkt. Die hat das Wort benutzt.«

Er schaute um sich, als erwarte er ein Aladinsches Lampenwunder, aber nichts rühte sich, wenn man von den Wirbeln des Pools und den Wellen des Pazifik weiter unten absah.

Sie schwiegen.

»Manchmal verstehe ich dich nicht«, sagte Eric nach einer Weile, »aber das muß ja auch nicht unbedingt sein.«

»Vergiß es! Meistens verstehe ich mich selber nicht«, antwortete Carl, »aber auch das muß ja nicht unbedingt sein.«

Der Whirlpool gehörte zu dem Anwesen eines kalifornischen Millionärs in Malibu. Vom Haus führte ein steiler Weg an den Strand hinab, und der Pazifik da unten tat sein bestes, um auf die deutschen Gäste Eindruck zu machen. Blau lag er unter dem strahlenden Himmel, und mit seinem langen Atem schickte er Welle um Welle ans Ufer, mächtige, geschmeidige Wellen voller Kraft, pazifische Wellen eben und keine atlantischen, und in den durchsichtigen Kämmen schwammen Fische wie im Aquarium, grüne Fische und blaue und rötliche, und über den Wellen schwebten Pelikane und fischten. Carl schaute auf die Wellen, die Fische und die Pelikane und stellte fest, daß er in letzter Zeit eine gewisse Sehnsucht nach friedlichen Bildern entwickelt hatte. Der Luxus dieser Villa erfreute sein Auge, und vom Anwesen des kalifornischen Millionärs wanderte sein Blick hinüber zum Traumhaus des berühmten Schauspielers ein Stück weiter nördlich und zu dem

Glaspalast des sagenhaften Produzenten ein Stück weiter südlich, und in seinem Rücken wußte er den Pacific Coast Highway und Pacific Palisades und Santa Monica und Venice und ein bißchen weiter weg Beverly Hills und Santa Anita, und all diese Namen hatte er wie ein Süchtiger inhaliert, verschlungen, verdaut und wiedergekäut, als er Dashiell Hammett gelesen hatte und Raymond Chandler und Charles Bukowski und Burroughs und Sanders und Kerouac und wie sie alle hießen, die Helden seiner Jugend, die Meister des Stils, die Goldmedaillengewinner im Marathon der Literatur, und er konnte es noch immer nicht recht fassen, daß er tatsächlich hier war, in Fleisch und Blut, und nicht nur in seiner Phantasie, und das nach allem, was hinter ihm lag an einsamen Besäufnissen und sprachlosen Nächten, an Schwulitäten und Tragikomödien, an echten und falschen Paradiesen, an Traurigkeit, Geilheit, Rum, Koks, Kindfrauen, Gonokokken, Kokosnüssen, Kokolores, Koitus und Ejaculatio praecox.

Aber er war hier. Auf dem Rand dieses Whirlpools stand ein Glas roten kalifornischen Zinfandels der Gebrüder Ernest und Julio Gallo, er trank davon, und es bestand kein Zweifel: er war hier, und der Wein war süffig.

Er drückte den Knopf. Die Wirbel verebbten.

»Eric, der Mensch ist ein Whirlpoolbewohner«, sagte er. »Manchmal reitet dich der Teufel, und du drückst auf den Knopf, und der Pool macht Wellen, und das, was man Leben nennt, massiert dir gnadenlos Herz und Hirn und die Eier und den Schwanz, und du kannst den verdammten Knopf nicht wiederfinden, und es bringt dich schier um. Und dann, wenn du den Knopf schon nicht mehr suchst, berührst du ihn versehentlich, und alles beruhigt sich, und du ertappst dich dabei, wie du denkst: warum denn nicht so ein Häuschen haben, wie sie da unten in Venice am alten Kanal stehen, an dem mit den Enten, und darin mit einer Frau und einem Kind leben und einem Hund dazu, und ein

Auto haben und ein paar Versicherungen und nie mehr diesen Knopf drücken, und eines Tages sanft und mit Sedativen abgefüllt dahinscheiden wie die anderen Arschlöcher auch? Warum eigentlich nicht das?«

Statt zu antworten, beugte sich Eric nach vorn und drückte den Knopf. Der Pool nahm seine Arbeit wieder auf.

Sie ließen sich noch eine Weile massieren, dann kletterten sie heraus. Eric legte ein Foto auf den Tisch. Auf dem Foto war er selbst abgebildet, und neben ihm lächelte eine schöne, junge Frau, üppig und mit einem fremdländischen Gesicht, zweifellos intelligent, charmant und unterhaltend, zweifellos von brisanter Gefährlichkeit für den Mann, der das Pech hatte, sich in sie zu verlieben.

»Das ist sie, die leibhaftige Mutter meines Sohnes.«

»Herzliches Beileid«, sagte Carl. »Dichter sind eben leidensfähiger als gewöhnliche Sterbliche.«

Er langte in die Hosentasche und förderte ebenfalls ein Bild zu Tage. Es zeigte ihn, wie er betrunken und sehr rot im Gesicht in der Boite *El Candíl* in Santo Domingo saß. Ana hatte den Arm auf seine Schulter gelegt und starrte todernst und dumpf-besoffen in die Linse. Sie trug das kleine Weiße, und das kleine Weiße unterstrich die Schwärze ihrer Haut, und die Hochfrisur unterstrich die Länge ihres schlanken Halses, und sie machte überhaupt nichts her, wenn man davon absah, daß sie faszinierend häßlich und auf eine andere, eher physische Art gefährlich wirkte.

»Mann, die sieht ja aus wie eine Häuptlingstochter im letzten Buschkrieg kurz vor der Entscheidungsschlacht! Die sieht aus, als gehe es dauernd um Leben oder Tod«, sagte Eric. »Und mit so was kannst du leben?«

Carl steckte das Foto wieder ein.

»Nein. Könnt ich's, dann wäre ich jetzt nicht hier. Aber ich hab's ziemlich lange versucht.«

Sie schlüpften schweigend in ihre Kleider. Jeder schafft

sich seine Probleme da, wo es am meisten weh tut. Sie wußten das beide. Sie kannten sich lange genug. Es gab nichts weiter zu sagen.

Später liefen sie eine Runde an diesem Strand, an dem schon ganz andere gelaufen waren. Als sie in den Traum aus Stein, Holz und Glas zurückkehrten, erwartete sie Mark, der Boxer, und sie kosteten etwas von dem weißen Pulver und rauchten etwas Pot und tranken weiter von diesem Zinfandel. Mark hatte weiß der Himmel wo eine gestrandete Indianerin aufgegabelt, und für ein paar Dollar führte die Kleine bereitwillig ihre mündlichen Künste vor. Carl und Eric sahen ihr zu. Es sah schön aus, wie ihre Zunge das Gemächt des Boxers liebkoste. Es lag Seele darin. Sie war eben eine Indianerin.

Schließlich schwebten sie alle in einem unwirklichen 59er Pontiac mit roten Heckflossen hinunter nach Venice, und Carl kochte Spaghetti à la Bolognese, und am nächsten Tag flog Eric zurück nach Deutschland, Mark stellte sich in Hollywood vor, und Carl erstand einen 73er Buick Apollo und machte sich auf den Weg nach Mexiko, um dort nach neuem Ärger Ausschau zu halten.

Eins

Es begann mit einer Abfuhr.

Die Boeing 747 der französischen Chartergesellschaft *Minerve* landete, aus dem verschneiten Paris kommend, vier Minuten vor zweiundzwanzig Uhr Ortszeit auf dem Flughafen *Le Raizet* von Pointe-a-Pitre. Das Flugzeug rollte an das Gebäude der Zoll- und Paßabfertigung heran und blieb in sechzig Metern Entfernung stehen. Männer in orangefarbenen Overalls schoben Aluminiumtreppen an den Flugzeugkörper. Dann öffneten sich die Türen, und fünfhundert bleiche Touristen quollen aus dem Jumbo.

Einer von ihnen betrat den Boden der Antilleninsel Guadeloupe, ohne ein Rückflugticket zu besitzen. Der Außenseiter mochte auf die fünfzig zugehen. Er wirkte müde wie seine Reisegefährten, aber sein Blick verriet eine gewisse Entschlossenheit und Unternehmungslust.

Der Zustand der mehrmals geflickten Ledertasche des Mannes ließ darauf schließen, daß ihr Besitzer nicht gerade in Saus und Braus lebte. Die Tasche sagte ebensoviel über ihn aus wie das fehlende Rückflugticket: Formalitäten waren nicht sein Bier. Er trug einfache Sandalen an den bloßen Füßen, eine ausgebeulte Leinenhose ohne Bügelfalten, ein schwarzes Strandhemd und ein abgetragenes, hellbraunes Jackett mit roten Knöpfen, die ein wenig zu aggressiv vom Rest der Erscheinung abstachen. Schon nach wenigen Schritten bildete sich auf seiner Stirn ein dünner Schweißfilm, denn die Temperatur betrug trotz der nächtlichen Stunde siebenundzwanzig Grad, und die Luft war mit Feuchtigkeit gesättigt. Der Mann blieb stehen und wischte den Schweiß ab. Dann setzte er seinen Weg fort.

An der Gepäckausgabe empfing er eine Reiseschreibmaschine und einen Ledersack. Der Sack war prall gefüllt und wirkte ziemlich schwer. Der Neuankömmling schleppte das Gepäck hinaus auf die Straße, warf einen fast erschrockenen Blick auf die lodernde Blütenpracht der Flamboyants und winkte ein Taxi herbei.

Der Fahrer verstaute Tasche, Schreibmaschine und Ledersack im Kofferraum und fragte: »Wohin?«

»Ich suche ein kleines, billiges Hotel. Kennen Sie eines?« sagte der Mann in schlechtem Französisch und mit deutschem Akzent. Der Taxifahrer stellte die drei Gepäckstücke wieder auf die Straße. »Hotel suchen ist nicht mein Job.«

Der Mann ohne Rückflugticket starrte auf sein Gepäck, auf den Fahrer und wieder auf sein Gepäck. Dann schleppte er die Tasche, die Schreibmaschine und den Sack zum nächsten Taxi. Auch dessen Fahrer lehnte es ab, ein Hotel zu suchen, und schickte den ungebetenen Fahrgast zum Informationsstand. Der Informationsstand befand sich im hinteren Teil der Halle. Er war geschlossen. Als der Mann schwer atmend zu den Taxiständen zurückkam, waren seine vierhundertneunundneunzig Fluggenossen ebenso verschwunden wie sämtliche Taxis. Der Platz vor dem Flughafen lag verlassen im blauen Neonlicht. Nur die Flamboyants und ein paar Palmen schaukelten sich im warmen Wind der Tropennacht.

Der Zurückgebliebene schwitzte jetzt am ganzen Körper, und auf seinem Hemd zeichneten sich nasse Flecken ab. Er zog die Jacke aus, packte sie in den Ledersack, und dann, als habe er die groteske Lage jetzt erst völlig erfaßt, stampfte er mit dem Fuß auf den Asphalt und schrie laut und deutlich auf Deutsch: »Scheiße nochmal!« und dann auf Französisch: »Merde alors!«

Der Ausbruch half. Um die Ecke des Platzes bog ein Wagen und hielt neben den Gepäckstücken.

»Taxi gefällig?« fragte der lockere, kaffeebraune junge Mann hinter dem Steuer.

Sie verstauten das Gepäck.

»Wohin?« fragte der lockere, kaffeebraune junge Mann.

»Ich suche ein kleines, billiges Hotel«, antwortete der Fahrgast. »Kennen Sie eins?«

Nein, der Taxifahrer kannte kein kleines, billiges Hotel. Es gab keine kleinen, billigen Hotels auf dieser Insel. Und hier in der Gegend war ohnehin alles überfüllt. Hier in der Gegend wimmelte es von Touristen. Aber in St. François an der Ostspitze, da gab es mit Sicherheit noch freie Zimmer.

Mit einem Seufzer ergab sich der Fahrgast in sein Schicksal. Die Taxiuhr tickte schnell und vernehmlich – ›klickklickklick‹. Nach einigen Klicks machte sie ›Klack‹. Bei jedem Klack schrieb sie drei Francs auf die Rechnung. Das ›Klack‹ war ein eindrucksvolles Geräusch.

»Tourist?«

Der Fahrgast schüttelte den Kopf.

»Nein. Ich möchte hier leben. Vielleicht für immer.«

Der lockere, kaffeebraune junge Mann setzte ein Lächeln in sein gutgeschnittenes Gesicht.

»Dann sollten wir Freunde werden.«

Er streckte die Hand aus.

»Jean Tussaut.«

Er sagte das, wie man Jean Gabin sagt oder Jean Cocteau oder Jean Gênet oder Jean de Gaulle. Es fehlte ihm nicht an Selbstbewußtsein. Der Fahrgast ergriff die ausgestreckte Hand und versuchte, sie auf deutsche Art zu drücken. Der Versuch mißlang, denn die andere Hand erwiderte den Druck nicht. Die andere Hand lag schlaff wie ein toter Fisch in der des Fahrgastes.

»Carl«, sagte der. »Carl Mario Adam, um genau zu sein. Freut mich!« »Ganz meinerseits«, versicherte Jean Tussaut und nahm seine Hand wieder zu sich. Es klang einleuchtend: die Taxiuhr überschritt soeben die Hundert-Francs-Marke.

Zwei

Sie fuhren zwischen verdunkelten Häusern durch, und manchmal kam ihnen ein Wagen entgegen, in Musik gehüllt. Manchmal, aber sehr selten. Das Land lag in tiefem Schlaf. Carl entdeckte keinerlei Spuren des gepriesenen Nachtlebens der Insel. Dagegen kam das Taxi ziemlich häufig an toten Hunden vorbei. Manche lagen am Straßenrand, manche mitten auf der Fahrbahn. Ihre Bäuche waren aufgebläht, und in ihren aufgerissenen Augen stand ein irrer Blick. Jean Tussaut hatte seiner Freundschaft nichts weiter hinzuzufügen und schwieg beharrlich. Die Taxiuhr übersprang die Zweihundert-Francs-Marke. An der Straße standen jetzt Palmen, und im Licht der Scheinwerfer blitzten grüne Kokosnüsse auf. Zum Fenster wehte warme, salzige Luft herein, gesättigt von herben und süßen Gerüchen. Nicht weit weg rauschte das Meer. Der Fahrgast schlief ein. Er erwachte erst, als der Wagen vor einem Wachhäuschen hielt. Heraus trat ein als Soldat verkleideter Mensch. Der Mensch öffnete eine Kette, und das Taxi rollte durch eine Palmenallee auf ein strahlend beleuchtetes Gebäude von beträchtlichen Ausmaßen zu. ›Spielcasino, Discothek, Swimmingpool, Yachthafen, Golfplatz‹ stand auf einem Schild.

»Mann, Jean, das ist ein Luxushotel! Das kostet doch mehr als das Hilton und das Sheraton zusammen!«

Jean Tussaut zuckte die Achseln. An die Stelle des Lächelns in seinem Gesicht war der Ausdruck milder Verachtung getreten.

»Deswegen haben sie ja auch noch freie Zimmer«, sagte er und stoppte den Wagen vor der Halle. Ein Page riß die

Tür auf, ein zweiter machte sich am Kofferraum zu schaffen, ein dritter öffnete einen Flügel der schweren Glastür.

»Moment mal!«

Carl stieg aus und ging zum Empfang. Das billigste Zimmer kostete achthundert Francs die Nacht. Carl machte auf dem Absatz kehrt, setzte sich neben Jean de Gaulle, riß dem Pagen die Wagentür aus der Hand und knallte sie zu.

»Laß uns hier verschwinden, aber schnell!«

Jean verzog das Gesicht, aber er fuhr los. Dreihundert Meter weiter stand ein Hotel an der Straße. Es war bereits geschlossen, und es wirkte billiger als das erste. Etwa so billig wie das Hilton und das halbe Sheraton zusammen.

»Halt an!«

Carl klingelte. Die Porteuse war schwarz, fett, verschlafen und verärgert, aber sie hatte wunderschöne Augen.

»Sechshundert«, sagte sie. »Und um elf Uhr morgens müssen Sie räumen.«

Carl ging zum Taxi zurück. Die Uhr stand auf Dreihundertfünfzig und tickte lauter denn je.

»Stell das Ding ab! Ich bleibe hier!«

Jean Gabin knallte das Gepäck auf den Boden, kassierte und verschwand grußlos in der Nacht. Seine Freundschaft nahm er der Einfachheit halber mit.

In einem Zimmer, das vor Bescheidenheit strotzte, riß Carl sich die durchgeschwitzten Kleider vom Leib und legte sich aufs Bett. Eine Stunde später hatte er es aufgegeben, sich gegen Flöhe und Moskitos zu wehren. Er schlief ein.

Drei

Durch die Straßen von Pointe-a-Pitre tobt der Karneval. Buben mit Teufelsmasken, Teufelshufen und Teufelsschwänzen erheben Wegzoll. Wer nicht zahlt, kommt in die Hölle. Zumindest haut ihm der Teufel eine Delle in den Kotflügel. In der Vorstadt, in den Slums, in den Stadtteilen formieren sich Gruppen zum Sternmarsch auf das Zentrum. Die schönsten Mädchen gehören dazu und die kräftigsten Burschen.

Carl steht zwischen ein paar hundert Gaffern in der Nähe des Busbahnhofs am Ende der Place de la Victoire. Er hätte eine Rasur nötig, und er schaut mürrisch drein, mürrischer noch als die anderen Weißen um ihn herum. Am Himmel hängen dicke schwarze Wolken und treiben langsam aufs Meer hinaus. Es hat geregnet. Es wird wieder regnen. Auf dem glänzenden Asphalt verdampfen die Pfützen zu einem feinen, weißen Nebel. Der Nebel steigt zum Himmel hinauf. In ein paar Minuten wird er in Form von Tropfen wieder auf die Straße fallen. So geht das dauernd, seit Carl hier ist.

Im Laufschritt trommelnd stürmt die erste Gruppe auf den Platz. Vorneweg tanzt ein großes Mädchen mit blitzenden Augen und einem üppigen, muskulösen Körper. Hätte die Venus von Milo mehr Sport getrieben, wäre ihr Körper vielleicht so vollkommen geworden wie der dieser jungen schwarzen Frau. In den Händen hält sie ein Schild: 50/50. 50/50 heißt eines der Armenviertel von Pointe-a-Pitre, und sie ist seine Schönheitskönigin. Carls Blick klebt an ihr wie ein nasses Hemd.

Die Trommler und die Tänzerinnen tragen schwarze Trikots und schwarze Hosen, und sie blicken wild, finster, drohend. Das Tamtam der Burschen klingt nach Gewehrsalven, Exekutionen, Krieg. Dies ist kein Volksfest. Dies ist ein Truppenaufmarsch. Sturm. Sturm auf Frankreich. Sturm auf die Weißen. Geeebt FEUER!

Vor dem Busbahnhof halten sie an, und jetzt tanzen sie im wilden Rhythmus der Trommeln. An der Stirnseite des Platzes erscheint die nächste Gruppe in roten Trikots. Der Tanz wird ekstatisch, nackte Füße stampfen den Asphalt, die kräftigen, ausdrucksvollen Gesichter, die muskulösen Arme glänzen schweißnaß. Leuchtende Schönheit der Mädchen und ihrer Bewegungen. Kraft in den Männern. Der Teufel in den Trommeln. Atemberaubend.

Die Weißen um Carl herum wirken tot. Nur die Tänzer in den schwarzen Kleidern leben. Sie strahlen eine Kraft aus, der er noch nicht begegnet ist: geballte Erotik, zu Haß verdichtet.

Carl bewegt sich im Rhythmus der Trommeln. Er ist ein miserabler Tänzer, wenn er nüchtern ist. Sein Körper wirkt wie eine Attrappe neben den Leibern der tanzenden Männer und Frauen da vor ihm. Er bewegt sich trotzdem.

Dann trifft ihn ein Blick aus großen Augen, den Augen des Mädchens mit dem Schild. Die Iris dieser Augen ist so dunkel, daß die Augäpfel zu leuchten scheinen. Ein Stück weiter unten sieht Carl zwei spöttisch heruntergezogene Mundwinkel. Er erstarrt mitten in der Bewegung. Dann steht er stumm und bewegungslos wie alle anderen um ihn.

Die schwarzen Tänzer stürmen im Laufschritt davon, die roten nehmen ihre Stelle ein. So geht das eine Stunde, dann ist der Zug vorüber. Es regnet wieder.

Vier

Das Zimmer maß knappe drei Quadratmeter, gerade genug, um neben das Bett einen winzigen Tisch zu stellen. Auf dem Tisch standen Carls Schreibmaschine, ein Aschenbecher und die Rotweinflasche. Mehr paßte nicht darauf. Mit der Größe der Räume hatten sie sich nach dem Namen der Pension gerichtet: sie hieß *Aux sept nains, Zu den sieben Zwergen.*

Daß die Tür kein Schloß hatte, war nur einer von vielen kleinen Schönheitsfehlern. Nachts band Carl sie mit einem Schnürsenkel fest. Bei Tag stand sie offen. Ab und zu machte er sich Sorgen. Das Zimmer enthielt alles, was er besaß. Außerdem enthielt es Flöhe, Moskitos und ein Fenster. Das Fenster führte auf eine Landschaft aus verrosteten, mit leeren Flaschen, Kondomen und Bananenschalen übersäten Wellblechdächern, die zu den Schönheiten der Rue Victor Hugo in Pointe-a-Pitre gehörten. Allerdings stellte es keinen Luxus dar, sondern eine Notwendigkeit: das Zimmer lag über der Küche, und das Rohr des Rauchfangs endete am Fußende des Bettes – abgeschnitten. Carl wußte immer als erster in der Pension, was Madame Clochette, die Besitzerin, zum Mittagessen kochte. Madame Clochette war sich dieses Vorteils und der zentralen Lage ihrer Pension bewußt. Die Schuhschachtel kostete hundert Francs pro Nacht.

Der neue Gast in den *Sieben Zwergen* vollzog vorsorglich einige Feineinstellungen an seinem mentalen Apparat. Er dachte an van Gogh und Villon und Henry Miller, die es viel schlechter getroffen hatten. Er dachte an die Hungerleider in Bangla Desh und den USA und an die Eskimos, die in Iglus hausen mußten. Er überredete sich zu der Feststellung, daß er in vergleichsweise paradiesischen Umständen lebte. Er hatte ein Dach über dem Kopf, er hatte zu essen, zu trinken und zu rauchen, es war warm, und da drunten auf den Straßen liefen die schönsten Frauen der Welt herum. Man konnte zwar noch mehr vom Leben verlangen, aber wenn man keine schlechte Laune aufkommen lassen wollte, ließ man das besser bleiben.

Aber dann kam Carl in die Klemme.

Es war Sonntagabend, er hatte noch ein paar Francs in der Tasche, und es gab nichts weiter zu tun, als sie bei Madame Clochette in Rotwein umzusetzen. Carl bestellte eine Flasche, trank und schaute in den pensionseigenen Schwarzweißfernseher wie alle anderen hier drin auch, um etwas über das Wetter in Paris und die Ergebnisse der französischen Fußballiga zu erfahren. Dann ging er auf sein Zimmer, zog sich gegen die Moskitos, den Lärm aus der Kneipe und den Essensgeruch das Leintuch über den Kopf und versuchte genug Luft zu bekommen und einzuschlafen. Am Morgen würde er zur Bank gehen, zwei oder drei Schecks zu Geld machen und nach einer vernünftigen Bleibe Ausschau halten.

Aber am Montag blieben die Banken von Pointe-a-Pitre geschlossen, und am Dienstag und am Mittwoch blieben sie ebenfalls geschlossen. Der Karneval war schuld.

Carl erklärte Madame Clochette die Situation. Madame Clochette, eine noch immer ansehnliche Mulattin in Carls Alter, musterte ihn durch ihre großen runden Brillengläser. Ihr Gesicht verriet nichts.

Fünf Minuten später sagte sie: »Gut. Eine Mahlzeit pro Tag. Aber am Donnerstag wird bezahlt!«

Dann schritt sie gravitätisch in die Küche. Ihre Hinterbacken erinnerten Carl an die Stutenrennen in Vincennes, aber immerhin, sie gab ihm Kredit. Er stieg die eiserne Wendeltreppe hinauf, setzte sich in seine Schuhschachtel und übersetzte kreolische Märchen. Rein ökonomisch betrachtet war diese Insel mindestens eine Nummer zu groß für ihn. Es war Zeit, ein wenig Geld zu machen.

Alle paar Stunden kletterte er die Wendeltreppe wieder hinunter und ging an den Kartenspielern, an Madame Clochette, an den Säufern, am Fernseher und am Flipper vorbei hinaus auf die nasse Rue Victor Hugo. Von der Place de la Victoire her hörte er dieses gefährlich klingende Getrommel, aber der Karneval konnte ihm inzwischen gestohlen bleiben. Den Blick fest auf den Boden der Tatsachen gerichtet ging er durch die Straßen der näheren Umgebung und suchte nach Münzen und Zigaretten. Die Clochette hatte von einer Mahlzeit gesprochen. Von Rum, Wein, Kaffee, Zigaretten, Briefmarken, der Zeitung und den anderen Kleinigkeiten, die das Leben zu einem tödlichen Erlebnis machen, hatte sie nichts gesagt.

Ab und zu fand er ein Fünf-Centimes-Stück und einmal einen ganzen Franc, aber meistens stieß er auf zerquetschte, von Fliegen bedeckte Ratten, Kondome, Konservenbüchsen, verfaulte Tomaten, Verschlüsse von Bierdosen oder platte, helle Pflanzensamen. Die Samen hielten ihn zum Narren: sie sahen aus wie Zehn-Centimes-Stücke, aber sie waren keine.

Wenn Carl jetzt an Henry Miller dachte, hatte er nicht mehr unbedingt den Eindruck, es besser getroffen zu haben. Das einzige, was ihn im Augenblick noch von Henry Miller unterschied, war die Qualität seiner Bücher, aber darüber dachte er lieber gar nicht erst nach. Bis Mittwochabend hatte er zwei Francs und fünfundachtzig Centimes gefunden – einen Betrag, für den man auf dieser Insel bestenfalls Streichhölzer bekam. Die vier trockenen Zigaretten, die er ergattert hatte, waren längst in Rauch aufgegangen. Er fühlte ein Kribbeln im Hinterkopf. Er hatte das dringende Bedürfnis, etwas kaputtzuschlagen. Er hätte Madame Clochette gerne in diese Hinterbacken gebissen, denn er litt unter Nikotinentzug. Außerdem hatte er seit Sonntagabend keinen Tropfen Wein mehr zu sich genommen. Er ging zur Theke und klärte die Pensionseignerin über seinen Zustand auf. Madame Clochette musterte ihn durch ihre großen, runden Brillengläser. Ihr Gesicht verriet nichts. Fünf Minuten später stellte sie eine Flasche Rotwein und eine Schachtel Gitanes auf den Tisch. Für heute war Carl aus dem Schneider. Morgen war Donnerstag. Am Donnerstag machten die Banken auf.

Fünf

Der erste strahlende Tag seit zwei Wochen wölbte sich über der Stadt. Carl erwachte gut gelaunt wie lange nicht. Er fand zu seiner Überraschung eine Menge Wasser, die ausreichte, sich die Zähne zu putzen und das Gesicht zu waschen. Er zog sich an und klaubte zusammen, was sie auf der Bank sehen wollten, um einen Scheck in richtiges Geld zu verwandeln: den Paß, die Schecks und die Scheckkarte. Er fand den Paß, er fand die Schecks, die Scheckkarte fand er nicht. Die Scheckkarte war verschwunden. Er schüttete den Inhalt der Tasche und des Ledersacks aufs Bett und durchwühlte ihn. Da war keine Scheckkarte.

Die graublau getünchten Spanplatten mit den Fettflekken, den Rotzklümpchen und den eingetrockneten kalten Bauern darauf, das verrostete Abzugsrohr aus der Küche, die Plastikkacheln auf dem Boden, die dunkelweiße, nackte Glühbirne, die unverschließbare Tür, der schmutzige Blümchenvorhang vor dem Fenster – das alles begann einen blödsinnigen Tanz. Nur Carl stand bewegungslos – vom Donner gerührt, vom Blitz getroffen, vom Zombie gebissen.

So sah sie also aus, die Niederlage, jetzt wußte er es. Gib einem Mann lange genug zu wenig Liebe und zu viel Rum, und eines Tages ist sein Hirn so zerfressen, daß er zu den einfachsten lebenswichtigen Handlungen nicht mehr fähig ist – er kann nicht einmal mehr auf sein Eigentum aufpassen. Er kann nicht einmal mehr den Inhalt seiner Hosentaschen unter Kontrolle halten. Er wird zu einem lebensunfähigen Idioten, reif für die Anstalt.

Er setzte sich auf's Bett und machte sich die Lage klar. Er

befand sich in einem fremden Land, dessen Dialekt er kaum verstand. Er kannte keinen Menschen in diesem Land. Es gab keine deutsche Vertretung, geschweige denn eine Botschaft – nichts und niemand, an den er sich hätte wenden können.

Er machte sich trotzdem auf den Weg zur *Banque Nationale de Paris.* Die Sonne schien, die Bäume an der Place de la Victoire standen in voller Blüte, die Palmen wiegten sich im Passat, die Frauen konnte man sich nicht schöner trinken. In den Straßencafes saßen Menschen und schlürften gelbe, braune und grüne Fruchtsäfte. Sanfte weiße Wolken schwammen durch einen milchblauen Himmel. Kinder spielten Fußball, Vögel zwitscherten und aus den fliegenden Küchen am Straßenrand drangen köstliche Düfte.

Wenn einer seine fünf, sechs Sinne beisammen hatte, flog er als Tourist hierher, bunkerte seine Wertsachen im Hotelsafe, genoß das Genießbare und flog wieder nach Hause, um seine ordentliche und von der Gesellschaft wohlgelittene, nützliche und gut bezahlte Arbeit zu verrichten. Und wenn einer glaubte, klüger zu sein als die anderen, hatte er eben nicht alle Tassen im Schrank. Keiner war klüger als die anderen, Carl Mario Adam schon gar nicht. Carl Mario Adam würden sie in ein paar Tagen in ein Flugzeug setzen und dahin verfrachten, wo er hergekommen war.

Er spuckte aus und zwang seine Augen, sich von den netten Bildern ab- und dem vertrauten Boden der Tatsachen zuzuwenden. Er fand zwanzig Centimes, dann stand er vor der Bank.

Die BNP war in einem modernen Glasbau am Rand des Stadtkerns untergebracht, und sie schien gute Geschäfte zu machen. Unter einer Stunde Wartezeit ging nichts für die Kunden der BNP. Die Stunde verging, und Carl war dran.

»Ohne Karte kein Geld«, sagte die junge Frau am Wechselschalter. Sie hatte diesen edlen antillesischen Kopf mit dem straff nach hinten gekämmten Haar, den hohen Backenknochen, den großen, dunklen Augen, den vollen, lila bemalten Lippen, den blitzenden weißen Zähnen. Sie trug eine enge Bluse, die ihre Brüste noch jünger erscheinen ließ, dazu einen sehr kurzen, knallgelben Rock, und ihre Beine reichten bis in den Keller der BNP.

»Aber ...« sagte Carl, ohne diesen verlockenden Einzelheiten irgendwelche Bedeutung einzuräumen. Er befürchtete ohnehin, daß die jungen Damen in dieser Stadt lieber ein paar Jahre mit einem tollwütigen, sexbesessenen Oran-Utan in einer Gummizelle verbringen würden als zehn Minuten mit einem weißen Mann in einem Straßencafe.

»Aber ...«

»Ohne Karte kein Geld.«

Er versuchte, dem Wesen hinter der Scheibe klarzumachen, daß sie seine Karte schon zweimal gesehen hatte, sie abgeschrieben, sie in den AKTEN hatte. Es war nicht der erste Scheck, den er hier wechselte.

»Ohne Karte kein Geld.«

Sie sah ihn nicht einmal an. Erst als er trotzig stehenblieb und den Schalter blockierte, hob sie eine ihrer wunderschönen Augenbrauen.

»Gehen Sie in den ersten Stock!«

Die Dame im ersten Stock war etwas reifer, aber sonst unterschied sie sich in nichts von dem Fräuleinwunder im Parterre.

»Ohne Karte kein Geld.«

»Na gut«, sagte Carl. »Ich seh's ein.«

Er bat, ein Telex an seine Bank nach Deutschland zu schicken. Die Dame beugte sich stumm über ihre Papiere. Carl wiederholte seine Bitte.

»Für Fernschreiben ist in Frankreich die Post zuständig.«

Carl wies darauf hin, daß irgendwann im zwölften oder fünfzehnten Jahrhundert Banken erfunden worden waren, um den Geldverkehr zu erleichtern. Er erntete ein Lächeln. Das alles war nicht das Problem der BNP. Die BNP hatte andere Sorgen.

Er ging die breiten Treppen ins Erdgeschoß hinunter und durch die gläserne Flügeltür hinaus auf die Straße. Die Bäume blühten immer noch, der Passat wehte weiter. Die Sonne schien, es war wunderbar warm, und die Frauen konnte man sich immer noch nicht schöner trinken. Zumindest nicht, wenn man keinen Sou in der Tasche hatte.

Sechs

Die Wartezeit am Schalter für Auslandsgespräche betrug nur unwesentlich mehr als anderthalb Stunden. Carl verbrachte sie damit, das magische Wesen hinter dem Fenster zu betrachten. Als der Schalter für vierzig Minuten schloß, weil das Mädchen sein Pausenbrötchen aß, wandte er seine Aufmerksamkeit den anderen magischen Wesen zu, die in langen Schlangen vor den wenigen geöffneten Schaltern standen. Schließlich war er an der Reihe.

»Ein R-Gespräch bitte.«

»Was?«

»Ein R-Gespräch nach Deutschland. Ich möchte mit München sprechen.«

»So etwas gibt es nicht von Guadeloupe aus.«

Carl glaubte ihr nicht. Schließlich war Guadeloupe ein französisches Departement. Er sagte ihr das. Sie sah ihn an wie einen Achtkläßler, aber sie gab ihm eine Nummer. Er ging in die Kabine und wählte. Es war eine sehr lange Nummer, und es war sehr heiß in der Kabine. Er kam ins Schwitzen, bevor er die letzte Ziffer gewählt hatte.

»Sie sind mit dem magnetischen Zentrum von Pointe-a-Pitre verbunden. Wir werden uns in Kürze um Ihr Anliegen kümmern. Legen Sie nicht auf! – Piep – Sie sind mit dem magnetischen …«

›Na also‹, dachte Carl. ›Immerhin haben sie ein magnetisches Zentrum hier, da kann ja nicht mehr viel schief gehen.‹

Er hörte sich diese Schleife an, und zehn Minuten später folgte das Besetztzeichen.

»Hören Sie mal, Fräulein, da geht keiner ran!«

»Weil Sie nicht gewartet haben. Ich habe Ihnen gesagt, SIE MÜSSEN WARTEN!«

Ihr Blick ermordete ihn. Er versuchte es ein zweites Mal. Sein Hemd war inzwischen klitschnaß.

»Sie sind mit dem magnetischen …«

Wieder vergingen zehn Minuten. Dann meldete sich eine Männerstimme. »Sie wünschen?«

Carl brachte sein Anliegen vor.

»Kein Problem«, sagte der Junge vom magnetischen Zentrum. Zwei Stunden später sprach Carl mit München.

»Telegrafisch?« fragte Eric.

»Natürlich telegrafisch! Ich gehe auf dem Zahnfleisch, Mann!«

Auf dem Rückweg zu den *Sieben Zwergen* fühlte Carl sich etwas besser. Er fand fünfundzwanzig Centimes, eine Zigarette und eine halbe Banane. Er aß und rauchte. Er betrat die Pension. Er rechnete mit erheblichen Schwierigkeiten.

Madame Clochette musterte ihn durch ihre großen runden Brillengläser, knurrte und stolzierte in die Küche. Sie kam mit einem Teller Huhn auf Reis wieder heraus und knallte ihn auf den nächsten Tisch.

»Da! Iß! Du hast kein Geld!«

Carl gab ihr recht und doch auch wieder nicht. Schließlich war das Geld in diesem Augenblick bereits unterwegs.

»Morgen kommt es, spätestens übermorgen. Telegrafisch!«

Madame Clochette hob eine Augenbraue, setzte sich auf diese Hinterbacken, zeigte eine Menge Bein und seufzte.

Der Telegrammbote kam den ganzen Freitag nicht. Er kam auch am Samstag nicht. Wie immer folgte auf den Samstag ein Sonntag. Sonntags kam er nie. Madame Clochettes Seufzer wurden länger, vernehmlicher und bedrohlicher. Bein zeigte sie überhaupt nicht mehr.

Sieben

Am Montagmorgen klopfte Carl in der Direktionsetage der *Banque Commercial Française Antilles/Guyane* an eine Tür aus Rauchglas.

»Herein!« sagte eine sehr gutturale, sehr weibliche Stimme. Er öffnete und prallte auf eine weitere Schönheit. Die hier bestand zu einem guten Teil aus Hüfte und hatte sich folglich in ein eng sitzendes dunkelblaues Kostüm geworfen.

»Was kann ich für Sie tun?«

Es klang, als frage sie, um wieviel Uhr sie in die Hotelsuite kommen solle.

»Ich möchte Monsieur Massard sprechen.«

»Gehn Sie rein!« sagte sie und bleckte ihre unerhört weißen Zähne. Carl ging rein. Massard saß auf einem Drehstuhl vor einem einfachen Schreibtisch. Er war jung, grauhaarig und Marokkaner. Vor zwei Wochen aus Paris gekommen, schien er sich ein bißchen im Leben auszukennen. Carl schilderte die Lage, und Massard schickte ohne viel Federlesens ein Telex an die Bank in Deutschland. Fast bedauerte es Carl, daß er die beiden schon verlassen mußte.

Er setzte sich auf die Umrandung des Parks der Place de la Victoire und schaute den Leuten zu. Die Leute schienen außerordentlich beschäftigt. Nur selten blieben welche stehen und redeten miteinander. Sie hatten alle Hände voll zu tun, Geld auszugeben oder welches einzunehmen. Man konnte sich richtig zu Hause fühlen unter diesen Leuten, wenn man selber genug in der Tasche hatte. Zu Hause wie in Frankfurt am Main oder in München.

Allerdings schien man sich zu Hause keine weiteren Gedanken über das Schicksal eines in die Bredouille geratenen Landsmanns zu machen, denn als Carl in die *Sieben Zwerge* zurückkam, schüttelte Madame Clochette stumm den Kopf. Der Telegrammbote war immer noch nicht gekommen.

Am nächsten Tag stattete er Monsieur Massard den nächsten Besuch ab. Die Vorzimmerdame trug heute ein gelbes Kostüm, das noch enger saß als das blaue. Außerdem klaffte die Jacke ziemlich weit auseinander, und Carl konnte sich mit einem Blick davon überzeugen, daß die Dame Geschmack hatte: sie trug einen blutroten Büstenhalter. Massard stand in der Tür und schüttelte ebenso den Kopf wie die Clochette. Die Bank in Deutschland hatte nicht geantwortet.

Blieb das magnetische Zentrum. Diesmal erwischte Carl eine Frau.

»R-Gespräch nach Deutschland? Nein, das geht nicht.«

»Aber ich habe doch am Donnerstag ...«

»Es geht nicht, habe ich gesagt!«

»Aber ...«

Er hörte sie lachen in ihrem magnetischen Zentrum. Dann meldete sich eine andere Stimme.

»Ich bin hier die Verantwortliche. Sie möchten ein R-Gespräch nach Deutschland führen?«

»Richtig.«

»Das geht nicht.«

»Aber warum ging es denn dann am Donnerstag?«

»Da muß jemand einen Fehler gemacht haben. Es tut mir leid.«

Das war das Ende von Carls Kontakt zum magnetischen Zentrum von Pointe-a-Pitre, Guadeloupe, Frankreich. Er war schweißgebadet. Diesmal lag es nicht nur an der Hitze in der Kabine. Diesmal lag es auch an der Aussicht, demnächst einen Raubüberfall machen zu müssen, ohne mit diesem Handwerk vertraut zu sein.

Acht

In der Pension runzelte Madame Clochette die Stirn, musterte Carl auf die vertraute Weise, und diesmal sagte ihr Gesicht unmißverständlich ›Nein!‹

Damals, als er europäischen Frauen noch über den Weg getraut hatte, war Carl einmal eine Art Ehe eingegangen. Das Ergebnis war das übliche gewesen, aber den goldenen Ring besaß er noch. Er zeigte ihn der Clochette.

»Den versetze ich jetzt.«

Die Clochette roch an dem Ring, wog ihn in der Hand und rieb ihn an ihrem schwarzen Kraushaar. Ein Schimmer von Güte breitete sich auf ihrem Gesicht aus. Plötzlich sagte es nicht mehr ›Nein!‹ Sie holte ein geblümtes Plastiknecessaire hinter der Theke hervor, förderte mit spitzen Fingern eine Telefonkarte im Wert von dreißig Francs zutage und reichte sie Carl. Es war genug, um Eric anzurufen, ihm die Nummer der Pension zu geben und um einen Rückruf zu bitten.

»Telegrafische Postanweisungen von Deutschland nach Guadeloupe sind nicht möglich«, sagte Eric.

Er hatte die deutsche Botschaft in Paris angerufen. Die großen Hotels würden in solchen Fällen hilfreich einspringen, hatte der Mann von der Botschaft ihm erzählt. Offenbar war ihm entfallen, für welche Sorte Mensch Botschaften und große Hotels zuständig waren.

»Glaubst du, die kümmern sich um einen, der aus dem Nest gefallen ist und dabei Federn gelassen hat?« fragte Carl. »Um einen, der die Rinnsteine nach Münzen, Zigaretten und Bananen absucht? Nicht mal Waschpulver kann ich kaufen! Nicht mal Rasierklingen! Kannst du dir vorstellen, wie ich *aussehe*?«

Nein, Eric konnte sich nicht vorstellen, wie Carl aussah. Aber er konnte zu seiner Bank gehen und dafür sorgen, daß sie Geld an Massard und seine Hüfte schickte. Noch heute und per Telex.

Neun

Am Auslandsschalter der Bank arbeitete ein schmaler, rundschädliger Brillenträger. Er machte ein bekümmertes Gesicht.

»Das Geld ist da, aber wir können es nicht auszahlen«, sagte er und legte den Kopf schief. Er sah sehr weiß und ein bißchen blutarm aus, und das ließ ihn fast sympathisch erscheinen zwischen all den kraftstrotzenden Muskelpaketen um ihn herum.

»Kommen Sie heute nachmittag wieder!«

Am Nachmittag sah der Blutarme Carl betrübt an und ging nach hinten. Er betrat ein Büro und war verschwunden. Ein anderer verließ das Büro und stürmte in das gegenüberliegende. Schließlich bildeten sich Grüppchen, die heftig diskutierten und sich über Papiere beugten. Carl saß und wartete.

In der Zwischenzeit sah er sich die Sicherheitsvorkehrungen in dieser Bank an. Es schien tatsächlich Zeit zu sein, den Beruf zu wechseln. Ein paar schwere Jungs aufzutreiben sollte hier nicht weiter schwierig sein. Als er noch die Zeitung kaufen konnte, hatte er täglich von mindestens einer Verhandlung wegen Raub, Mord, Einbruch oder Vergewaltigung vor dem Schwurgericht von Point-a-Pitre gelesen.

»Wir kriegen den Code nicht raus«, sagte der Blutarme und schaute mitfühlend. »Bei diesen transatlantischen Telexen benutzen sie einen Spezialcode, um sie zu verschlüsseln, und den kriegen wir nicht raus. Wir müssen uns mit Frankfurt in Verbindung setzen. Kommen Sie morgen wieder!«

Carl ging in die *Sieben Zwerge* zurück. Die Clochette hatte ein nächtliches Schwinden ihrer Rumvorräte festgestellt. Carl war aus naheliegenden Gründen der Hauptverdächtige. Sie gab ihm noch vierundzwanzig Stunden.

Am nächsten Morgen zahlten sie. Sie hatten immer noch Schwierigkeiten mit dem Code und mit Frankfurt, und vermutlich hatten sie überhaupt Schwierigkeiten, aber außerdem hatten sie ein Einsehen. Der Blutarme händigte Carl zwei Päckchen gelbgrüner Fünfhunderter aus, und das war's dann.

Elf Tage waren vergangen.

Langsam ging Carl unter den blühenden Flamboyants und den sich im Wind wiegenden Palmen über die Place de la Victoire zurück zu den *Sieben Zwergen*. Unterwegs kaufte er eine Zeitung, ein Croissant und einen Maracudasaft – frisch, süß und eisgekühlt. Es war wunderbar, wieder zu den Konsummenschen zu gehören. Es war wunderbar, wieder zu den Menschen zu gehören. Es war wunderbar, kein Ding ausbaldowern zu müssen.

Er legte Madame Clochette drei Scheine auf die Theke. Sie lächelte zum ersten Mal seit seinem Einzug. Dann machte er einen langen Spaziergang durch die Stadt. Unter einem Peugeot 504 sah er ein Fünf-Centimes-Stück liegen. Er wartete, bis der Wagen weggefahren war. Dann hob er es auf.

Zehn

Der Motorroller war in phosphoreszierendem Grün gelackt und wirkte wie ein Weltraumfahrzeug aus einer Fernsehserie. Er kostete auch so viel. Carl mietete ihn trotzdem. Er suchte eine Wohnung. Außerdem hatte er gegen diese Natalie, die den Roller vermietete, ohnehin keine Chance. Er hätte mit Vergnügen alles gemietet, was sie anzubieten hatte, aber das Sortiment beschränkte sich ausschließlich auf Motorroller der Marke Beluga.

Afrika und Indien hatten gemeinsam an Natalies Gesicht und an ihrem Körper gearbeitet. Was dabei herausgekommen war, kam der Idee ziemlich nahe, die Gott bei der Erschaffung Evas gehabt haben mußte. Leuchtende, dunkelbraune Augen standen schräg in einem ovalen Gesicht, die feinen Nasenflügel bebten, als stünden sie unter Strom, die violetten, schmalen Lippen schimmerten feucht. An Natalies geschmeidigem Rehleib hingen ein paar bunte Fetzen, und was darunter lag, schien zu glühen. Die feingliedrigen Hände, die gerade die Quittung ausschrieben, waren zweifelsfrei für Besseres geschaffen. Carl war in den letzten Wochen über so viele interplanetarische Schönheitsköniginnen gestolpert wie in den gesamten siebenundvierzig Jahren davor nicht, aber diese Natalie mit ihrer zimtfarbenen Haut schoß den Vogel ab. Diese Natalie hatte nicht einmal die Konkurrenz von Engeln zu fürchten.

»Würden Sie die Gnade haben, mit mir essen zu gehen?« fragte er in seinem holprigen Französisch und riskierte ein Lächeln, obwohl ihm beide oberen Eckzähne fehlten.

»Nein. Ich esse mit meinem Freund«, sagte Natalie und

antwortete ihrerseits mit einem Lächeln, das die Sonne ausgehen ließ.

»Schade«, sagte Carl, und die Sonne ging wieder an.

Später fuhr er mit nacktem Oberkörper singend über die Insel. Er kam durch Zuckerrohrfelder und Wälder aus Baumfarn. Er fuhr zum Vulkan und wieder vom Vulkan weg. Er fand weiße Strände unter Palmen, riß sich die Hosen herunter und sprang ins Meer. Er flog über weite Ebenen mit blühenden Bäumen in Grand-Terre, und er erklomm steile, von Urwald bedeckte Berge in Basse-Terre.

Überall standen kleine Häuschen, mit Wellblech gedeckte Holzhütten, mit Ziegeln gedeckte Appartements, aber eine Wohnung fand Carl nicht. Die Insel sagte ›Nein‹ zu ihm.

Drei Tage später gab er den Roller wieder ab. Für einen Kratzer in der Weltraumfarbe behielt Natalie die Hälfte der fünfhundert Francs ein, die sie ihm für eventuelle Schäden abgenommen hatte. Ihr Lächeln war noch reizender geworden. Trotzdem blieb die Sonne diesmal an.

Elf

Louison, der Schneider, saß am Stammtisch unter der Heiligen Dreifaltigkeit. Er hatte zerschossene, krumme Beine, das Gesicht von Louis Armstrong und vor dreiundvierzig Jahren im Dienste Frankreichs das Großdeutsche Reich besiegt. Er trug ausschließlich blütenweiße Hemden und Hosen mit frischen Bügelfalten, aber gewöhnlich hatte er nicht einen Sou in der Tasche. Er war leidenschaftlicher Kartenspieler, aber beim Spiel weinte er, denn er war weitsichtig und konnte sich keine Brille leisten. Carl kam die Wendeltreppe herunter. Louison winkte ihn zu sich.

»Ein Spielchen?«

Die französische Kultur bringt es mit sich, daß man sich in Guadeloupe, Paris, Köln und Heidelberg über dasselbe Kartenspiel verständigen kann. Im französischen Sprachraum handelt es sich um *Belote*. In Heidelberg heißt es Cäsar. In Köln trägt es einen Namen, den nur die Kölner aussprechen können.

»Klar!« sagte Carl.

Der Schneider mischte die Karten und schob sie seinem Tischnachbarn zum Abheben hin. Der Nachbar war Bèbè, ein etwa fünfzigjähriger Mulatte, der um die Ecke einen kleinen Laden betrieb. Auch er war leidenschaftlicher Kartenspieler. Am Vorabend hatte Carl zugesehen, wie er sie alle über den Tisch gezogen hatte. Jetzt schaute Bèbè angestrengt in den Fernseher. Als der Schneider ihn am Ärmel zupfte, stand er auf und verließ grußlos den Tisch. Bèbè spielte nicht mit Weißen.

Louison zuckte die Achseln, und Carl verzog sich wieder in seine Schuhschachtel. Er legte sich aufs Bett und starrte an die Decke. An der Decke gingen fremdartige Lebewesen spazieren. Durch den Blümchenvorhang drang der Lärm des Nachmittagsverkehrs. In der Ferne grollte der Donner des täglichen Gewitters. Die Moskitos sirrten und stachen. Die Flöhe stachen, ohne zu sirren. Einen Stock tiefer kochte die Clochette eine Hühnersuppe. Das Rohr verriet sie.

Carl schwitzte. Er zog das Hemd aus und betrachtete seine nasse weiße Haut. Er roch an ihr und konstatierte eine säuerliche Ausdünstung. Er ging ins Bad. Im Bad stand ein Eimer Wasser. Er versuchte, die Farbe und die Ausdünstung von seinem Körper zu waschen. Die Farbe blieb. Er ging zurück ins Zimmer, fischte ein frisches Hemd aus dem Ledersack und legte sich wieder aufs Bett. Die Hühnersuppe war inzwischen fertig. Das Rohr schwieg. Carl schloß die Augen. Auf der Innenseite der Lider erschien die nächtliche Rue St. Denis in Paris.

Evelyn steht im Schneegestöber an ihrer Ecke. Sie trägt einen weißen Pelzmantel. Als Carl an ihr vorbeigeht, öffnet sie den Mantel. Darunter ist nichts als tiefschwarze Haut. Sie lächelt.

›Sie wird sich erkälten‹, denkt Carl. Er steigt mit ihr eine dunkle Treppe hinauf, geht einen langen Flur hinab und betritt hinter ihr das Zimmer. Es riecht, wie es immer an solchen Orten riecht: nach Sperma und Desinfektionsmitteln.

Ein Donnerschlag löschte die Bilder. Carl wischte den Schweiß von der Stirn, schüttelte den Kopf und stand auf. Aus der Kneipe drang das Stimmengewirr der Kartenspieler herauf. Bèbè, der Mulatte, war jetzt wieder dabei. Er stritt lautstark mit Louison. Dann fuhr die Clochette dazwischen, und die Stimmen wurden leiser.

Carl holte das Glas unter dem Bett hervor und griff nach der Flasche. Die Flasche war leer. Es war kein Wunder. Das Zimmer war nicht abschließbar, und der Sportsfreund, der sich bei Nacht an Madame Clochettes Rum gütlich tat, bevorzugte bei Tag einen guten französischen Rotwein.

Carl ging die Treppe hinunter, an den Kartenspielern vorbei, an der Clochette vorbei, an den Säufern vorbei. Er überquerte die Straße und betrat den Laden gegenüber. Er verlangte eine Flasche Rotwein und drei Tomaten. Das junge Mädchen hinter dem Ladentisch wollte gerade den Mund aufmachen, um den Preis zu nennen, da griff seine Mutter ein. Die Mutter sah bitter aus, häßlich und enttäuscht. Ihre Haut war tiefschwarz, und in ihrem Gesicht stand die reine Bosheit. Sie haßte Carl. Carl war weiß.

»Die Tomaten kosten zwölf Francs das Pfund!«

»Das Pfund?«

»Das Pfund!!!«

Carl hatte die Preise auf dem Markt gesehen – drei Francs das Pfund. Er zahlte und ging raus. In der Pension legte er sich aufs Bett, entkorkte die Flasche, schenkte das Glas voll und trank. Draußen setzte der Regen ein. Das Geprassel der Tropfen auf den Wellblechdächern ähnelte dem Trommeln der Karnevalisten. Sturm! Geeebt FEUER! Carl schloß die Augen. Evelyn kam zurück.

Sie hat ihm den besten Sex seit langem gegeben. Sie hat gelacht dabei. Sie hat sich gewunden wie eine Schlange. In ihren Zellen ist Feuer ausgebrochen, und dieses Feuer war echt. Evelyn braucht keine professionelle Nuttenshow abzuziehen. Evelyn fühlt es wirklich.

Jetzt liegt sie gewaschen und noch dampfend neben Carl.

»Bleib noch ein Weilchen! Ich mag dich.«

So etwas hat Carl noch nie aus dem Mund eines solchen Mädchens gehört. So etwas verstößt gegen sämtliche Geschäftsusancen in der Rue St. Denis. Er richtet sich auf, stützt den Kopf in die Hand und schaut sie aufmerksam an.

»Sag mal, wo kommst du eigentlich her?«

»Aus Guadeloupe.«

»Und gibt es da noch mehr Frauen wie dich?«

»Sie sind alle wie ich«, sagt Evelyn und gibt Carls Schwanz einen zärtlichen Kuß. Sie machen es ein zweites

Mal. Der zweite Durchgang fällt noch besser aus. Als Carl den fälligen Aufschlag bezahlen will, sagt sie: »Laß nur – ich verdiene genug. Schau mal wieder vorbei!«

Er hat sie zum Essen eingeladen in dieser Nacht, und sie hat sich als eine Frau entpuppt, bis unter die Haarwurzeln voll sprühenden Lebens, eine Frau, wie er noch keine getroffen hat. Eine Frau, wie er sie seit Jahrzehnten gesucht hat, ohne im geringsten zu glauben, daß sie existieren könnte: vital und hungrig, obszön und stolz, klug und herzhaft, sinnlich und warm ...

Er sprang vom Bett. Wieder und wieder erinnerte er sich an diese Pariser Nacht. Diese Nacht hatte den Ausschlag gegeben. ›Mit so einer Frau kann ich schreiben‹, hatte er in dieser Nacht gedacht. ›Mit so einer Frau kriege ich das Wort aufs Papier, gestochen scharf, wie ein Schuß.‹

Wegen dieser Nacht hatte er eine Existenz aufgegeben und verschenkt, was er nicht hatte zu Geld machen können. Wegen dieser Nacht saß er in seiner Schuhschachtel. Wegen dieser Nacht lernte er jetzt widerwillig, daß er ein Weißer war.

Er trank das Glas leer, setzte sich an die Schreibmaschine und übersetzte ein weiteres kreolisches Märchen. Es endete damit, daß der vorwitzige kleine Junge vom Siebenköpfigen Ungeheuer gefressen wurde. Carl hatte keine Schwierigkeiten, sich mit dem Jungen zu identifizieren.

Zwölf

Während er auf die neue Scheckkarte wartete, gestand Carl sich ein, daß er auf dem falschen Dampfer gelandet war. Evelyn hatte gelogen. Die Frauen auf Guadeloupe sahen zwar aus wie fleischgewordene Todsünden, aber das Währungssystem MÖSE hatten sie ebensogut begriffen wie die weiße Konkurrenz in Europa. Sie spielten das Eva-Spiel, sie spielten es gnadenlos, und Adam biß hier wie überall in den sauren Apfel – vor allem, wenn er das Pech hatte, ein Weißer zu sein. Warme, weiche Weiber hatte Evelyn versprochen, sinnliche, erotische, geheimnisvolle Wesen; Frauen, die die Haut noch liebten, die ihre Nervenenden schützt; Frauen, die noch lachen, tanzen und sich anschmiegen können; Frauen, die noch Männer mögen und keine Waschlappen; Frauen, wie sie selbst eine war; FRAUEN eben.

Sie hatte ihn aufs Kreuz gelegt. Sie hatte ihn auf diesen Trip geschickt, und er war vom Regen in die Sintflut gekommen. Er ging zwischen den Blicken der Frauen von Pointe-a-Pitre hindurch, und die Blicke dieser Frauen peitschten ihn aus, hochmütig und grausam. Sie machten ein Ungeheuer aus ihm. Sie rächten sich für etwas, das er nie getan hatte. Sie zahlten ihm heim, was andere ausgegeben hatten. Sie machten ihn so weiß, wie er noch nie gewesen war.

Vielleicht hatten sie ja recht. Vom erotischen Standpunkt aus war es ziemlich sicher, daß sie recht hatten. Wenn Carl sich die farbige Konkurrenz ansah, konnte er sie voll und ganz verstehen: lockerer, spontaner, entspannter, potenter, besser gewachsen, besser beschwänzt – was du willst. Und sie hatten noch niemanden versklavt und noch niemanden christianisiert und kein schlechtes Gewissen – ganz im Gegenteil. Sie strotzten vor Unschuld. Das zum Beispiel konnte Carl von sich selber nicht behaupten. Schon allein die Tatsache, daß Typen seiner Hautfarbe mit ihrem Privatjet mal kurz einflogen und im *Club Mediterranée* in zwei Tagen drei farbige Mädchen entjungferten, genügte, um Schwierigkeiten mit dem weißen Gewissen zu bekommen. Und man brauchte ja nur ein paar Jahrhunderte zurückzudenken, um zu wissen, daß man nicht das Recht hatte, hier jemand einen Vorwurf zu machen. Als Deutscher schon gar nicht.

Trotzdem war Carl enttäuscht.

Er saß in der Falle, und so langsam raubte ihm diese Trauminsel den letzten Nerv: die Autofahrer, die kaltblütig sein Leben bedrohten, wenn sie Hunde jagten; die herausgeputzten Weiber, die bei dreißig Grad im Schatten immer noch ihre seidenen Unterröcke spazierentrugen; die französische Vornehmtuerei der Männer mit ihren Bügelfalten und ihrem ›Ca va?‹; der schlabbrige Händedruck, den sie verteilten; die schamlosen Preise; die öffentlichen Verkehrsmittel, die um sieben Uhr abends einfach stehen blieben; die Post, auf der er eine Stunde anstand, um einen Luftpostbrief wiegen zu lassen; die Messer, die offenbar die Hälfte der männlichen Bevölkerung dauernd mit sich herumtrug; die Arroganz gegenüber Leuten, die kein Patoi sprachen; der Dreck, die zehntausend Fahrschulen und zwanzigtausend Friseure, die dicken Schlitten, die parfümierten Haare – alles.

Nicht einmal so etwas wie eine Kneipe konnte er finden, einen Ort, an dem man sich in mehr oder weniger mieser Gesellschaft einen ansaufen oder einfach nur zwei Abendstunden totschlagen konnte. In den Lebensmittelläden standen Tische oder auch nicht, und da wurde getrunken – bis sieben Uhr abends. Danach gingen die Lichter aus in Pointe-a-Pitre.

Dialektisch betrachtet, sagte sich Carl, war er am Ziel seiner Wünsche angekommen: keine Frau würde ihn jemals mehr in Schwierigkeiten bringen; kein Kumpel würde ihn mehr zum Saufen verführen; nie wieder würde die Idee für eine Geschichte ihm schlaflose Nächte bereiten. Er hatte die Insel der Inseln gefunden, das ideale Treibhaus für ein pflanzliches Leben, dessen ewig gleicher Ablauf durch keinerlei Gemütsbewegung gestört wird – das Paradies schlechthin, wo weder die Gefahr von Magendurchbrüchen noch von Geschlechtskrankheiten bestand.

»Wäre Papa Hemingway hier gelandet«, schrieb er in sein Tagebuch, »er hätte sich nicht erschossen – er wäre versteinert.«

Dreizehn

Der Fahrkartenschalter für die Schiffe nach Marie Galante lag gleich hinter dem Busbahnhof. Marie Galante war ein kleines, dem großen Schmetterling Guadeloupe vorgelagertes Inselchen, so gut wie jeder andere Ort, um auf eine Scheckkarte zu warten. Vielleicht stammte Evelyn aus Marie Galante. Vielleicht war das die magische Insel mit den swingenden Frauen, die Carl suchte.

»Außerdem«, hatte Louison gesagt, »außerdem gibt es da eine Menge kleiner Hütten, die du mieten kannst. BILLIGER kleiner Hütten!«

Carl zwängte sich zwischen den Bussen durch. Die Busse standen mit laufendem Motor und spuckten schwarze Wolken aus. Bei jedem Schritt packte jemand Carls Oberarm und zerrte ihn auf eine offene Tür zu. »Gosier! Gosier!« brüllten die Aufreißer. »St. François! St. François! St. Anne! Trois Rivieres! Anse Bertrand! Moule!«

Schließlich war er durch. Der Schalter hatte geschlossen. Das nächste Boot ging erst um drei.

Hinter dem Busbahnhof lag das Elendsviertel 50/50, kein schlechter Platz, um vier Stunden totzuschlagen. Es roch nach Marihuana, Kokain, Schmuggel und Mord da hinten. Es roch da hinten besser als weiter vorn im Geschäftsviertel, wo die schiere Arroganz zum Himmel stank. Das 50/50 war eine Gegend, in der die Frauen das Lächeln noch nicht verloren hatten, denn sie waren arm und häßlich. Die anderen waren längst ans andere Ufer abgeschwirrt. Es war eine Gegend, in der man noch ein kräftiges Mittagessen zu einem guten Preis bekam. Eine Rattengegend aus zerfallenen Holzhütten und verrosteten Wellblechdächern, schlierigen, stinkenden Pfützen und zerbröselten Wasserleitungen, einarmigen Huren und zahnlosen Zuhältern, alles begraben unter einem Wasserfall aus hartem Rum. Die Restaurants hier hatten keine fünf Sterne, sondern fünf Plätze, und in den Läden wurde das meiste unter der Theke gehandelt.

Titine versprach kreolische Hausmannskost. Den einen Tisch in ihrem Lokal hatten die Kartenspieler belegt. Der andere war für zwei Personen gedeckt. Carl setzte sich. Titine schickte ihm aus der winzigen Küche ein strahlendes Lächeln. Sie mußte so um die zweihundert Kilo wiegen, und wenn man aus Versehen zwischen ihre Brüste geriet, war es vermutlich um einen geschehen. Über ihren massigen Schultern hatte jemand ein winziges Köpfchen angebracht. Das Köpfchen lächelte das Lächeln eines achtjährigen Mädchens, das gerade aus dem Konfirmationsunterricht kommt und in den Vikar verliebt ist. Das Lächeln war von zwei Zöpfen eingerahmt, die irgendwie an den Schwarzwald erinnerten. So viel stand fest: hier wurde gut gekocht.

Neben dem Kücheneingang stand ein kleines Männchen weißer Hautfarbe. Carl nahm die Gestalt erst wahr, als sie sich bewegte, so durchsichtig und unscheinbar sah sie aus. Das Männchen schien irgendeine Funktion in Titines Laden zu haben, denn es kam an den Tisch und fragte nach Carls Wünschen. Er bestellte ein Essen, einen Rumpunsch und eine Flasche Wein. Das Männchen stellte alles vor ihn hin, dann setzte es sich auf den zweiten Stuhl. Es entpuppte sich als ein Franzose namens François.

François war Fischer und half nebenbei in der Kneipe aus. Dafür bekam er sein tägliches Mittagessen. Seine Anfänge auf Guadeloupe vor zehn Jahren hatten auch nicht rosiger ausgesehen als Carls Anfänge.

»Und wie bist du über die Runden gekommen?« fragte Carl.

»Frag mich nicht! Wie kommst'n du über die Runden?«

»Ich schreibe Geschichten. Meistens für Kinder. Manchmal verkaufe ich eine.«

Die Weinflasche war leer.

»Trink Rum!« sagte François. »Sie macht's dir billiger, solange du mit mir zusammenhockst.«

Carl bestellte. Der Rum hier enthielt fünfundsiebzig Prozent Alkohol. Er löste die Zunge. Carl kam so langsam in Fahrt. Er erzählte von der Clochette und seiner Einhundert-Francs-Schuhschachtel. Sie waren beim siebten Rumpunsch, als François die Katze aus dem Sack ließ.

»Ich hätte ein Häuschen für dich. Kostenlos.«

Carl schaute ihn an, um herauszufinden, ob er es ernst meinte.

Die blaßblauen, verschwommenen Augen blinzelten listig hinter den dicken Brillengläsern, die dünnen Lippen waren zu einem vielsagenden Lächeln verzogen. Mit der einen Hand kratzte François die Ekzeme in seinem Nakken, mit der anderen fuhr er sich durch das schüttere, schweißnasse Haar.

»Du lügst!« sagte Carl. »Du lügst, weil du deine tägliche Ration Rum brauchst, damit du nicht kotzen mußt, wenn du an einem Spiegel vorbeikommst. Wenn du nicht lügst, gibt dir niemand einen aus.«

»Das mit dem Rum stimmt. Aber das mit dem Häuschen stimmt auch.«

Die Hütte stand neben seiner eigenen und war für ein paar Monate frei. Der Besitzer war nach Paris gefahren. Es handelte sich um ein einfaches Holzhäuschen ohne Strom, aber hundert Meter weiter gab es Wasser. Kostenpunkt Null.

Carl bestellte zwei Doppelstöckige.

Es wäre ihm als Beweis für die Existenz Gottes erschienen, hätte ihm auf dieser Insel jemand ein Stück drei Wochen alten Brotes geschenkt. Das Angebot des Fischers klang ihm, als stoße er die Pforten zum Paradies auf. Zumindest nach einer Flasche Wein und dem achten Rumpunsch klang es so. In Gestalt dieses häßlichen, sabbernden, von Akne, Herpes, Sonnenbrand und Bleichsucht geschlagenen Wichtes war ein gütiger Engel aufgetaucht, und dieser gütige Engel würde Carls sämtliche Probleme regeln. Guadeloupe würde in einem völlig neuen, goldenen Licht erstrahlen, und in einigen Wochen würde er nicht mehr wissen, mit welcher seiner wunderbaren, langbeinigen, magischen Geliebten er donnerstags verabredet war und mit welcher freitags.

Er bestellte zwei weitere Doppelstöckige.

Vierzehn

Sie erwischten einen Bus, der an der Stelle vorbeifuhr, wo das Häuschen stand. Carl war inzwischen völlig hinüber. Seine Knie machten nicht mehr mit, und sein Gleichgewichtssinn war bei Titine in der Kneipe geblieben. Im dritten Anlauf schaffte er es, einzusteigen. Angenehme Überraschungen hatten ihn schon immer aus den Latschen gekippt. Mit unangenehmen wurde er besser fertig. Sie waren häufiger, und man konnte den Umgang mit ihnen trainieren.

Eine halbe Stunde später drückte François auf einen Knopf in der Wand, und der Bus hielt auf offener Strecke. Weit und breit war kein Haus zu sehen.

»He, wir sind da!« zischte der Franzose. Den Ausstieg schaffte Carl im zweiten Anlauf. Als der Bus wegfuhr, gab er den Blick auf einen Hügel frei. Auf halber Höhe standen zwei hölzerne Bruchbuden. Die rechte sah etwas besser aus als die linke. Die rechte war mit zwei Fenstern ausgestattet. Bei der linken schienen sie die Fenster vergessen zu haben.

Der Pfad führte steil bergan. Steil! Der Pfad gab Carl den Rest. Als er oben ankam, schwankte er auf einen toten Orangenbaum zu. Kurz bevor er ihn erreichte, fiel er um. Er hob den Kopf und sah, wie François die Pforten zum Paradies aufstieß. Es war finster da drin, stockfinster. Trotzdem glaubte Carl, ein paar flüchtende Ratten zu erkennen. Er rappelte sich hoch und folgte dem anderen in die Hütte.

Der Gestank nach Urin war unverkennbar. Der Hausbesitzer, der jetzt in Paris pißte, mußte entweder schwer gehbehindert oder sonstwie gestört gewesen sein. Offenbar hatte er eine Ecke der leeren Hütte als Toilette benutzt. In Carl keimten erste Zweifel. Er stolperte über etwas, schaute nach unten und entdeckte eine tote Ratte. Die Zweifel verdichteten sich zur Gewißheit: dies war nicht das Paradies. Schlimmer erschien im Augenblick allerdings, daß er jetzt endgültig nicht mehr stehen konnte. Der Franzose kam mit einem Bettgestell an, einem rostigen, nackten dreibeinigen Rost. Dann brachte er etwas, das einmal eine Matratze gewesen sein mußte. Das Ding war mit einer harten Haut aus trockenem Sperma, Menstruationsblut und Pisse überzogen, aber Carl war nicht in der Lage, sich Gedanken über Hygiene und sonstige europäische Luxusartikel hinzugeben. Er schwankte, machte einen Schritt nach vorn, fiel auf die Matratze und schlief ein. Als er wieder aufwachte, sah er durch bunte Nebel eine Gestalt auf dem Bettrand sitzen. Es war François, und François streichelte Carls Brust.

»So ist das also!« brummte er und versuchte sich aufzurichten. Es blieb beim Versuch. Sein Körper weigerte sich, den Befehlen seines Hirns zu folgen. Die Hand des Franzosen rutschte tiefer. Sein stierer Blick war auf Carls Hosenschlitz gerichtet, der dünnlippige Mund sabberte. Carl war starr vor Verblüffung und gelähmt vom Alkohol. Außerdem erwachte eine überraschende Neugier in ihm. Er wollte wissen, wie weit der häßliche Zwerg ging. Schließlich war er Schriftsteller. Schriftsteller nahmen nicht Reißaus. Schriftsteller waren Soldaten der Kunst. Sie stellten sich, zumindest, wenn sie volltrunken waren.

François öffnete Carls Hosengürtel und seinen Reißverschluß. Er zog Carls Slip nach unten. Im Licht des Nachmittags, das mager durch die offene Tür fiel, erhob sich Carls Schwanz in voller Größe.

Er war verblüfft. Die Vorstellung, mit einem Mann zu ficken, hatte ihn immer geekelt. Und jetzt konnte ihm dieser sabbernde, häßliche kleine Kerl, dem der Schweiß über die Akne lief, in dessen Nacken der Herpes blühte und der vermutlich mit noch einigen anderen, weitaus gefährlicheren Krankheiten geschlagen war, die Hosen herunterziehen, sein Glied massieren und ihm einen prachtvollen Ständer hinreiben, ohne daß er sich muckste, ohne daß er auch nur ein Wort herausbrachte, ohne daß er ihm den Schädel vom Hals schlug. Es war erstaunlich.

Noch überraschender als diese schockierenden Tatsachen erschien Carl allerdings der Eindruck, daß das Ding zwischen seinen Beinen keineswegs etwas mit ihm selbst zu tun hatte. Es handelte sich um einen Fremdkörper, den irgendwer versehentlich an ihm befestigt hatte und der machte, was er wollte.

»Erstaunlich!« murmelte er. »Erstaunlich!«

Als nächstes nahm François das Ding in den Mund. Carl schloß die Augen und stellte sich vor, der Kerl sei eine Frau. Es war nicht weiter schwierig. Was den Mund angeht, gibt es so gut wie keinen Unterschied zwischen den Geschlechtern, und François war kein schlechter Lutscher. Carls Schwanz zuckte in seinem Mund herum wie eine kleine, dicke Schlange, und nach einer Weile fühlte er sich auch nicht mehr so fremd an. Befriedigt stellte er fest, daß er inzwischen den letzten Rest von eingefahrenen Vorstellungen über Sexualmoral losgeworden war. Während der Fischer sich abmühte, dachte er an die Frauen, die durch sein Leben gegangen waren, die ihn verletzt und verlassen hatten, und fast war er der Schwuchtel jetzt dankbar für ihre Bemühungen. Es war wie Rache. Am liebsten hätte er sie alle um diese versiffte Matratze versammelt gesehen, gedemütigt und kotzend vor Ekel.

Schließlich riß sich François die Kleider vom Leib. Sein Gesicht war zu einer Grimasse verzerrt, die ihn noch häßlicher erscheinen ließ. Er hatte dünne, weiche, rosarote Haut, wie ein frisch geborenes Ferkel. Er fühlte sich glatt und widerlich an. Er setzte sich auf Carl und steckte den zuckenden Schwanz in sein Arschloch.

»Seit zweieinhalb Jahren hab ich sowas nicht mehr gehabt«, sabberte er, »seit zweieinhalb Jahren.«

Carl lag noch immer steif wie ein Brett. François mühte sich ab. Er preßte die Arschbacken zusammen und pumpte wie ein Maikäfer, der losfliegen will. Inzwischen hatte Carl jedes Interesse verloren. Er hatte die Nase voll. Er packte François' dünnen, sichelförmigen Piephahn und rieb ihn, um die Sache zu beschleunigen. Er dachte an Aids, während er dieses lächerliche Ding rieb, und die Vorstellung eines baldigen Todes huschte durch sein benebeltes Hirn, ohne ihn zu erschrecken. Was ihn am Leben noch fesselte, waren die Frauen, die er nicht bekam, und die Bücher, die zu schreiben er zu schwach war. Es war nur folgerichtig, wenn er sich von einem schwulen Franzosen ins Jenseits ficken ließ.

Schließlich spritzte François ab und ließ sich grunzend nach hinten fallen. Carl war wieder halbwegs lebendig geworden. Er jagte seinen Vergewaltiger aus der Hütte, stand auf und machte sich an den Abstieg. Mit eingezogenem Schwanz schwankte er wie ein geprügelter Hund den Abhang hinunter. Er ekelte sich jetzt. Er fühlte sich gedemütigt wie nie zuvor. Er hoffte auf ein barmherziges Auto, das ihn von hinten erwischte und dem ganzen Schwindel ein Ende machte, aber er schaffte es nicht bis zur Fahrbahn. Der Straßengraben hielt ihn auf. Angewidert ließ er sich hineinfallen, und im Modder sank er in bleiernen Schlaf.

Fünfzehn

»Ich hab ein Haus für dich.«

Zum ersten Mal, seit er ihr diese anderthalb Tausender hingelegt hatte, sah Carl Madame Clochette lächeln. Sie strahlte über das ganze Gesicht. Selbst ihre Brillengläser strahlten.

»Es liegt auf dem Land bei Dugazon kurz hinter Abymes. In drei Tagen wird es frei.«

Das Haus fand sich am Ende einer Sackstraße in einem Tal und war von Kühen, Palmen, Bananen und grünen Wiesen umgeben. Es machte einen ebenso soliden wie häßlichen Eindruck, und genau betrachtet war es nur ein halbes Haus – eine Garage, eine Küche und zwei kleine Zimmer. Jenseits der Garage befand sich die zweite Hälfte des Hauses. Dort wohnte eine Familie mit vier Kindern. Die beiden Wassertrakte waren nur durch eine Pappwand unterteilt, und so war hüben jedes Wort zu hören, das drüben gesprochen wurde. Trotzdem war das Haus ein Haus und keine Schuhschachtel, die Fenster schauten auf eine exotische, grüne Landschaft hinaus, in der Küche lief das Wasser, das Clo funktionierte, die Tür war mit einem eindrucksvollen Schloß versehen, und das Dach schien dicht.

»Ich nehme es«, sagte Carl. Madame Clochette strahlte erneut. Das Haus gehörte ihr.

Nicht weit von St. François, wo Carl die erste Nacht auf Guadeloupe verbracht hatte, verkaufte Fiff, der Syrer, gebrauchte Motorroller. Er hatte eine ganze Schiffsladung davon aus Miami kommen lassen und wurde nicht müde, aus drei toten einen lebendigen zu basteln. Allah half ihm dabei. Fiffs Geschäfte gingen hervorragend.

Carl fand ihn von Hunderten von Rollern der Marke Yamaha umgeben, von vier Bluthunden bewacht und mit einem Revolver im Hosengurt, wie er gerade mit Hilfe arabischer Flüche eine Kupplung reparierte. Der Syrer war kurz und dick, er trug ein Hitlerbärtchen und er roch nach Schmieröl und Bazar. Er ließ Carl eine halbe Stunde warten, dann schmiß er die Kupplung in den Bach und setzte sich zu ihm. Die Bluthunde folgten ihm.

»Du möchtest also einen Roller kaufen?«

»So ist es.«

»Ich habe aber keinen.«

»Du hast keinen?!?«

»Ich habe keinen.«

»Und was ist das und das und das und das?«

»Die taugen nichts. Ich will dich schließlich nicht übers Ohr hauen.« Fiff kratzte sich am Kopf. Die Bluthunde hechelten. Der Bazargeruch verstärkte sich.

»Laß den Kopf nicht hängen! Den einen da, den könnte ich in einer halben Stunde fertigmachen. Allerdings kommt er ein bißchen teuer.« Carl sagte nichts. An diesem Punkt einer Verkaufsverhandlung hielt man als Käufer am besten den Mund. Jedes Wort konnte tausend Francs kosten.

»Kannst du viertausend bezahlen?« fragte Fiff nach einer Weile des Schweigens.

»Du spinnst!« sagte Carl. Er kannte die Preise. Für zweitausendfünfhundert konnte man einen guten Roller bekommen – wenn man Zeit hatte. Aber Carl hatte es eilig. Für dreitausend Francs erstand er schließlich ein heruntergekommenes, graurostiges Gefährt. Fiff hatte gelogen. Abgesehen von einer schadhaften Zündkerze war der Roller fahrbereit.

Zurück in der Stadt kaufte Carl, was er für einen Schriftsteller auf der Suche nach Liebe als lebensnotwendig erachtete: Tisch und Stuhl, Lampe, Matratze, Bettzeug und

Geschirr, Putzlumpen und Kochtopf, Fliegengitter und Clopapier, einen Löffel, ein Messer, eine Gabel, ein Glas und einen Teller, eine Kaffeetasse und eine Gasflasche, Moskitonetz und Ventilator, Hammer und Nägel. Als er alles beisammen hatte, fuhr er noch einmal zurück in das große Warenhaus am Stadtrand. Er hatte die Wäscheklammern vergessen. Einmal waren ihm zwanzig Manuskriptseiten ins Wasser gefallen. Seither schätzte er Wäscheklammern.

Sechzehn

Die Spielbank lag keine zehn Rollerminuten von Carls Haus weg. Außer den großen Diskotheken machte so gut wie alles auf der Insel spätestens um neun Uhr abends dicht. Neun Uhr war nicht Carls Zeit und Diskotheken nicht sein Fall. Fast täglich besuchte er das Casino.

Es war in einem häßlichen Bunker zwischen zwei großen und drei kleineren Hotels untergebracht, und die Parkplätze standen voll mit den Leihwagen der Touristen. Zwischen den Autos streunten immer ein paar Huren herum. Sie hatten es auf Männer wie Carl abgesehen, Männer, die vom anderen Geschlecht außer Rechnungen aller Art nichts mehr erwarteten, Männer, die verlernt hatten, wie man mit Frauen umgeht, die nicht Geld, sondern Seele nehmen, Männer, die diese Form des Deals noch für die sauberste hielten. Die Huren besaßen Körper, die für ihren Beruf geeignet waren, sie rochen nach Parfüm, und die meisten hatten keine Schneidezähne mehr im Oberkiefer – eine Volkskrankheit auf dieser Insel, aber nicht unbedingt ein gewerblicher Nachteil. Irgendwie schaffte Carl es jedesmal, ihnen zu entkommen und den Eingang zu erreichen.

Am Empfang gleich neben einem Teich voller Schildkröten saßen zwei dieser magischen Schönheiten, stellten die Eintrittskarte aus und wünschten mit lächelnden Lippen und eisigen Augen einen angenehmen Abend. Dann gings durch eine Flügeltür, und schon stand man mitten im dunkelgrünen Paradies des Spiels.

Es war kalt da drin. Die Klimaanlage lief auf Hochtouren, denn die Croupiers trugen Westen und die Bosse Anzug und Krawatte. An die Spieler hatte keiner gedacht. Die Spieler kamen in dünnen, kurzärmligen Hemdchen an und ihre Damen in etwas Schulterfreiem, denn anders war es draußen im Freien gar nicht auszuhalten. Die Spieler froren, aber so gegen zehn, wenn das Spiel auf Touren kam, wurde ihnen wieder warm.

Man konnte Black Jack und amerikanisches Roulette spielen in diesem Casino, und beim Black Jack rechnete Carl sich eine gute Chance aus. Die Bank mußte mit Sechzehn ziehen und bei Siebzehn stehenbleiben. Nach menschlichem Ermessen konnte die Bank nur verlieren. Sie gewann trotzdem. Banken haben das so an sich: sie gewinnen fast immer. Der einzelne Spieler ist seinen Gefühlen ausgesetzt und begeht eine irrationale Handlung nach der anderen. Die Bank arbeitet kalt und nüchtern wie eine Maschine. Das ist ihr Vorteil – sie kann einfach keine Dummheiten machen wie unsereiner, und zu allem Überfluß hat sie auch noch mehr Geld.

Es gab fünf oder sechs Stammkunden an den Black-Jack-Tischen, und sie spielten nicht, um zu gewinnen, sondern um zu beweisen, wie INTELLIGENT und was für GUTE SPIELER sie waren. Oft blieben sie bei Dreizehn oder Vierzehn stehen, manchmal sogar bei Zwölf. Wenn der Croupier dann zwei Bilder zog zu seiner Zwei und die Bank verlor, klopften sie sich gegenseitig auf die Schultern und beglückwünschten sich zu ihrer genialen Spielweise. Meistens zog der Croupier sich ein Bild und eine Neun, die Bank machte Einundzwanzig, und sie verloren. Carl war in einem Kindergarten gelandet. Einer der Stammkunden war ein Weißer, Comí, ein fetter, schwatzhafter Einheimischer, der fließend Patois sprach. Comí hatte es auf Carl abgesehen. Er haßte ihn, aber die Gründe für diesen Haß blieben im Dunkeln. Jedesmal, wenn die Bank gewann, hielt er den anderen einen Vortrag und erklärte ihnen, daß Carl und nur Carl daran schuld war, weil er mit einer Dreizehn noch eine Karte verlangt hatte. Nach ein paar Abenden war Carl der bestgehaßte Mann im Casino. Die ganze Runde hatte sich auf ihn eingeschossen.

»Messiee, messiee, tzk, tzk, tzk«, machten sie alle paar Minuten in Carls Richtung. Er saß in einem Sperrfeuer von wütenden Blicken, und Comi heizte weiter an. Sie schimpften auf Patois, sie schimpften auf Französisch. Carl reagierte nicht. Er saß stumm da und spielte sein Spiel. Er saß stumm da und verlor sein Geld. Er saß stumm da und spürte die Aggression. Am liebsten hätten sie ihn gelyncht. »Messiee, messiee, tzk, tzk, tzk!«

Nein, es war ihm nicht gleichgültig. Seine Finanzlage war nicht gerade rosig. Auf die Sticheleien und Bösartigkeiten dieser Möchtegernzocker konnte er verzichten. Bei Tag überwachten sie den Bau ihrer Eigenheime, nachts spielten sie, und Gewinn und Verlust fielen nicht weiter ins Gewicht. Zu Hause saßen ihre teuren Frauen und schauten fern oder zählten die Juwelen. Was waren ein paar tausend Francs für sie? Für Carl zählte jeder Einsatz. Er verfügte weder über ein festes Einkommen noch hatte er sonst etwas im Rücken. Er saß achttausend Kilometer von seinen Freunden weg auf einer Insel, auf der ihm im Notfall kein Mensch helfen würde – und verlor. Er erwischte Läufe, von denen einer, der das Spiel nicht kennt, nicht einmal träumen kann. Am Black-Jack-Tisch Drei legte die Bank eines Abends siebzehnmal hintereinander Zwanzig, Einundzwanzig oder Black Jack vor. Carl entschloß sich, den Verlust zu kassieren und zum Roulette überzuwechseln. Er spielte vierundzwanzig der achtunddreißig Nummern gleichzeitig. Er hatte es einfach satt, zu verlieren. Er ging auf Nummer Sicher, aber Nummer Sicher gibt es nicht im Spiel. Der Croupier brachte es fertig, zwölfmal die restlichen vierzehn Nummern zu bringen, dann erwischte Carl einen Cheval, und dann kamen wieder sechzehnmal die anderen Zahlen. Danach hatte er kein Geld mehr in der Tasche.

Langsam machte er sich mit dem Gedanken vertraut, daß an den Geschichten über die schwarze Magie auf den Antillen doch etwas dran war: irgend jemand hatte ihn verhext. Da stand er mit seinem Vierteljahrhundert Erfahrung im Glücksspiel und sah schlechter aus als der dümmste Anfänger – es war kaum zu glauben!

Aber wenn einer einmal den falschen Tritt erwischt hat, dann wird er ihn nur selten wieder los, und außerdem gibt es ein paar Plätze auf der Welt, da hat einer eine Chance, und einen Haufen anderer, da hat er nicht die Spur einer Chance. Guadeloupe gehörte für Carl eindeutig zur zweiten Sorte. Trotzdem ließ er nicht locker. Wenn es wirklich immer so weitergehen sollte, gut, dann hatten sie ihn eben erwischt. Irgendwo würde sich ein Armenhaus finden, in dem er seine Memoiren schreiben konnte. Genau betrachtet, hatte er seine letzte Hoffnung, doch noch einen Blick auf die Schokoladenseite des Lebens zu werfen, ohnehin schon durch den Abwasserkanal von Pointe-a-Pitre flutschen sehen – es kam nicht mehr darauf an. Wenn ein Mann erst einmal so weit ist, daß er aus purer Verzweiflung am anderen Geschlecht ganze Kontinente hinter sich läßt, dann hat er vom Leben nicht mehr viel zu erwarten. Die Wut und die Resignation kommen ihm aus den Poren – er stinkt, und dieses Parfüm riecht wesentlich strenger als Knoblauch. Vielleicht hatten die Möchtegernzocker recht: was waren ein paar Tausender unter diesen Umständen, selbst wenn es die letzten waren? Was zählten ein paar Sandkörner in der Wüste?

Carl stand auf, schob den grünen Plastiksessel an den Tisch zurück, drehte sich um, ging durch die Schwingtür, vorbei an den zwei Zuckerpuppen am Empfang, vorbei an den Schildkröten hinaus in die sternenklare Antillennacht. Er betätigte den Kickstarter, der Roller sprang an, er setzte sich darauf und fuhr die Straße hoch unter den Palmen durch, an den Hotels vorbei, an den Nutten vorbei. Sie riefen ihm zu, und er drückte für sie auf die Hupe. Unter dem bleichen Mond rollte er langsam zurück nach Dugazon. Immerhin hatte er ein halbes Haus. Immerhin würde er schlafen können.

Unter dem Fenster stand dann eine erkältete Kuh. Sie hustete die ganze Nacht.

Siebzehn

Seit er in das Haus in Dugazon gezogen war, führte Carl ein regelmäßiges Leben. Morgens machte er sauber, spülte sein bißchen Geschirr und wusch seine Wäsche. Dann fuhr er auf den Markt von Pointe-a-Pitre zum Einkaufen, trank an der Place de la Victoire einen frisch gepreßten Fruchtsaft, schaute sich eine halbe Stunde die Frauen an und fuhr zurück nach Dugazon. Den Nachmittag verbrachte er an der Schreibmaschine, die Nacht in der Spielbank.

Jeden Morgen kam er an einem alten Haus vorbei, und immer standen bunte Hähne vor diesem Haus. Einmal ging er zurück, um sie sich genauer anzuschauen. Er kannte die Sorte: es waren Zwerghähne. Ihre Stimmen ließen Porzellan zerspringen, neben den Farben ihres Gefieders verblaßte jeder Sonnenuntergang, und sie waren die geborenen Kämpfer. Ein Zwerghahn konnte einem Erpel das Fürchten beibringen, einen Fasan in die Flucht schlagen und sogar einem Puter das Leben schwer machen.

Diese hier wirkten allerdings etwas merkwürdig. Statt auf einer Wiese standen sie am Rand einer stark befahrenen Straße, statt eines Kammes trugen sie ein knorpeliges, verschrumpeltes Stück roter Haut auf dem Kopf, und unten waren sie nackt. Irgend jemand mußte ihnen an den Schenkeln, an den Flanken und am Bauch sämtliche Federn ausgerissen haben, und jetzt wirkten sie irgendwie obszön. Die Haut an den nackten Stellen leuchtete knallrot. Diese Hähne hatten einen schweren Sonnenbrand.

Manchmal standen acht von ihnen an der Straße, machmal zehn, manchmal nur drei. Jeder war an einem Bein angebunden, pickte in eine grüne Banane und krähte. Es schien ihnen trotz Sonnenbrand weder an Gesundheit noch an Selbstvertrauen zu fehlen. Um weiterzukommen, mußte man einen Bogen um sie machen, denn sie wichen keinen Zentimeter zur Seite. Sie mochten es, angefaßt und gestreichelt zu werden. Sie menschelten.

Die Holzkonstruktion hinter ihnen sah ziemlich zerfleddert aus. Es konnte sich um eine ehemalige Lagerhalle handeln, um eine verlassene Werkstatt, das Bethaus einer Sekte, die Pleite gemacht hatte – ein Gebäude außer Diensten jedenfalls, in dem Carl noch nie einen Menschen gesehen hatte. Die Anwesenheit der Hähne an diesem verlassenen Ort erschien ihm ein wenig rätselhaft.

Aber dann, eines Samstagmorgens, hörte er aus dem baufälligen Haus frenetischen Jubel dringen. Draußen standen mehrere Dutzend Autos, die den Verkehr so ziemlich zum Erliegen brachten, und die Hähne am Straßenrand waren verschwunden. Der Holzschuppen beherbergte eine Arena für Hahnenkämpfe, ein ›Pitt‹. Die Straßengöckel waren wertvolle Kampfhähne.

Carls einziger Kontakt zum Rest der Menschheit bestand in diesen Tagen im Besuch des Spielcasinos. Dort arbeiteten farbige Croupiers unter weißen Aufpassern, die ihnen auf die Finger schauten. Einer der Aufpasser war Monsieur Perronnet, Sproß einer alteingesessenen Familie, bestes Kolonialgewächs, aufgezogen mit altem Rum und trotzdem achtunddreißig Jahre alt geworden. Perronnet trug schütteres, aber gescheiteltes Haar, einen schwarzen Schnurrbart, in dem sich das erste Grau zeigte, und den selbstbewußten, an Hochmut grenzenden Ausdruck in seinem gestanzten, sehr weißen Gesicht, den die französischen Siedlerfamilien sich in dreihundert Jahren der Machtausübung zugelegt hatten.

Am Abend nach der Nacht des großen Verlustes lud Perronnet Carl ein, am nächsten Samstag mit zu den Hahnenkämpfen zu kommen.

Er wußte nicht so recht, was er von der Sache halten sollte. Einerseits taten ihm diese Tiere leid, die da aufeinander losgelassen wurden, nur damit gewettet werden konnte. Andrerseits gingen die Menschen auch nicht besser miteinander um, und hier wurden sie vielleicht ein wenig Aggression und Bösartigkeit los. Außerdem folgten die Hähne schließlich ihrem Instinkt. Carl sagte sich, daß Sentimentalität vorerst fehl am Platze war. Er sagte sich, daß das Leben heutzutage für niemand ein Zuckerschlecken war, warum also ausgerechnet für einen Zwerghahn auf den französischen Antillen. Er ging zum Pitt.

Achtzehn

Im Pitt ging es zu wie auf einer Boxveranstaltung. Es gab Champions, Superchampions, Außenseiter und arme Teufel, die mit ihren neun Monaten zum ersten Mal im Leben in den Ring geschickt wurden. Sie alle mußten erst einmal auf die Waage, denn wie die Faustkämpfer hatten auch die Kampfhähne ihre Gewichtsklassen. Ihre Flügel und Schwänze waren mit Gold übergossen, flammend rot, orange, schwarzgrün, weiß und in allen vorstellbaren Kombinationen dieser Farben. Die meisten ließen sich auf die Waage setzen, ohne einen Mucks zu machen. Es gab kein Geflatter und keine Aufregung und keine Fluchtversuche. Brav blieben sie sitzen, bis ihre anderthalb Kilo plus/minus registriert waren – handzahme Tiere mit nackten Schenkeln, nackten Flanken und oft sogar nackten Rücken.

»Federn stören nur«, sagte Perronnet. »Außerdem sind sie unhygienisch.«

Die Waage wurde geschlossen. In der Arena ertönte eine Glocke. Carl schaute sich um auf der Suche nach einem bekannten Gesicht aus dem Casino. Zwei Reihen unter ihm saß Perronnet. Nicht weit von ihm entdeckte er den ›Rebbe‹. Der ›Rebbe‹ war ein untersetztes, hellbraunes Männchen unbestimmbaren Altes mit einem weißen Bart, wie ihn orthodoxe Juden tragen. Er kleidete sich ausschließlich in braune Anzüge, weiße Hemden und schwarze Krawatten. Er tat vornehm und gehörte zu den Zockern, denen Carl am liebsten aus dem Weg ging. Nach jeder Kartenausgabe im Black Jack, nach jedem Wurf beim Roulette brachte der Mann seine säuerlichen Kommentare an, und immer war ein anderer schuld, daß er verloren hatte – der

Croupier, der Saalchef, Carl oder die Frau am Wechselschalter. Für Carl war er der ›Rebbe‹. Er wußte nicht, wie er wirklich hieß. Es lag an diesem Bart. Es lag an diesen Anzügen. Es lag an diesen Krawatten. Sie brachten die ersten zwei Hähne herein, einen leuchtend roten und einen rein weißen. Der Weiße gehörte einem Mann, der aussah wie eine braun eingefärbte Kreuzung aus Bismarck und Hemingway. Er hatte sehr dunkle Haut, einen ausladenden Schnurrbart, so weiß wie die Federn seines Hahns, und ein breites, optimistisches Gesicht unter einem braunen Tropenhelm. Dazu trug er einen khakifarbenen Anzug. Man fragte sich unwillkürlich, wo er das Gewehr für die Elefantenjagd gelassen hatte. Es genügte, ihn einen Augenblick anzuschauen, und man wußte, welcher Hahn den ersten Kampf gewinnen würde. Hemingway blickte herausfordernd in die Runde, dann legte er seine Wette: ein Bündel von Fünfhundert-Francs-Scheinen. Die Zocker auf den Rängen verdoppelten ihre Einsätze. Die Sekundanten setzten die Kämpfer auf den Boden der Arena und zogen sie an den Schwänzen. Sie ließen sie hopsen wie lebendige Bälle. Sie schlugen sie auf die nackten Teile. Sie machten sie heiß. Dann ließen sie sie allein.

Im Pitt brach die Hölle los. Wie ein Mann sprangen die Zocker auf, brüllten, schrien, gestikulierten, stampften, trampelten – ein Orkan aus Stimmen und Bewegungen, der die dünnen Wände wackeln ließ, das Dach in die Luft hob und das ganze Pitt zum Zittern brachte. Jeder suchte einen Wettpartner, jeder versuchte, lauter zu schreien als sein Nebenmann, ausladendere Gesten zu machen, sichtbarer zu sein, um endlich diese Wette unter Dach und Fach zu bringen, diese Wette, an der offenbar sein Leben hing. Irgendwie schafften sie es in diesem Hexenkessel, sämtliche Wetten zu placieren, ohne daß es zu Mißverständnissen kam – ein Mirakel, das die wunderbare Brotvermehrung ohne weiteres in den Schatten stellte.

Die Hähne gingen ohne zu zögern aufeinander los. Anfangs waren sie ausgeruht, schnell, wendig, stark und siegessicher. Gleichzeitig flogen sie hoch, hackten, griffen mit diesen mörderischen, spitzen Stahlsporen an, warfen sich aufeinander in rasender Wut, wieder und wieder. Die Sporen drangen ins Fleisch des Gegners, verhakten sich, und dann stürmten die Sekundanten in den Ring und zogen sie wieder heraus, und schon kam der nächste Angriff. Federn flogen, Blut tropfte, Schnäbel pickten in kleine runde Augen, und draußen tobten die Männer, schrien ihre Wetten zum Sieg, stampften und begleiteten jeden Stoß ihres Favoriten mit einem mordlustigen ›He!‹, als sei der Gockel da unten ein bescheuerter spanischer Torero.

Die meisten Hähne kämpften bis zur völligen Erschöpfung, und das wahre Drama begann erst, wenn einer am Ende seiner Kraft war. Dann blieb er bewegungslos im Ring stehen, während der Stärkere weiterhackte, weiterpickte, weiter anflog und mit seinen Sporen zustach, gnadenlos und mörderisch. Niemand griff ein. Der Kampf war erst zu Ende, wenn der Verlierer bewegungslos auf der Seite lag. Carl sah Hähne auf einer sinnlosen Flucht entlang der Einfriedung, immer im Kreis herum in panischer Todesangst, zehnmal, fünfzigmal. Er sah sie den Gleichgewichtssinn verlieren und sich in einer unsinnigen Bewegung um die eigene Achse drehen, während das Blut aus dem Schnabel tropfte und der Stärkere weiterhackte, weiter und weiter. Er sah sie auf dem Bauch liegen, die Augen geschlossen, in einem Schwall von Blut, das den Hals hinunterlief, den Schnabel in den Sand gebohrt, und sie wollten nichts mehr als ihre Ruhe, endlich fertig sein, endlich sterben dürfen, um diesem Gewitter aus Stahl und Bein zu entgehen – es war alles wie überall sonst auch.

Lag einer so auf dem Bauch, stellte der Schiedsrichter eine grüne Lampe an. Die Lampe blinkte, und sie blinkte eine Ewigkeit. Solange sie an- und ausging, dauerte der

Kampf an. Der eine lag, der andere stach. Dann hörte das Blinken auf, und das war endlich die Erlösung.

Manchmal waren sie beide am Ende. Dann standen sie bewegungslos nebeneinander oder sie stützten sich gegenseitig, um nicht umzufallen, und draußen tobte die Empörung der Wetter – minutenlang, bis der Schiedsrichter endlich ein Unentschieden gab, das einen Proteststurm auslöste, denn es annullierte die Wetten. Aber es gab wenige Unentschieden an diesem Tag. Der Schiedsrichter ließ seine Ampel blinken, bis einer der Hähne so gut wie tot war. Er brauchte nur lange genug zu warten.

Den ersten Kampf hatte Hemingways Weißer gewonnen. Niemand schien überrascht. Perronnet hatte gewonnen, der ›Rebbe‹ verloren. Er beschimpfte lautstark seinen Nebenmann. Der Nebenmann war schuld, sonst niemand. Hemingway verließ den Ring wie – Hemingway.

Später kämpfte Le Fou, der Verrückte, gegen den Großen Kreolen, und dann Sandy gegen Bö und dann Air Guadeloupi gegen The King. Carl war sonst nicht der Mann, der ein Spiel ausläßt, aber bei allem gutem Willen wollte es ihm nicht recht gelingen, sich für diese Zockerei zu begeistern. Trotzdem ergriff er Partei. Er entschied sich nicht zwischen den Hähnen, er entschied sich zwischen den Besitzern. Wenn einer humpelte, ein windschiefes Gesicht hatte, ein verkrümmtes Rückgrat, Flecken auf der Haut, zu schwere Schuhe oder ein geflicktes Hemd, wenn einer wie der geborene Verlierer aussah, wünschte Carl ihm den Sieg. Meistens gewannen die anderen, junge, smarte, schneidige, gelackte Typen, gedresst und gestylt und mit Bügelfalten in den eng sitzenden Hosen – die geborenen Sieger eben.

Bei der Nachmittagsveranstaltung saß Carl ganz oben, und einmal drehte er den Kopf und entdeckte hinter sich eine Kammer mit einem Tisch, an dem ein Seven-Eleven-Würfelspiel um hohe Einsätze lief. Daneben lag ein Haufen alter Kokosnüsse, und ab und zu verließ einer der

Zocker den Tisch und pißte auf die Kokosnüsse, und dann ging er mit seinen verpißten, fleckigen Hosen, aber einem weiterhin blütenweißen Hemd zurück, zog ein Bündel Fünfhunderter aus der Tasche, die auch nicht mehr ganz trocken waren, und legte die nächste Wette.

Es lief den ganzen Tag so weiter. Das Schauspiel blieb immer das gleiche, das Geschrei blieb immer das gleiche, nur die Einsätze stiegen langsam an. Auch die Pisserei blieb die gleiche, der Gestank, die Ratten, die aus der Küche kamen, das Blut, das die rote Holzwand da unten bespritzte, das Würfelspiel neben den bepißten Kokosnüssen – naja, dachte Carl, naja, und irgendwann stand er auf und ging zurück zu seinem Haus, aß ein paar Tomaten und bereitete sich auf die Nacht im Casino vor.

Neunzehn

Carl kam mit einem Haufen Gemüse vom Markt zurück. Er hatte festgestellt, daß die Kombination Gemüsesuppe/ Rotwein der Phantasie zuträglich war. Phantasie war sein einziges Kapital.

Als er die Tasche abstellte, fiel sein Blick auf den Brief. Der Brief lag unter dem Küchentisch. Er hob ihn auf und öffnete ihn. Ein hübscher, nagelneuer, brauner Tausendmarkschein fiel heraus. »Falls diese Spielbank sich weiterhin uneinsichtig zeigt, schick den da ins Feuer! Eric«, stand auf einem Zettel.

Als Carl an diesem Abend zum Casino fuhr, machte er einen Umweg. Es wollte ihm einfach nicht in den Kopf, daß es auf dieser Welt eine Hafenstadt geben sollte, in der nachts nicht eine einzige vernünftige Kneipe zu finden war. Er hatte das Geschäftsviertel abgesucht, das Zentrum, die Vorstadt, die Außenbezirke. Heute würde er in die Slums gehen – trotz des Tausenders in seinem linken Schuh. »Bevor du als Weißer bei Nacht in die Slums gehst, mach dein Testament!« hatte die Clochette gesagt, und Louison hatte zugestimmt. Mochten sie recht haben. Carl kannte die heißen Zonen in einem Dutzend europäischer Städte. Immer hatte er sich da zu Hause gefühlt.

Langsam fuhr er durch das Viertel hinter dem Busbahnhof, wo er François ins Netz gegangen war. Unter trüben Straßenlaternen saßen Männer und unterhielten sich. Einigen fehlte ein Arm oder ein Bein, andere hatten bisher nur die Zähne eingebüßt – arme Teufel, wie es sie überall gibt, Opfer ihrer Lehrer, ihrer Eltern, ihrer Weiber, ihres Temperaments. Illegal Eingewanderte, die auf der Stelle traten – die ganze Mischpoke derer, die es nicht gebracht haben. Keine Bügelfalten in Hose, Herz und Hirn, nur das dunkle Negativ des überbelichteten Fotos von der Sonnenseite des Lebens in einer ehrlichen Umgebung aus Ratten, Wellblechbaracken und zusammenbrechenden Holzhütten.

Aus einer dieser Buden fiel Licht auf die Straße, und davor lungerten etwa zehn Gestalten herum. Sie sahen gefährlich aus. Sie schauten so richtig finster drein, so, als wollten sie es heute nacht endlich wissen, als würden sie spätestens in zehn Minuten diesen ganzen schwimmenden Kokospalmenträger namens Guadeloupe ein für allemal in der Karibik versenken. In ihren Gesichtern stand eine solche Wut, daß Carl sich sagte, sie würden diese Wut nie und nimmer an einem einzelnen Weißen auslassen, wenn es sich nicht zufällig um den französischen Polizeipräsidenten handelte. Er hielt an, parkte den Roller und ging da rein. Sie ließen ihn durch, aber sie starrten ihn an, als habe er nicht mehr alle Tassen im Schrank. Er setzte sich an die Theke und beschäftigte sich mit Rumpunsch. Der Rum hier legte den Weg ins Gehirn in Rekordgeschwindigkeit zurück. Carl fing an, sich wohl zu fühlen. ›Zamby's Spezialeintopf 10 Francs‹ verkündete ein Schild an der rot lackierten Wand, von der die Farbe blätterte. Vor der Wand stand Zamby selbst. Sie sah ziemlich verbraucht aus, irgendwie aus dem Leim gegangen. Carl bestellte ihren Eintopf, und da schaute sie ihm zum ersten Mal voll in die Augen. In ihren Augen schwammen alle Märchen Afrikas. Entsprechend schmeckte der Eintopf.

Ab und zu kam einer von der Straße rein, kippte einen Rum und ging wieder raus. Im Hintergrund stand ein Schlagzeug. Carl war gerade mit dem Essen fertig, da drängte sich der ganze Verein in den engen Raum. Einer setzte sich an das Schlagzeug, einer hatte eine Rassel dabei, einer Bongos. Ein Saxophon tauchte auf, und ab ging die

Post. Fünf Minuten später erschienen die Stammhuren aus der näheren Umgebung, abgetakelte, zahnlose Weiber aus den mittleren Jahrgängen, aber sie lachten und sie tanzten und sie brachten Leben in die Bude und sie waren obszön in ihren Bewegungen, ehrlich, geil bis unter die Haarwurzeln, und sie ließen ihre schlaffen Brüste fliegen und ihre Becken kreisen, und dann stellte Zamby eine Flasche Rum für alle auf die Theke.

Carl vergaß das Casino, und er vergaß Erics Tausender. Er hatte gefunden, was er so lange gesucht hatte: einen Laden, in dem er sich in aller Ruhe und bester Gesellschaft vollaufen lassen konnte. Er war der einzige Weiße hier drin, aber kein Mensch nahm Notiz von ihm. Nur Zamby lächelte ihn ab und zu an. Nach einer Weile hatte er seine Hautfarbe vergessen, und niemand machte Anstalten, ihn auf sie aufmerksam zu machen. Zambys Kunden hatten offensichtlich andere Sorgen. Zambys Kunden waren vollauf damit beschäftigt, Licht auf die Schattenseite des Lebens zu schaufeln.

Zwanzig

Das Eis in den tiefen Augen der beiden Wesen neben dem Schildkrötenteich hatte sich zu Schnee erwärmt. Statt eines angenehmen Abends wünschten sie Carl erstmals viel Glück. Sie hatten sich Sorgen um ihn und seinen Beitrag zu den Gewinnen der Bosse gemacht. Eine Woche war vergangen, ohne daß er sein Scherflein beigesteuert hätte.

Im Saal stieß er auf Perronnet.

»Es gibt eine neue Anordnung«, sagte Perronnet. »Das Verhalten der Mitspieler beim Black Jack darf nicht mehr öffentlich kritisiert werden. Zuwiderhandlungen werden mit einwöchigem Spielverbot bestraft.«

Im Hintergrund steckten Comí und der Rebbe die Köpfe zusammen. Carls Besuch gefiel ihnen nicht. Die Aussicht, seine Spielweise schweigend über sich ergehen lassen zu müssen, brachte sie aus dem Tritt. Finster blickten sie in seine Richtung. Nicht einmal ein hoher Gewinn würde sie heute nacht mit dem Schicksal versöhnen können.

Carl schlenderte zur Bar und bestellte Kaffee und Rumpunsch. Er konnte ihre wütenden Blicke im Nacken spüren. Er zahlte, ging zum Black-Jack-Tisch und setzte sich auf Platz Acht.

Auf den Schultern des Spielers auf Platz Acht lastete gemäß den Comí'schen Spieltheorien die Hauptverantwortung. Der Spieler auf Platz Acht entschied darüber, ob die Bank gewann oder verlor, denn nach ihm zog der Croupier die Karte der Bank. Ein GUTER und INTELLIGENTER SPIELER auf Platz Acht konnte der Bank die Tour vermasseln. Hatte der Croupier ein As vor sich liegen, entschied der Mann auf Acht, ob er eine weitere Karte verlangte oder nicht. Zog er eine Zehn, und die Bank kaufte sich danach tot, war er ein Held und ein GUTER und INTELLIGENTER SPIELER. Zog er eine Fünf und die Bank machte dadurch Einundzwanzig, war er ein Arschloch. Carl auf Platz Acht stellte für Comí und Genossen eine unerträgliche Provokation dar. Mit vorwurfsvollen Mienen nahmen sie ihre Plätze ein.

In der ersten halben Stunde ereignete sich nichts Außergewöhnliches. Als der Schlitten leer war und die Karten neu gemischt wurden, gab es weder nennenswerte Gewinne noch nennenswerte Verluste am Tisch. Carl hielt sich bei einem bescheidenen Gewinn von zweihundert Francs. Bei der ersten Ausgabe aus dem neuen Schlitten fing sich die Bank eine Sechs ein. Carl stand auf Achtzehn. Keiner der Mitspieler nahm eine Karte. Platz Acht war dran, sich zu entscheiden. Carl überlegte. Es war gegen jeden gesunden Menschenverstand, in dieser Situation eine Karte zu ziehen, aber der siebte Sinn des Zockers sagte ihm, daß er nur eine Gewinnchance hatte: er brauchte eine Drei.

»Karte bitte!«

»Messiee, Messiee, tzk, tzk, tzk!«

Das war Comí.

»Man sollte eben nicht mit Ausländern am gleichen Tisch spielen!« Das war der Rebbe. Der Croupier zögerte.

»Ich möchte den Saalchef sprechen«, sagte Carl. Der Croupier ließ sein Glöckchen bimmeln. Der Saalchef kam angerannt.

»Monsieur Perronnet sagte mir, es gibt eine neue Disposition der Geschäftsleitung. Ist das richtig?«

»Ja, mein Herr.«

»Diese beiden Herren belästigen mich und stören meine Konzentration. Würden Sie das bitte unterbinden?«

Der Saalchef sprach eine Verwarnung aus und verzog sich in den Hintergrund. Der Croupier legte Carl eine Drei hin. Die Bank machte Siebzehn. Hätte Carl nicht gezogen, hätte sie Zwanzig gemacht. Eine Viertelstunde später handelte Comí sich mit einem weiteren »tzk, tzk, tzk« eine Woche Spielverbot ein, und Carl lag zweitausend Francs vorn. Er hatte einen dieser magischen Läufe erwischt, während derer ein Spieler selbst beim besten Willen keinen Fehler machen kann. Er kann bei Zwölf stehenbleiben oder bei Achtzehn ziehen, es ist völlig gleichgültig. Wenn einer nach seinem Gefühl geht bei so einem Lauf, bleibt er auf der Gewinnerstraße.

Zwei Stunden nach der Eröffnung des Black-Jack-Tisches hatte Carl siebeneinhalbtausend Francs gewonnen. Als er drei Spiele hintereinander verlor, stand er auf und wechselte die Plastikchips gegen Bargeld ein.

Er ging zur Bar und bestellte eine kleine Flasche Champagner. Am Roulettetisch wurde ein Platz frei. Carl wechselte fünfhundert Francs zurück und machte Jagd auf die Dreizehn. Die Dreizehn war seine Nummer, aber zur Sicherheit spielte er die Nebennummern mit. Die Dreizehn kam alle zehn Würfe, die Nebennummern bei jedem zweiten Wurf. Nach einer halben Stunde war Carl der einzige Spieler am Tisch. Die anderen hatten aufgegeben und schauten zu. Als die Dreizehn längere Zeit ausblieb, wechselte er auf die Sechsundzwanzig und dann auf die Siebzehn. Er entwickelte eine traumwandlerische Sicherheit, den Sektor vorauszuschauen, in dem die Kugel landen würde. Um drei Uhr morgens, als die letzte Kugel rollte, hatte er zurückgewonnen, was er in zehn Wochen eingebüßt hatte, Spesen eingeschlossen.

Einundzwanzig

Die *Flying Butterfly* schoß mit sechzig Meilen pro Stunde nach Norden. Der Reeder behauptete, sein Schiff sei das schnellste Passagierboot der Welt, und die Bewegungen des Luftkissenmonsters gaben ihm recht. Es schwamm nicht, es katapultierte sich von einem Wellengipfel zum nächsten. Der Steward verteilte Kotztüten an Redakteure, Kameramänner, Vertreter der Reederei und verschiedenfarbige, hochgewachsene Frauen. Die Frauen steckten in gewagten Gewändern, sie trugen teuren Schmuck, und ihre Gesichter ähnelten der Palette eines Malers. Ihre Aufgabe bestand darin, den anwesenden Männern das Gefühl einer angenehmen Reise zu verschaffen.

Auch Carl bekam eine Kotztüte. Eine Frau bekam er nicht, denn er gehörte nicht zu den geladenen Gästen. Die *Flying Butterfly* absolvierte ihre Jungfernfahrt, und als das fahrplanmäßige Boot nach Antigua nicht erschienen war, hatte er sich einen Fernsehkoffer geschnappt, ihn an Bord getragen und sich auf dem hintersten Sitz unsichtbar gemacht.

Eine tiefschwarze Märchenfee steuerte auf ihn zu.

»Darf ich Ihre Einladung sehen, Mister?«

Carls Puls beschleunigte sich. Natalie war geschlagen. Natalie hatte zwar keine Konkurrenz von seiten irgendwelcher Engel aus dem irdischen Himmel zu fürchten, aber das Geschöpf, das sich jetzt lächelnd zu ihm herunterbeugte und ein Paar vollendeter Brüste sehen ließ, war zweifellos nicht von dieser Welt. Es mußte aus einem übergeordneten Universum stammen, dessen Bewohner nach sphärischen Harmoniegesetzen heranwuchsen, bis sie schließlich in einem grandiosen Akt der Selbstschöpfung die Vollkommenheit erreichten.

»Nein«, sagte Carl. »Ich habe keine Einladung. Ich bin blinder Passagier.«

»Dann geben Sie mir bitte Ihren Paß und zweihundertfünfzig Francs.«

»Mit Vergnügen.«

Carl händigte der Fee das Gewünschte aus. Fünf Minuten später gewährte sie ihm einen weiteren Einblick in ihre Anatomie.

»Ich fürchte, Sie müssen eine Hin- und Rückfahrkarte kaufen, sonst können Sie in Antigua nicht an Land gehen.«

»Und wenn ich zurück *fliegen* möchte?«

Sie runzelte ihre vollkommene Stirn.

»Sie haben recht. Ich werde mit dem Kapitän sprechen.«

Sie verschwand, und an ihre Stelle trat eine andere Bewohnerin dieses fremden Universums, um Carl ein Glas Champagner zu reichen. Offenbar hatte man höheren Orts entschieden, den Fremdling ebenso zu verwöhnen wie die hauptberuflichen Öffentlichkeitsarbeiter und VIPs. Nach dem Champagner gab es Gänseleberpastete, getrüffeltes Steak, ein Fläschlein Châteauneuf-du-Pape, Aniskuchen, Kentucky-Whisky und einen Espresso, alles dargeboten von diesen halbnackten, fleischgewordenen Wundern, deren Augen versprachen, was kein Mensch jemals würde halten können.

Kurz bevor die *Flying Butterfly* am Pier von St. John's festmachte, brachte die Märchenfee Carls Paß und die zweihundertfünfzig Francs zurück. In der Kapitänskajüte hatte sie die Lust am Fahrkartenschreiben verloren. Carl verzichtete darauf, nach den Gründen dieses Lustverlustes zu fragen. Das Feenlächeln erweichte wenig später auch die Herzen der Hafenpolizei: Carl kam als erster von Bord.

Er schlenderte die verlassene Dockstraße entlang und hoffte, auf dem richtigen Weg zu sein. An einer Kreuzung traf er auf einen alten Mann. Das Gesicht unter der Kapitänsmütze sah aus, als könne es nichts mehr überraschen. Carl fragte nach dem Weg in die Stadt. Der Alte schob die Mütze ins Genick. Dann gab er eine lange Erklärung ab. Die Erklärung besagte, daß diese Straße hier umwegslos in die Stadt führte. Wenn Carl jedoch ein Mädchen aufstöbern möchte, dann ging er besser nach links. Sollte er noch etwas zu essen wünschen, war es das klügste, geradeaus zu gehen, während die Gästehäuser überall verteilt waren, falls er zufällig ein billiges Bett suchte.

Carl war gewohnt, auf Fragen eine mürrische oder gar keine Antwort zu bekommen. Die britische Version der Inseln unter dem Wind schien sich vorteilhaft von der französischen zu unterscheiden. Er dankte dem Alten, und eine Viertelstunde später stand er vor einer Kneipe mit dem beziehungsvollen Namen *Karma*. Es war nach Mitternacht, aber auch in der Handhabung der Geschäftszeiten wehte in St. John's, Antigua, ein anderer Wind als in Pointe-a-Pitre, Guadeloupe: der Laden swingte.

Draußen auf dem Vorplatz standen zwei gewaltige Holzkohlengrills und daneben zwei ebenso eindrucksvolle Musikboxen. Ein Mann und eine Frau brieten Hühnerschenkel. Sechs, sieben andere tanzten Calypso. Die Boxen drohten zu bersten, die Tänzer tanzten mit ausladenden, öligen Bewegungen, es roch nach Black Power, nach Marihuana, Hühnerfleisch, Rum, Schweiß, Calypso, Nacht, Sex, Leben. An den Tänzern vorbei steuerte Carl den Eingang an. Wild aussehende Burschen hingen an der Theke und tranken. Sie trugen Dreadlocks, Ballonmützen und die Rastafarben Gelb, Rot und Grün. Carl setzte sich auf einen Hocker an der Bar, zeigte seine französischen Francs vor und fragte den Bartender, ob er damit etwas anfangen konnte. Er konnte. Ohne weitere Zeit zu verlieren, schob er Carl die Rumflasche hin.

Kein Mensch kümmerte sich um seine Hautfarbe, seine

Nationalität, seinen Haarschnitt, seine Zahnlücken, um die Nikotinflecken an seinen Fingern, um irgendwas.

»Wann bist du angekommen?« fragte schließlich nach einer guten halben Stunde ein breitschultriger Riese von einem Neger. Carl sagte es ihm und schob ihm die Flasche rüber. Irgendwie wollte er nicht recht glauben, was er mit eigenen Augen sah. Er fürchtete, demnächst aus diesem Traum aufzuwachen und sich in der Trostlosigkeit Guadeloupes wiederzufinden, aber dann hieb ihm dieser John krachend auf die Schulter und gab die Flasche zurück, und eine Stunde später führte er ihn zu einem kleinen Hotel voller einarmiger Banditen und besoffener Tänzer, und als er schließlich einschlief, war das Ende seines Aufenthalts auf Guadeloupe beschlossene Sache.

Zweiundzwanzig

Im Postamt vergnügte sich eine Ziegenherde. Die Zicklein sprangen auf das Schalterbrett und hüpften zwischen ihren Müttern, dem Bock und den Kunden hin und her. Ab und zu ließen sie ein paar Köttel fallen. Als das Spiel langweilig wurde, trabten sie zur Tür hinaus. Die Alten folgten ihnen unerschütterlich, klug und gelassen. Bevor sie die Straße überquerten, schauten sie nach rechts und links. Offenbar hatten sie am Verkehrsunterricht teilgenommen. Schließlich verschwanden sie im Friedhof, um Blumen zu frühstücken.

Carl streifte durch St. John's. Wie die Ziegen bewegte sich das Leben ruhig und in gemächlicher Geschwindigkeit. Verwitterte Kolonialengländer strebten dem Rennclub zu, um die Übertragung der Pferderennen aus Venezuela und der Greyhoundrennen aus der Heimat anzuschauen. Sogar einen Buchmacher hatten sie. Ein paar Meter weiter stand das Ministerium für Wirtschaft und Arbeit. Es hatte in einem winzigen, türkis gestrichenen Holzbau Platz gefunden und wurde von einem waffenlosen Polizisten bewacht. Die Menschen in den Straßen wirkten sorglos bis gut gelaunt, aus Türen und Fenstern farbiger Holzhäuser fiel der Calypso auf die Straße, die Autos fuhren langsam, es lagen keine toten Hunde herum, an den Ecken spielten alte Männer mit Murmeln, junge Frauen lächelten, als Carl an ihnen vorüberging, wildfremde Rastas riefen ihm einen Gruß zu, und nach einem zweistündigen Spaziergang war er sicher, daß ihn die *Flying Butterfly* auf einen anderen Planeten verfrachtet hatte. Das einzige, was Antigua mit der französischen Bankrotterklärung im Süden gemeinsam hatte, war ein kilometerlanger weißer Sandstrand, und da verbrachte Carl den Nachmittag.

Am Abend schnürte er durch die Straßen, schnupperte, roch und streckte unter der spärlichen Beleuchtung Fühler aus. Malerische Gestalten unter Kopfbedeckungen aller Art vom Chapeau-Claque bis zur Ballonmütze standen an Ecken, saßen in Kneipen oder gingen in der warmen Nacht spazieren. Manche von ihnen sahen finster aus, aber dann riefen sie »Hi, brother!« über die Straße und lachten mit blitzenden, weißen Zähnen. Aus den Häusern fiel grünes Licht, rotes, gelbes, blaues, und das Städtchen wirkte jetzt am Abend wie ein auf der Erde ausgebreiteter Christbaum unter einem feinen Netz aus Musik. Hier probte eine Calypsoband, dort lief ein Straßenfest mit tanzenden Kindern, weiter hinten hatte eine Grillstube die Lautsprecher voll aufgedreht, um die Ecke übte eine Steelband. Carl nahm hie und da einen zur Brust, trank ein Bier mit zwei engelsgesichtigen, von Elefantiasis geplagten Huren, ein paar Gläser Rum mit einem besoffenen Zimmermann, noch ein paar mit einem überzeugten Gewerkschaftler und weitere mit einem Fernsehapparat, der das Spiel der Dodgers gegen die Athletics übertrug. Schließlich peilte er das *Karma* an.

Vor der Tür packte ihn einer am Arm, ein tiefschwarzer Bursche in schwarzen Kleidern, mit schwarzem Vollbart, einer schwarzen Ballonmütze und schwarzen Augen.

»He, Mann, sie sind alle da drin, die Girls, yeah Mann, heute gehen wir ficken, Mann, du und ich in deinem Hotel, Mann – o. k.?«

Er deutete mit dem Daumen über die Schulter. Im Eingang des Hauses, auf das er zeigte, brannte eine rote Glühbirne.

»O. k., Mann«, sagte Carl, »aber erst muß ich was essen.«

»Yeah, Mann, iß, und dann ficken wir, du und ich. Wir ficken eine heute Nacht, Mann! Ich warte auf dich, o. k.?«

Carl nickte und ließ ihn stehen mit seiner cleveren Idee. Er holte sich einen Hühnerschenkel und setzte sich rein. John war da, und sie tranken zusammen. Später stellte sich Carl draußen zu den anderen. Über die Boxen lief ein Lied, das er vor bald einem halben Jahrhundert mit seiner Großmutter gesungen hatte: ›Ännchen von Tharau‹. Das Lied gab ihm irgendwie den Rest. Der Junge in Schwarz war verschwunden. Carl ging hinüber zu der roten Glühbirne.

In einem großen Raum drängten sich Männer, blutjunge Mädchen aus Santo Domingo und einarmige Banditen. Iris hatte eine glatte, braune Haut, handliche junge Brüste und eine Möse, die wie ein Handschuh paßte. An der Wand neben dem Bett hing Jesus Christus und ließ mit grimmigem Blick sein Herz leuchten. Am Fußende saß ein weißer Stoffbär, und auf dem Tisch stand das Foto einer Freundin. Hätte sie ihn nicht erinnert, Carl hätte das Zahlen vergessen in diesem Jungmädchenzimmer.

Als er kam, lachte Iris ihr Kinderlachen, und dann wusch sie zärtlich seinen Schwanz. Er trank noch ein paar Biere mit ihr, aber er wollte ihr nicht unbedingt die Arbeitszeit stehlen. Den Rest der Nacht verbrachte er in ausgeglichener Stimmung im Hotel.

Ein Turboprop-Flugzeug trug ihn am nächsten Tag zurück nach Guadeloupe. Der Inselhüpfer setzte mit einem harten Ruck auf der Piste von *Le Raizet* auf. Der Ruck sprach eine klare Sprache: Carl war wieder in Frankreich. Drei Tage später begann sein Schwanz zu jucken. Der Arzt rümpfte die Nase und diagnostizierte einen Pilz.

Dreiundzwanzig

»Sie werden dich killen«, sagte Fiff.

»Warum sollten sie?«

»Sie rauchen zu viel Gras. Sie rauchen wie die Lokomotiven. Sie drehen durch.«

»Wieviel gibst du mir für den Roller?«

»Sie killen immer wieder einen Weißen da drüben. Das war schon immer so.«

»Wieviel?«

»Ich mache mir Sorgen um dich.«

»Mach dir keine Sorgen, mach einen anständigen Preis!«

»Tausend Francs – das ist mein letztes Wort.«

Carl holte tief Luft. Vor zwei Monaten hatte er Fiff das Dreifache in die Hand gedrückt.

»Nicht *die* werden *mich* killen, *ich* werde *dich* killen, du syrischer Bastard! Gib mir zweitausend!«

»Ich kann dir einen Revolver verkaufen. Ein Revolver ist das Mindeste, was du auf Dominica brauchst.«

»Gib mir zweitausend und behalte den Revolver!«

Sie standen auf dem kleinen freien Platz zwischen den paar hundert Motorrollern und den vier Bluthunden. Fiff zog den Revolver aus dem Hosenbund. Er war eindeutig in der stärkeren Position. Wieder hatte Carl es eilig. Wieder hatte der Syrer Zeit.

»Zwölfhundert. Mehr geht beim besten Willen nicht. Ich habe schließlich einen Partner.«

»Erschieß ihn!« knurrte Carl, startete den Roller und fuhr davon. Die Clochette zeigte sich erfreut. Selbstverständlich würde sie alles für Carl zu Geld machen, das Bett, den Schreibtisch, das Geschirr, die Gaslampe, den Roller – alles. Selbstverständlich würde sie sich seidene Unterwäsche und goldene Haarspangen kaufen von der bescheidenen Beteiligung, die sie ihm leider abverlangen mußte. »Bring Gold mit, falls du bis Cayenne kommst! In Cayenne ist es billig!« rief sie ihm nach, dann war er um die Ecke.

In seiner letzten Nacht auf Guadeloupe stand Carl in Zamby's Kneipe und stampfte zum Takt der Musik auf den Boden, als sei er nicht mehr ganz bei Trost. Die Einäugigen um ihn, die Halbverwesten, die kleinen Luder und Hehler tanzten mit ihren Huren, und auch für sie schien es kein Morgen zu geben. Der Bär war los in Zamby's Kneipe in dieser Nacht. Carl trank und dachte an die zärtlichen Hände von St. John's, und dann bestellte er den nächsten. Ab und zu fragte er sich, warum es ihn nach Dominica im Süden und nicht nach Antigua im Norden zog. Dann ging er aufs Clo, schmierte Salbe auf seinen juckenden Schwanz und betrachtete sich die Antwort. Danach stürzte er sich wieder ins Kampfgetümmel.

Nach dem dritten Ausflug waren die Trommler und Kuhschellenklempner in Ekstase geraten. Carl konnte sich des Eindrucks nicht erwehren, daß es in Zamby's Laden bald nicht mehr geheuer sein würde. Er zahlte, schwankte hinaus und fuhr ins Casino. Die Croupiers sahen aus wie kleine, grinsende Teufelchen. Die Spieler sahen aus wie Engel, denen jemand die Flügel gestohlen hat. Carl gewann den Unterhalt für eine weitere Woche seines Lebens. Auf der Rückfahrt brauchte er die ganze Straße, verlor ein Hosenbein und kam lebendig ins Bett. Er war stolz auf sich. Er hatte Guadeloupe überlebt.

Vierundzwanzig

Die *Autonomy*, ein bärenstarker Acht-Meter-Frachter, war einer dieser Kähne, bei denen der Gedanke ans Kentern gar nicht erst aufkommt, und Joe, der Kapitän, schien aus demselben Holz geschnitzt. Zweimal die Woche brachte er Pampelmusen, Briefe, Passagiere, geflochtene Körbe, Yamwurzeln, Bananen, Yucca, Marihuana und Limonen von Dominica nach Guadeloupe herüber. Am nächsten Tag fuhr er mit Zement, Töpfen, Fernsehgeräten, Kühlschränken, Plastikeimern, Fahrrädern, Kokain und Ersatzteilen aller Art zurück. Die Fracht ließ darauf schließen, daß Dominica die ehrlichere Insel war.

Carl lungerte am Kai herum, half beim Einladen und trank Tonic ohne Gin, denn die vergangene Nacht saß ihm in sämtlichen Knochen. Hin und wieder brachte jemand ein Bündel Briefe oder ein Päckchen. Joe und die Mannschaft hatten sich in die Hafenkneipe verzogen. Drei Frauen, Passagiere wie Carl, saßen im Schatten der Kajüte. Als es nichts mehr zu laden gab, nahm er auf der Kaimauer neben dem Ledersack, der Schreibmaschine und der braunen Tasche Platz und schaute den Frauen beim Lausen zu. Sie trugen Zöpfchen, und diese Zöpfchen waren unmittelbar auf die Kopfhaut geflochten. Zwischen ihnen lagen leere Kanäle. Die Frauen jagten die Läuse in die Kanäle, und da killten sie sie. Nur die intelligenten überlebten, die, die sich nicht aus ihrem haarigen Bunker vertreiben ließen.

Die Abfahrtszeit war auf zwölf Uhr mittags festgesetzt, aber es wurde fünf, bis die *Autonomy* in See stach. Carl saß im Bug, der Wind blies ihm ins Gesicht, und ab und zu traf ihn der Gischt einer Welle. Er schaute nach vorn. Von dem, was hinter ihm lag, hatte er genug.

Draußen auf dem offenen Meer setzte Joe die Segel. Er setzte sie mit der Kraft, der Eleganz und der Geschmeidigkeit, die ein Samurai zur Tötung eines Gegners aufwendet. Während der Arbeit grinste er fröhlich, obwohl ihn schwere Brecher überspülten. Er lachte dem Meer ins Gesicht. Ein weniger erfahrener Mann wäre über Bord gegangen, Joe dagegen schien mit den Wellen zu wachsen. Er blies sich auf und wurde größer und größer. Als die Segel sich schließlich im Wind blähten, wurde er wieder Joe, ein zwar kräftiger, aber eher untersetzter, schläfrig dreinschauender Mann aus Dominica.

Später warf die Mannschaft die Angeln aus. Carl legte sich in die Kajüte und schlief. Es war zehn Uhr nachts, als die *Autonomy* an der Mole von Portsmouth festmachte. Die Zöllner schauten grimmig und leisteten gründliche Arbeit. Sie durchblätterten Carls Manuskript und schüttelten seine Hemden aus. Sie beklopften die Absätze seiner Schuhe und inspizierten die Schreibmaschine. Als sie fertig waren, erschienen die Beamten der Ausländerpolizei.

»Wie lange willst du auf Dominica bleiben?«

»Zwei Wochen.«

»Wieviel Geld hast du bei dir?«

»Fünftausend Francs.«

»Laß sie sehen!«

Sie zählten das Geld im Schein einer gelben Straßenlaterne und in Gegenwart von einer Menge zwielichtiger Gestalten. Noch heute nacht würde jeder kleine Gangster in Portsmouth wissen, daß Carl mit zehn Fünfhundert-Francs-Scheinen in der Hosentasche angekommen war.

»O. k.«, sagte einer der Männer schließlich. »Wir geben dir zehn Tage.«

Carl packte das Geld ein, die Schreibmaschine, die Hemden und die Schuhe. Joe kam angetrabt.

»Du kannst auf dem Schiff schlafen, wenn du willst.«

Sie fuhren in die Bucht hinaus und ankerten. Joe und die Mannschaft setzten sich ins Dinghi, ruderten an Land, und Carl suchte ein paar Decken zusammen und legte sich hin. Nach fünf Minuten begann sein Schwanz zu jucken. Er stand wieder auf, ging hinaus aufs Heck, ließ die Hosen runter und betrachtete ihn. Er war mickrig. Selbst in ausgefahrenem Zustand war er drei Zentimeter kürzer als der deutsche Normalpimmel. Der Grund für Carls Probleme mit Frauen hing vermutlich zwischen seinen Beinen. Im Licht des Mondes salbte er den Nillenkopf ein. In diesem Augenblick kam lautlos das Dinghi zurück. Joe warf Carl einen angewiderten Blick zu, dann kletterte er an Bord. Er hatte seine Zahnbürste vergessen.

Fünfundzwanzig

»Hi, brother! Cool, man! Cool, cool! Willst du kein Gras kaufen, Mann? He, Weißer, ich koche für dich! Whitey, ich kann deine Wäsche waschen. Koks gefällig? Mann, ich hab 'n Zimmer für dich! Gib mal 'ne Lulle! Mann, ich brauch 'n Dollar. Haste nich 'n Dollar? Bleichgesicht, ich kann dich den Fluß raufrudern! Hi, brother! Cool, cool!«

Carl war auf dem Weg zu seinem Hotel am Nordende der Bucht. Aus den Hütten am Strand flog Musik hinaus aufs Meer. Küchenfeuer qualmten. Frauen kehrten mit Palmbesen die nackte Erde der Vorplätze. Es roch nach gebackenem Fisch und Maniok, und in der Brise knisterten die Wedel der Palmen. Lachende schwarze Kinder mit großen, neugierigen Augen befühlten Carls weiße Haut. Der Friede war mit Händen zu greifen – außer für Carl. Der tägliche Weg vom Zentrum zurück ins Hotel hatte sich in ein Spießrutenlaufen verwandelt. Die Bewohner des Strandgürtels hingen an ihm wie Kletten. Ein Weißer war für sie entweder ein reicher Tourist oder ein schwerreicher Yachtbesitzer. Von weniger betuchten Weißen hatten sie noch nichts gehört.

»Heute abend gibt's hier 'ne Party«, sagte Kelvin, der Besitzer des Strandhotels *Zum hungrigen Hai*. »Jeden Freitag machen wir 'ne Party.«

Kelvin war gerade aus New York zurückgekommen, und sein Motor lief noch im oberen Tourenbereich. Er war effizient, dynamisch und ruhelos. Er sprach zu laut und er fickte zu schnell. Er rauchte zu wenig Gras und er trank zu viel Alkohol. Sah man davon ab, war er ein netter Kerl.
»Wie lange dauert denn die Party?«, fragte Carl.

»Oh, manchmal geht das bis Samstagmittag. Heute spielen die *Ginger Ales.* Die *Ginger Ales* sind die besten auf ganz Dominica.«

Am Abend fuhr ein Lieferwagen vor. Sie luden zwölf schwarze Boxen aus. Große Boxen. Sie bauten sie an der Seitenwand der Terrasse auf, je vier in drei Reihen übereinander. Hinter der Wand lag das Zimmer, das den *Hungrigen Hai* dazu berechtigte, sich Hotel zu nennen. Carls Zimmer. Als die Boxen standen, erreichte er die Tür gerade noch, wenn er sich sehr dünn machte.

Die Boxen gehörten den *Ginger Ales.* Carl wartete, daß sie die Mikros für die Musiker brachten und das Schlagzeug aufbauten. Er wartete vergebens. Die *Ginger Ales* verkabelten ihre Boxen, dann waren sie fertig. Sie waren keine Band. Sie waren eine fahrbare Diskothek. Es begann mit ›Get out of my dreams and come in my car‹ von Jimmy Ocean aus Trinidad. Carl stand vor der Baßbox. Die Vibrationen frästen sich ohne Umweg in sein Rückenmark. Sie wurden gar nicht erst zu Tönen. Die pure Baßenergie. Man konnte den Stoffüberzug über dem Lautsprecher blubbern sehen. Er sah aus wie ein großes, schwarzes, pulsierendes Herz.

Fans von allen Teilen der Insel waren gekommen. Die *Ginger Ales* waren die besten. Die *Ginger Ales* waren einsame Spitze – zumindest was die Lautstärke betraf. Die Fans tanzten und tranken Bier und Rumpunsch. Sie tanzten wie eine entfesselte Büffelherde. Sie zerstampften den Boden der Terrasse unter der Peitsche aus den Boxen. Auch Carl tanzte. Einmal antwortete ein Mädchen auf seine Bewegungen, machte eine Weile mit, riß sich dann die Kleider vom Leib und stürzte sich im Badeanzug ins Meer. Später kam sie tropfnaß zurück und tanzte weiter – mit Kelvin.

Am Strand grillte einer Hühner. Das Feuer beleuchtete seinen schwitzenden Bauch. Carl kaufte eine Portion, setzte sich in den warmen Sand und aß. Er leckte sich die

Finger sauber, warf einem Hund die Knochen zu und sah auf. CBS stand vor ihm.

»Komm mit, ich hab was zu rauchen!«

Sie setzten sich unter eine Palme und rauchten. Auch CBS war vor kurzem aus New York zurückgekommen. Seine Spezialität waren nächtliche Barbecues für die Typen von den Yachten. Er kannte sich aus mit Weißen.

Der Joint ging zu Ende.

»Fünf Dollar macht das!«, sagte CBS.

Um vier Uhr morgens zwängte Carl sich an den Boxen vorbei in sein Zimmer. Es war heiß und stickig da drin. Keine zwei Meter vom Bett röhrten die Lautsprecher. Er schlief trotzdem ein. Fast fühlte er sich zu Hause in dem ganzen Tohuwabohu.

Sechsundzwanzig

Carols Bar und Gemischtwarenhandlung lag neben der Markthalle wenige Meter von der Stelle, wo der 79er Taifun zwei zerschmetterte Yachten abgelegt hatte. Die Yachten dienten als Liebesnester, die Bar als Tankstelle für die älteren Semester. Carol verkaufte orangefarbenen und blaßrosa Käse aus England, getrocknete Bohnen aus der Dominikanischen Republik, tiefgefrorene Flügel und Schenkel von Hühnern aus Florida, Milchpulver aus Dänemark, Schuhe, Schlüpfer, Zigaretten, Salz, Zucker und Puev. Den Puev brauten Spezialisten mit lebenslänglicher Erfahrung aus den Wurzeln und Rinden des Urwalds hinter Portsmouth. Er war noch einen Tick stärker als der Rum auf Guadeloupe, und er schmeckte wild, nach Aufstand, Rebellion, Revolution.

In der Bar trafen sich die Säufer und die Dominospieler. Die Grenze zwischen den beiden Gruppen verlief fließend. Gordon gehörte beiden an. Er war ein langer, schokoladenfarbener Kerl, er hatte ein Gesicht, und er galt als zuverlässiger Trinker: er schwankte, aber er fiel nicht. Das größte Unglück, das ihm widerfahren konnte, bestand darin, einen Dominostein fallen zu lassen. Dann schämte er sich. Gewöhnlich trug er eine Kapitänsmütze auf seinem massiven Schädel, aber eines Tages erschien er ohne Kopfbedeckung in der Bar. Auf seinem Haupt wuchs kurzes, graues Drahthaar, und er sah geradezu ehrwürdig aus damit.

»Mann, Gordon, du wirkst ja wie dein eigener Vater!«, sagte Carl.

»Wo hast du die Mütze gelassen?«

»Yeah, Mann!«, brummte Gordon. »Du bist der erste

Weiße meines Lebens, der *Augen* im Kopf hat. Mit dir will ich saufen!«

Ein anderer von Carols Stammkunden war Ambition. Ambition brachte an den Markttagen einen riesigen, schwarzen Ochsen in die Straße und ließ ihn die Abfälle fressen. Der Ochse war sein ganzer Stolz. Der Ochse verlieh ihm Ansehen und Würde. Eines Tages, wenn der Ochse geschlachtet würde, würde Ambition sich umbringen. Er war überzeugt, daß er ohne diesen Ochsen keinen Pfifferling wert war, denn im Gegensatz zu Gordon konnte er sich keineswegs auf seine Beine verlassen. Sie foppten ihn nach dem dritten Puev, und so beendete er die Nächte meistens im Straßengraben, vor dem Eingang seiner Hütte oder am Strand.

Dann war da noch Gordons ehemaliger Schwiegervater Mr. Powell. Mr. Powell ließ sich als einziger hier drin mit Mister anreden. Mit vierundneunzig Jahren war er noch fähig, selbst seinen Ex-Schwiegersohn unter den Tisch zu trinken, und bei dem geringsten Verdacht, beleidigt worden zu sein, schlug er zu. Er hatte etwas von einer alten, knorrigen Eiche an sich, und sein Lieblingsthema war deutsche Geschichte. Er hatte die *Deutschland* mit vollen Segeln in die Bucht von Portsmouth einlaufen sehen. Außerdem wußte er alles über Hindenburgs Tod.

Mr. Powell war glücklich, als Carl die Bar am Markt zu seiner Stammkneipe machte. Jetzt hatte er einen, vor dem er den Schatz seines Wissens funkeln lassen konnte.

»Carl«, sagte er, »eins mußt du wissen: mit Heß haben die Alliierten einen Fehler gemacht. Es war falsch, ihn da in Spandau vermodern zu lassen. POLITISCH FALSCH!«

Carl fiel zu dieser Feststellung nichts weiter ein. Dieser Heß war ihm ebenso gleichgültig wie der Rest der deutschen Politik. Er sagte das Mr. Powell. Der Alte nahm einen herzhaften Schluck und spülte seinen Ärger hinunter.

»Aber«, sagte er dann, »an einem darf es keinen Zweifel

geben: Hitler war ein großer Mann. Er hat den Deutschen ihren Platz in der Welt zurückerobert.«

»Yeah, Mr. Powell, und dann hat er ihn wieder verloren.«

»Jeder Mensch macht Fehler.«

»Aber nicht immer kosten sie vierundfünfzig Millionen Menschenleben.«

»Die Geschichte ist grausam, Carl. Du wirst es schon noch merken.«

»Ich hab's schon gemerkt, Mr. Powell. Adolf Hitler war trotzdem ein Arsch.«

Sie konnten sich nicht einigen. Geschichte ist eine Sache, ihre Interpretation eine andere. Außerdem war Mr. Powell überzeugt, daß der Führer noch am Leben war. Er hielt ihn für unsterblich. Wenn auf diesem Globus allerdings jemand unsterblich war, dann handelte es sich zweifellos um Mr. Powell selbst.

Auch Pavel kannte sich ganz gut in deutscher Geschichte aus, denn er war eines ihrer Opfer. Als Halbjude hatte er versucht, das arische Blut zu versauen, indem er einer Blondine nachgestiegen war. Über London hatte sein Fluchtweg nach Dominica geführt. Er war einer der drei Weißen, die in Portsmouth lebten.

Der andere war ein holländischer Arzt am Krankenhaus, der dritte ein Deutscher, der irgendwelche zwielichtigen Geschäfte mit der Regierung gemacht hatte. Jetzt besaß er ein Hotel, und ab und zu raste er in seinem Landrover mit sechzig Sachen durch die Straßen, überfuhr Hunde, Hühner, Katzen und Kinder und brüllte: »Gebt die Straße frei, verdammtes Niggerpack! Aus dem Weg, ihr schwarzen Säue! Aus dem Weg, sage ich!«

Carl entwickelte volles Verständnis für die Zöllner und die Jungs von der Ausländerpolizei, als die Männer in der Bar ihm von diesem Alfons erzählten. An ihrer Stelle hätte er überhaupt keinen Deutschen mehr auf die Insel gelassen.

Pavel dagegen hatte einen Haufen Freunde. Als gutmütiger Quartalssäufer wollte er es mit niemand verderben, also trank er jede Nacht an einem anderen Ort und gab ab und zu Drinks aus. Er hatte Probleme mit seiner Frau, wie fast jeder hier. Er trank zu viel wie fast jeder hier. Schon vor Jahren hatte er seinen letzten Hoffnungen einen Tritt versetzt, und nur ein paar Unverbesserliche wie Kelvin und CBS hofften hier noch auf etwas. Pavel lag im Trend. Alle mochten ihn.

Carl fiel nicht weiter auf in dieser Gesellschaft. Zwar hatte er keine Probleme mit seiner Frau, aber er trank so viel wie die anderen, und seine Seele verströmte denselben, leicht modrigen Geruch. Jeder in Carols Bar begriff, daß er nicht in Dominica an Land gegangen war. Er war hier gestrandet. Damit konnten Männer wie Gordon und Ambition etwas anfangen.

»Mann, ich werde für dich kämpfen müssen, wenn du in Schwierigkeiten kommst«, sagte Ambition eines nachts. Zwei Minuten später gaben seine Knie nach. Er fiel über den Tisch der Dominospieler, und da schlief er ein. Das Spiel war beendet.

Siebenundzwanzig

Die Straße vom *Hungrigen Hai* ins Zentrum wird von einigen wenigen Funzeln beleuchtet, und das Licht muß erst einen dicken Kokon von Fliegenscheiße durchbrechen, bevor der schwarze Asphalt es verschluckt. Linkerhand begrenzt ein steiler Abhang die Straße. Rechts in dem von Palmen bestandenen Gürtel zwischen Straße und Meer stehen die Hütten.

Zwischen dem *Hungrigen Hai* und der ersten Hütte liegt ein etwa hundert Meter langes Stück unbeleuchteten Niemandslandes. Es mag zehn Uhr abends sein. Portsmouth ist schlafen gegangen. Nur die Säufer, die Dominospieler und Unruhegeister wie CBS und Carl sind noch unterwegs. Carl hat die Mitte des dunklen Stücks erreicht. Ein schwarzer Mann in einer schwarzen Hose und einem schwarzen Strandhemd mit der roten Aufschrift ›Jamaica‹ kommt auf ihn zu, ein Bulle von einem Kerl, groß, muskelbepackt, bärtig. Sein Gesicht steckt hinter der Tarnkappe der Nacht.

»Hi!« sagt Carl, als sie auf gleicher Höhe sind. Der Mann bleibt stehen.

»Hi, whitey! Warum kommst du nicht mit mir? Da vorn gibt's was zu trinken.«

»Sorry, ich hab was zu erledigen. Und zwar dort.«

Carl zeigt in die Gegenrichtung. Der Riese schwankt. Ein Reflex der nächsten Laterne fällt auf sein Gesicht. Das Gesicht ist verzerrt. »Bist du o. k., whitey?«

Da ist etwas Lauerndes in der Stimme.

»Mir geht's soweit ganz gut, yes man.«

Er scheint einen Augenblick über Carls Antwort nachzudenken, dann bricht es aus ihm heraus.

»Ihr weißen Drecksäcke, motherfuckers, Hurensöhne, Bastards! Ihr habt uns umgebracht, versklavt, unsere Weiber gefickt, unsere Töchter vergewaltigt! Immer noch fickt ihr unsere Weiber! Immer noch vergewaltigt ihr unsere Töchter! Ihr … ihr …«

Er weiß nicht mehr weiter. Aus der Dunkelheit kommt die Stimme einer Frau: »Sei vorsichtig!«

Carl weiß nicht, wem der Ruf gilt, aber er nimmt an, daß der Schwächere gemeint ist. Langsam geht er rückwärts in Richtung Zentrum. Er schafft es bis unter den Kegel der Laterne. Der andere schwankt noch immer in der Dunkelheit. Er starrt Carl nach. Neben der Laterne steht die erste Hütte. Carl dreht sich um und geht die Straße hinunter. Irgendwo bellt ein Hund.

Achtundzwanzig

Robin war achtundzwanzig, Seemann und wartete auf den nächsten Job. In der Zwischenzeit handelte er mit Kokain. Das Geschäft hatte ihn zum Stammgast im *Hungrigen Hai* gemacht. Da die Umsätze stockten, war er bereit, mit Carl sein Haus zu teilen. Sie stiegen zusammen den Hügel im Rücken der Stadt hinauf.

Der Weg führte zwischen Palmen, Bananenstauden und Mangobäumen durch. Die Mangobäume hingen voller Früchte, die Palmen voller Nüsse und die Bananenstauden voller grüner Büschel. Die Natur ließ sich nicht lumpen auf Dominica. Sie teilte aus mit vollen Händen. Sie gab Fische. Sie gab Krebse. Sie gab Früchte. Sie gab Baumaterial. Sie gab Wasser – ein Warenhaus, in dem die Kassen fehlten. ›Ihr sollet sein wie die Vögel. Sie säen nicht, sie ernten nicht …‹ Auf Dominica war es möglich. Wer Hunger hatte, watete ins Meer und fing einen Fisch. Oder er pflückte sich eine Kokosnuß. Oder er kletterte auf einen Baum und schlug sich den Bauch mit Früchten voll. Oder er fing ein paar Krebse, die nachts zu Hunderten auf den Straßen und zwischen den Hütten herumliefen. Wer großen Hunger hatte, stellte sich aus all diesen Zutaten ein Menü zusammen.

Sie erreichten das Haus. An der Tür hing ein Schild: ›Möchten Sie wissen, ob es ein Leben nach dem Tode gibt? Überschreiten Sie diese Schwelle!‹

Darunter war ein Revolver abgebildet.

Carl überschritt die Schwelle. Nichts geschah. Das Haus enthielt ein Bett mit einem Moskitonetz und einen Liegestuhl. Das war die Einrichtung. Weder die Küche noch die

Toilette waren benutzbar. Zum Scheißen mußte man sich in dem hohen Zitronengras auf der Rückseite verstecken. Der Keller war als Speicher angelegt, in dem sich das Regenwasser vom Dach sammelte. Draußen ragte das Ende eines Schlauches aus der Wand. Wenn man sog, kam Wasser. Der Schlauch war das Badezimmer.

»In Ordnung!« sagte Carl. »Teilen wir uns die Bude!«

Robin würde eine Holzplatte, einen Hocker und einen zweiten Liegestuhl besorgen. Wenn Carl die Platte über die Liegestühle legte, konnte er seine Schreibmaschine darauf unterbringen. Mehr brauchte er nicht.

Das Fenster schaute auf die Bucht hinab – ein Topf voll blauen Honigs, in dem schwarze Buben schwammen wie Fische. Robin zeigte auf eine der Hütten.

»Da wohnt sie. Für sie habe ich das Haus gebaut – mit meinen eigenen Händen. Für sie und unsere Tochter.«

»Du hast eine Tochter?«

»Ja, Mann! Letzte Woche ist sie vier geworden.«

Er lief im Haus herum und betastete die Wände, die Tür, die Fensterrahmen.

»Sieben Jahre waren wir zusammen. Im siebten Jahr hab ich ihr diesen Kasten gebaut. Ein Mann kann nicht gleichzeitig ein Haus bauen und bei seiner Alten liegen. Als das Haus fertig war, hatte sie einen anderen, einen reichen Schnösel aus der Hauptstadt, der nicht zu arbeiten braucht.«

Die übliche Tragödie – hier, dort, gestern, heute, morgen. Das Währungssystem Möse, inflationiert nur durch die Ehrlichkeit von ein paar Huren. In Europa verschlossen sie ihre kostbaren Pussis, als seien sie die höchsten Heiligtümer der Menschheit, und doch waren sie nur Striche in der Nacht. Hierzulande zählte nur der Dollar. Wer die meisten Scheine über den Tisch schob, hatte gewonnen. Was war besser? War aufgewärmte Pisse besser als eisgekühlte Pisse? Brachte es mehr, sich mit einer brustlosen europäischen Feministin herumzuplagen, oder schlug man die Zeit besser mit einem magischen Vollweib von den Inseln unter dem Wind tot, die die Kaltschnäuzigkeit und den Geschäftssinn einer Hure besaß, aber wie eine First Lady behandelt werden wollte?

Carl schaute zum Fenster hinaus. Da unten spazierten sie am Strand entlang, eine sinnlicher und verführerischer als die andere, weit offenstehende Fallen, bereit, jeden Augenblick zuzuschnappen.

Portsmouth lag im flimmernden Licht der Mittagssonne, eine friedliche kleine Stadt voller netter Menschen, die mit einem erstaunlichen Minimum an Aggression auskamen. Aber hinter den Fassaden tobte auch hier der Krieg.

Er wandte sich ab. Robin lag auf dem Boden und starrte ein Loch ins Dach.

»Vergiß es, Robin! In drei Tagen bringe ich meine Sachen. So lange habe ich da unten vorausbezahlt. Erschieß dich nicht, bevor ich komme!«

Robin grinste.

»Keine Angst! Ich hab jetzt zwei andere. Der einen schenke ich Schlüpfer, der anderen Unterröcke. Solange ich die Liebeskiste vermeiden kann, sind sie machtlos.«

Carl ging zur Tür, überquerte die Schwelle und empfing den Faustschlag der Sonne. Immerhin verstand er jetzt, wieso dieses blöde Schild da hing.

Neunundzwanzig

Die Nacht kommt so schnell, als hätte jemand die Sonne ausgeknipst. Der Schatten des Mangobaums erlischt. Die Dominospieler tragen den Tisch und die Hocker über die Straße und spielen im Schein der Funzel vor Carols Bar weiter. In der Markthalle nebenan verkauft ein Wanderprediger die ewige Glückseligkeit. Er trägt einen hellbraunen Anzug aus feinstem Tuch, ein blütenweißes Hemd, eine dunkelbraune Seidenkrawatte und orangefarbene Lackschuhe. Wenn man ihn anschaut, gewinnt man den Eindruck, daß zumindest er nicht mehr weit von der ewigen Glückseligkeit entfernt ist. Außer den Klamotten hat er einen Assistenten, eine Orgel und zwei Lautsprecher mitgebracht. Die Lautsprecher sehen aus, als gehörten sie den *Ginger Ales.* Der Assistent sieht aus, als verkaufe er Versicherungen. Die Orgel sieht gestohlen aus.

An die dreißig Frauen in Sonntagsgewändern sitzen auf Holzbänken und preisen Gott. Männer sind nur wenige da. Die Gläubigen singen. Auch der Prediger singt. Er holt das Letzte aus sich heraus, das Letzte, was er seiner dünnen Stimme abverlangen kann. In der stillen, lauen Nacht erreicht seine Botschaft selbst weit entfernt gelegene Hütten. Gott ist mit ihm, und über dem Dach der Markthalle prangt das Kreuz des Südens.

»Yeah!« rufen die Dominospieler, als der Gesang abbricht. »Yeah, Mann, du hast es!«

»Und wir werden keine Zigarette mehr anrühren in diesem unserem Erdendasein, hallelujah!« brüllt der Prediger.

»Yeah!«, rufen die Dominospieler und stecken sich eine

ins Gesicht. »Und wir werden keinen Puev mehr zu uns nehmen in diesem unserem Erdendasein, hallelujah!«

»Yeah!« und sie trinken die Gläser leer.

»Und wir werden die Orte nicht mehr aufsuchen, die wir bisher aufgesucht haben, hallelujah!«

»Mmh!« machen die Dominospieler.

»So wird es sein, hallelujah, hallelujah, hallelujah!« echot der Assistent und greift in die Orgeltasten.

Zwei Stunden geht das so, dann ist zumindest die Stimme des Predigers zur ewigen Glückseligkeit geflogen, und er macht den Schirm zu. Auch das Kreuz des Südens steht jetzt nicht mehr über der Markthalle. Jetzt steht es über dem Tempel der Zeugen Jehovas auf halber Höhe des Krankenhaushügels.

Carl geht durch das Gewirr der Hütten zwischen blühenden Bougainvillas und Hibiscussträuchern hindurch zurück zum *Hungrigen Hai.* Es ist seine vorletzte Nacht im Hotel, und er muß vorschlafen. Morgen kommen die *Ginger Ales.* Er überquert den Fluß und erreicht den Strand. Das Meer glitzert in der Vollmondnacht. Draußen auf den Yachten der Weißen gehen die Lichter aus. Krabben rennen ins Meer. Palmwedel knistern in der Brise. Ein Mensch verschwindet lautlos in der Dunkelheit zwischen den Hütten. Carl spürt unsichtbare Augen auf sich ruhen, Augen hinter Büschen, hinter Bäumen, Augen in den Fenstern der verdunkelten Hütten. Er fühlt sich verfolgt und schaut sich um, aber da ist keiner. Er geht schneller. Er erreicht das hell erleuchtete Hotel, betritt sein Zimmer, schließt sich ein und legt die Sicherheitskette vor. Ein Impuls – noch nie hat er diese Kette benutzt. Er zieht sich aus und salbt seinen Sorgenschwanz, da klopft es an der Tür. Er zieht die Unterhose hoch, und fast hätte er ganz automatisch die Tür geöffnet, da fällt ihm das Merkwürdige der Situation auf. Er schaut durch das Fenster. Draußen stehen zwei Burschen, ein großer, bulliger Junge und neben ihm ein kleines, verschlagenes Kerlchen mit einem Ohrfeigengesicht.

»Mann, komm raus – wir müssen was Geschäftliches mit dir bereden.«

»Um diese Zeit? Wieso kommt ihr nicht morgen früh?«

»Morgen früh ist das Geschäft längst gelaufen. Komm endlich raus, Mann!«

Der Kleine macht zwei Schritte zur Seite und verschwindet aus Carls Gesichtsfeld.

»Um was geht es?«, fragt Carl.

»Wir haben Gras und Koks. Und du wirst das Zeug kaufen.«

»Den Deibel werde ich. No drugs!«

In diesem Augenblick bewegt sich leise der Türgriff. Carl schaut sich nach einer Waffe um. Die einzige Waffe hier drin ist der Ventilator, aber der ist so schwer, daß er ihn kaum heben kann.

»Dann gib deinen verdammten Zaster eben her, ohne etwas dafür zu bekommen!« sagt der Große und haut ein Teil aus dem Plastikfenster. Sein Kumpel rüttelt jetzt energisch an der Tür. Das Schloß gibt nach, die Kette hält. Carl hat keine Zweifel, daß die beiden da draußen bewaffnet sind.

»Und wenn es dir nicht paßt, whitey, dann brauche ich nur zu pfeifen: gleich um die Ecke stehen ein paar Freunde von mir, ausgesprochen unangenehme Zeitgenossen. Wenn die erst mal hier sind, dann wirst du furchtbar traurig sein, daß du dich nicht friedlich mit uns geeinigt hast. Was die mit dir machen, tut nämlich weh!«

»Fahrt zur Hölle, motherfuckers! Hängt euch an die nächste Palme! Da – und mehr gibt's nicht!«

Carl wirft zwei Zigaretten durch das Loch im Fenster. Er braucht Zeit zum Nachdenken, aber sie lassen ihm keine Zeit. Das Rütteln an der Tür wird heftiger. Lange wird auch die Kette nicht mehr halten. Endlich kommt ihm ein Gedanke.

»Hört zu, ihr Arschlöcher! Ich zähle bis drei. Wenn ihr bei drei nicht verschwunden seid, knalle ich euch ab! Ich puste euch weg, habt ihr verstanden? Wißt ihr, was 'ne Luger ist?«

Carl hat keine Ahnung, was eine Luger ist. Er kennt Lugers nur aus den Romanen Dashiell Hammetts. Die Jungs lachen. Carl macht das Licht aus und durchsucht hörbar sein Gepäck. Er zählt.

»Eins!«

Gelächter.

»Zwei!»

Gelächter.

Er stellt die Tasche auf den Boden, legt ein Handtuch über die Hand und geht zum Fenster.

»Drei!«

Er hört das Getrappel von weglaufenden Füßen. Dann haben die Füße den Sand erreicht. Der Sand verschluckt jedes Geräusch. Er fällt aufs Bett. Er schwitzt. Er zittert. Schließlich muß er lachen. Er lacht, bis ihm die Tränen kommen.

Dreißig

Als es nichts mehr zu lachen gab, versteckte er die französischen Francs hinter dem Spiegel, packte die karibischen Dollars in seine Hosentasche und ließ einen Fünfhundert-Francs-Schein unter dem Paß in der Schublade des Tisches. Vielleicht würden sie sich damit zufrieden geben, wenn sie mit den schweren Jungs zurückkamen. Leise schlich er aus dem Zimmer. Niemand war zu sehen. Der Sand leuchtete silbern im Licht des Vollmonds, die Palmen warfen schwarze Schatten, im Dickicht pfiffen Leguane und Zikaden. Er suchte sich einen Platz unter einer Palme und versuchte zu schlafen.

Es war aussichtslos. Das Herz schlug zu schnell, im Kopf purzelten die Gedanken übereinander, die Moskitos kannten keine Gnade, und auf der Innenseite der Lider sah Carl eine blutige Narbe in seinem Gesicht, heraushängende Gedärme und verstümmelte Gliedmaßen. Eine Weile lag er mit gespitzten Ohren da und versuchte, über das Klatschen der Brandung hinweg Schritte zu hören, Stimmen, irgendwas, aber seine Ohren mußten nicht nur die Brandung überhören. Über ihm knisterten die Palmwedel, um seinen Kopf sirrten die Moskitos, die Zikaden waren bester Laune. Er kam sich nackt, hilflos und ausgeliefert vor. Seine vier Wände konnte er vielleicht noch verteidigen. Hier draußen hatte er überhaupt keine Chance.

Er ging zurück ins Zimmer, verriegelte die Tür, legte die Kette vor, schob den Tisch an die Tür, setzte das herausgeschlagene Stück wieder ein und schloß das Fenster. Er zog sich aus und legte sich nackt auf das Bett. Er probierte den Ventilator aus, der Ventilator versagte. Es wurde heiß. Es wurde noch heißer. Es wurde unerträglich heiß. Der Schweiß floß ihm aus jeder Pore, die Moskitos setzten zum Sturmangriff an, aber dann vergaß Carl Hitze, Schweiß, Moskitos und sämtliche sonstigen karibischen Freuden: er hörte Stimmen. Die Stimmen kamen von der Straße und sie näherten sich. Sie wurden lauter und lauter und lauter – und dann entfernten sie sich.

Als sein Herzschlag sich beruhigt hatte, fiel Carl in einen seichten oberflächlichen Schlaf, aus dem er alle paar Minuten aufschreckte. Noch einige Male hörte er Stimmen und Schritte, Autos oder Motorräder. Jedesmal sprang er auf, stellte sich aufs Bett und schaute durch die Luftlöcher im oberen Teil der Rückwand, ohne jemals etwas zu sehen. Erst ums Katzenficken, als die Sonne schon aufgegangen war, erlaubte er sich einen bleiernen Schlaf.

Gegen neun weckte ihn Kelvin, der wie gewöhnlich bei einer Freundin übernachtet hatte. Er stand da, lächelte und hatte eine Tasse Kaffee in der Hand. Sein goldener Schneidezahn blitzte in der Morgensonne. In seinem Rücken flog ein grüner Kolibri vorbei und machte ›Zibidiiib, zibidiiib‹.

»Zibidiiib, Kelvin, zibidiiib«, sagte Carl grinsend und nahm den Kaffee entgegen.

Einunddreißig

Dunkelhäutige Männer sitzen auf den Stufen der wellblechgedeckten Hütten wie Pilze. Ihre Gesichter sind ausdruckslos, ihre Münder stumm. Die Zeit steht still. Nichts bewegt sich. Noch nie hat sich etwas bewegt. Die schwache Brandung der karibischen See täuscht die Sinne, denn das Meer ist aus Blei. Die Straße schwitzt schwarz glänzenden Teer aus. Die Vögel haben die Nahrungssuche eingestellt und hocken träge in den Bäumen. Die Eier verfaulen in den Nestern. Die Fischerboote sind an Land gezogen. Keiner hat Geld. Keiner kauft Fisch. Fuckin' fish! Fuckin' money!

Carol sitzt auf einem Faß an der Stirnseite ihres Ladens und schläft mit weit gespreizten Beinen. Auf ihrer Stirn stehen Schweißperlen, ihre Rechte umklammert den Saum ihres Rocks. Gordon lehnt mit geschlossenen Augen an der Theke und lauscht dem Tropfen des Wasserhahns. Ambition sitzt auf einem der Hocker der Dominospieler, den Rumpf nach vorn gebeugt, das Gesicht in den Händen vergraben. Seine ultramarinblaue Piratenmütze ist ins Genick gerutscht, wo sie wieder wie ein Kleidungsstück und nicht mehr wie ein Teil seines Kopfes aussieht. Die Katze schläft auf dem Eßtisch. Fliegen warten auf die Rückkehr des Lebens. Ein rabenschwarzer Mann liegt in der Astgabel des Mangobaums draußen, das Gesicht von einer leuchtend roten Kappe bedeckt. Unter ihm ist ein Friseur eingezogen und wartet auf Kunden. In der Bucht dümpeln die Yachten der Weißen. Es ist Mittag in Portsmouth, heißer, schwerer, schwitzender Mittag.

Wenn in der vollkommenen Stille eines solchen Mittags grundlos ein Glas zu Boden fällt und zersplittert, dann weiß jeder: die Hexe ist vorbeigekommen. Der Zombie geht um. Jesus, steh uns bei! Zwei Nächte später mag die Hütte einer alten Frau abbrennen, bei der niemals ein Mann geblieben ist. Dann wird Ambition auf die Straße hinausgehen und das Streichholzkreuz wieder zu sich nehmen, das er vor die Tür gelegt hat, als dieselbe alte Frau hier kurz vor dem Selbstmord des Glases eine Filterzigarette und zwei Pfefferminzbonbons gekauft hat. Das Kreuz hat seine Schuldigkeit getan. Die Hexe ist verjagt, der Zombie ins Jenseits zurückgekehrt. Der Mittag kann weiter schwitzen.

Carl sitzt am Eßtisch und streichelt die Katze. Neben ihm auf der Bank schläft ein einbeiniges Hühnchen. Er fragt sich, was er tun soll. Soll er bleiben? Soll er Richtung Cayenne weiterziehen? Seit ein paar Tagen arbeitet er regelmäßig an seinem improvisierten Schreibtisch. Portsmouth läßt ihn so allein, wie er sich bei dieser Arbeit fühlen muß. Portsmouth bietet ihm so viel Ablenkung, wie er braucht, um das Alleinsein zu ertragen – eine ziemlich geglückte Mischung. Evelyn hat ihn in eine Art Paradies gejagt – aber er ist ein Weißer. Er gehört hier nicht hin, und er spürt es. Er spürt es auf der Einwanderungsbehörde, wenn er seine Aufenthaltsgenehmigung verlängern läßt. Er spürt es, wenn alle Welt unter allen erdenklichen Vorwänden versucht, ihm Geld aus der Tasche zu ziehen. Die Mädchen lassen es ihn spüren, wenn sie ihn mitten im Tanz stehen lassen, um ihren guten Ruf zu behalten.

Das Völkchen hier entspricht ziemlich genau dem Bild, das er sich bei seiner Abreise aus Europa gemacht hat: voller Lust bis unter die Haarwurzeln, mit Musik im Blut, fröhlich, lachend, tanzend, singend, kiffend, trinkend macht es das Leben zu einem Fest. Aber Carl steht draußen. Er fragt sich, ob er das jemals wird ändern können.

»Ja!« sagt er laut und haut mit der flachen Hand auf den Tisch. Die Katze hebt den Kopf und schaut ihn vorwurfsvoll an.

»Entschuldige!« sagt Carl. »Ich bin ein Idiot.«

Er steht auf und geht auf die Rückseite der Hütte, dreht sich zur Wand und macht den Hosenladen auf. Er holt seinen Schwanz heraus. Er pißt, und dann verzieht er schmerzlich das Gesicht. Es brennt. Es brennt ziemlich böse. Er drückt auf die Röhre. Aus dem winzigen Mund da oben quillt ein weißlichgrüner Tropfen Eiter. Der Eiter riecht, wie er aussieht: widerlich. Carl verstaut sein Ding wieder in der Hose, macht den Reißverschluß zu, geht nach vorn und setzt sich wieder zu der Katze. Als er sie streichelt, schnurrt sie. Den weltberühmten karibischen Tripper scheint sie nicht zu kennen.

Carls Frage ist fürs erste beantwortet: jetzt *muß* er bleiben.

Zweiunddreißig

»Es handelt sich um einen klassischen Tripper, und da könnte eine Syphilis mit dabei sein. Außerdem lebt da ein ziemlich resistenter Pilz. Im übrigen vermute ich, daß du Zucker hast«, sagte Dr. van Basten, kurz Dr. Bast genannt, und schaute Carl aus den grünen Scheinwerfern an, die sie ihm anstelle von Augen in den Kopf montiert hatten.

»Hier hast du eine Salbe gegen den Pilz. Wegen der Gonorrhö und dem Zucker komm heute in einer Woche wieder! Dienstags von acht bis zehn nehmen wir Blutproben. Vorher kann ich nichts machen.«

Das fatale Wort sprach er nicht aus. Er ließ es in der Luft hängen. Da hing es nun und verpestete die Atmosphäre. Sie machten noch eine Weile small talk, dann verabschiedete sich Carl. Er ging den Krankenhaushügel hinunter, an der Vorschule vorbei, an der Freiwilligen Feuerwehr, an der Königshalle der Zeugen Jehovas. Die Lehrer, die Feuerwehrleute, die Prediger – sie alle konnten ihm nicht helfen. Er stand unter Aids-Verdacht. Sein erster karibischer Schuß hatte sich als Volltreffer entpuppt, und es stand zu befürchten, daß Gott sich im Strafmaß vergriffen hatte.

Dreiunddreißig

Das *Immigration Office* in der Landeshauptstadt Roseau war in einem einstöckigen Betongebäude untergebracht. Die Beamten und Beamtinnen trugen blütenweiße Hemden mit blauen Schulterstücken, und sie wirkten so nett und locker, wie man nur wirken kann. Carl betrat das Privatbüro des Chefinspektors, denn er war ein Sonderfall.

Der Chefinspektor entpuppte sich als ernstzunehmender Gegner. Er wirkte weder nett noch locker. Er wirkte wie die fleischgewordene Pflichterfüllung: hohe Stirn, mächtige Gestalt, khakifarbene Uniform, ein markantes Gesicht, eine Stimme, die geeignet war, Befehle auszusprechen, ein schmallippiger Mund, den keine Macht der Welt zum Lächeln bringen würde.

Dieser Mund war ausschließlich dazu gemacht, Fragen zu stellen, und er stellte sie: Wieso war Carl ausgerechnet nach Dominica gekommen? Woher wußte er überhaupt von der Existenz dieser Insel? Was beabsichtigte er, über Dominica zu schreiben? Über wieviel Geld verfügte er? Warum verfügte er nicht über *mehr* Geld? Wo wohnte er? Wer waren seine Auftraggeber?

Es ging eine halbe Stunde so, dann rief der Chefinspektor in Portsmouth an, um sich über Robins Leumund zu informieren. Etwas schien mit Robins Leumund nicht in Ordnung zu sein. Der Chefinspektor verzog angewidert das Gesicht und knallte den Hörer auf die Gabel.

»Ich gebe dir eine einmonatige Verlängerung. Danach werden wir sehen.«

Er zeigte auf die Tür. Carl ging an den netten und lockeren Beamten und Beamtinnen und an mit gemischten Gefühlen wartenden Touristen vorbei hinaus auf die Straße. Seine Pläne deckten sich nicht im geringsten mit denen des Chefinspektors. Seine Pläne sahen inzwischen einen zweijährigen Aufenthalt auf Dominica vor. Am nächsten Tag stand er dann mit seinem schmerzenden und tropfenden Geschlechtsteil im *Ministry for Legal Affairs and Travel* und nahm eine Liste in Empfang. Die Liste informierte ihn darüber, was er alles beizubringen hatte, wenn er länger auf Dominica bleiben wollte. Bei einer Tasse Kaffee las er sie durch.

Es war lachhaft. Wenn er auch nur halbwegs der Wahrheit entsprechende Angaben machte, würden sie ihn ohne viel Federlesens ins nächste Flugzeug nach Europa setzen. Es fing mit dem medizinischen Attest an, in dem stehen sollte, daß er in den letzten drei Jahren keine ansteckenden Krankheiten gehabt hatte. Das stimmte zwar, aber im Augenblick schleppte er möglicherweise eine ganze Menge ansteckender Krankheiten mit sich herum, und nicht gerade die harmlosesten. Dann forderten sie zwei Leumundszeugen, und einer von ihnen sollte der letzte Arbeitgeber sein. Es war dreißig Jahre her, daß Carl den letzten Ferienjob gemacht hatte und einen Arbeitgeber aufweisen konnte. Außerdem sollte ein ›angesehener Bankier‹ eine Erklärung über Carls finanzielle Gesundheit abgeben. Auch an dieser Front sah die Lage nicht gerade rosig aus.

Zusammen mit der Liste hatte ihm die Sekretärin des Ministers einen gelben Wisch in die Hand gedrückt, in dem von körperlicher und vor allem geistiger Gesundheit die Rede war. War Carl schwachsinnig? Hatte er Schübe von Wahnsinn? War er Psychopath, sexuell abartig veranlagt, chronischer Alkoholiker, Drogenkonsument oder einfach nur bescheuert? Er konnte sämtliche Fragen guten Gewissens mit ›Ja‹ beantworten. Nur auf der körperlichen Seite würde er die Regierung enttäuschen müssen: außer dieser Gonorrhö, einer möglichen Syphilis und eventuell der

Pest des Jahrhunderts hatte er nichts vorzuweisen, höchstens Zucker, aber davon stand nichts drauf. Schließlich verlangten sie noch eine Blutprobe und ein Röntgenbild, das seine Lunge nach der zweihunderttausendsten Zigarette zeigen sollte. Vermutlich war es leichter, in Fort Knox einzudringen, als ein Paar Monate auf Dominica zu verbringen.

Carl steckte die Papiere ein und schaute hoch. Vor ihm stand Mrs. Fowler, eine stattliche Brillenträgerin, die aussah, als wäre sie der Staat persönlich. Mrs. Fowler maß ihn von Kopf bis Fuß, einmal aufwärts, einmal abwärts. Ihr Blick troff vor Mißbilligung. Mrs. Fowler würde über seinen Antrag entscheiden. Sie war zwar nicht der Staat, aber immerhin die Staatssekretärin.

Vierunddreißig

Er ging den Hügel zum Krankenhaus hinauf, es war acht Uhr morgens, aber der Asphalt kochte bereits. Er kam an der wuchtigen katholischen Kirche vorbei, an der zentralen Wasserversorgung, an Holzhütten mit symbolischen Zäunen um die Vorgärten. Mammis wiegten ihre Säuglinge. In einem betonierten Abwassergraben schwammen Fische, die da nicht hineingehörten. Dominospieler saßen in winzigen Lebensmittelläden und ließen die Steine knallen. Das Leben ging seinen gewohnten Gang – außer für Carl.

Seine Hoden wogen schwer wie Handgranaten, und sie schmerzten. Sein dick geschwollener Penis schmerzte ebenfalls. Er schwitzte, denn das schwarze Hemd verdoppelte die Wirkung der Sonnenstrahlen, aber es war nicht der Augenblick für fröhliche Farben. Einmal blieb er stehen und schaute hinab auf Portsmouth und die glatte, dunkelblaue Fläche des Meeres, auf die Yachten und den Bananendampfer. Er sog das Bild in sich hinein, gierig wie er den frischen Grapefruitsaft in der *Grapefruit Tree Bar* zu trinken pflegte. Er wußte nicht, wie oft er solche Bilder noch zu Gesicht bekommen würde. Er stand unter Aids-Verdacht.

»Zur Hölle damit!« brummte er, drehte sich um und stapfte weiter den Berg hoch. Vermutlich hatte dieser Planet ihm ohnehin nicht mehr viel zu bieten. Schließlich war er achtundvierzig. Schließlich hatte er ziemlich gründlich gelebt. Schließlich hatte er sich ein paar Späße gegönnt, von denen andere nicht einmal träumten.

Trotzdem hatte er Angst. Zwar war er wider alle Vernunft davon überzeugt, daß er diese Krankheit gar nicht bekommen konnte (so wie während der Pest sich nicht jeder die Pest eingefangen hatte, so wie einer unter Leprösen leben konnte, ohne sich anzustecken), aber leider fehlte es ihm an triftigen Gründen für seine Überzeugung. Und während er sich um diese Aufenthaltsgenehmigung bemühte und Brief um Brief schrieb, erschien ihm diese Bemühung gleichzeitig absurd angesichts der Möglichkeit, in ein paar Monaten ins Gras zu beißen und in einem muschelgeschmückten Grab von schwarzen dominicanischen Würmern gefressen zu werden.

Im Eingang des Krankenhauses leckte ihm eine schwarzweiße Hündin Hände und Beine ab. Er sagte sich, daß er folglich noch eine Chance hatte. Hunde besaßen schließlich ihre Instinkte. Er betrat den Flur vor der Erste-Hilfe-Station. Frauen jeden Alters, Kinder und ein einzelner Mann saßen auf den wenigen Bänken. Carl ging wieder raus. Im Schatten des Vordachs blieb er stehen und steckte sich eine Zigarette an. Das Nikotin beruhigte ihn. Später setzte er sich zu den anderen, denn im Sitzen hatte er weniger Schmerzen. Außerdem sollte niemand denken, er, der Weiße, halte sich für etwas Besseres, bloß weil er alleine draußen stand.

Es war Dienstag, der Blutprobentag. Eine Frau nach der anderen ging ins Sprechzimmer und kam mit einem Wattebausch in der Ellbogenbeuge wieder heraus. Immer mehr Frauen kamen. Carl hörte ihnen zu, wie sie sich über ihn lustig machten. »White man, white man«, sagten sie und kicherten. Mehr verstand er nicht, aber das kümmerte ihn nicht weiter. Sie drängten sich vor ihn, und auch das kümmerte ihn nicht. Schließlich ließ ihm eine den Vortritt.

»Können Sie Blut sehen?«, fragte die Schwester. »Die meisten Männer können kein Blut sehen, müssen Sie wissen.«

Sie schaute auf Carls Laufzettel.

»Oh – swab!«

Swab hieß also Abstrich, spekulierte Carl. Die Schwester

hob eine Augenbraue, band den Arm ab und stach in die Vene. Fast schwarz lief das Blut in die Kanüle.

»Sieht gut aus«, sagte die Schwester.

»Sieht wunderbar aus«, antwortete Carl.

Sie führte ihn hinter einen Vorhang, machte den Abstrich, verpackte seine Gonokokken in Glas, und er war entlassen.

»Und wie geht's weiter?« wollte er wissen.

»Kommen Sie nächste Woche wieder, dann haben wir die Ergebnisse.«

»Nächste Woche???«

Eine Woche Wartezeit bedeutete weitere sieben schlaflose Nächte, Schmerzen im Schwanz, schmerzende Hoden, Knochen, Muskeln, Gehirnzellen, Erinnerungen, Bilder, Nerven, Nervenenden.

»Schwester, es tut weh. Es tut höllisch weh, wissen Sie das?«

»Ich weiß es, Mister. Ich will sehen, was ich für Sie tun kann. Rufen Sie mich am Donnerstag an!«

Er ging hinaus, zwängte sich an der Hündin vorbei und ging den Hügel wieder hinunter. Die Karibik lag jetzt vor seinen Augen, aber sie erschien ihm wie der blanke Hohn. Nicht einmal baden konnte er darin. Die Flecken in der Badehose hätte man bis ins Vorzimmer der Ministerpräsidentin gesehen, so viel Eiter floß aus seinem Werkzeug. Für einen Augenblick vergaß er angesichts des blauen Meeres, daß sie ihm soeben Blut für seinen ersten Aids-Test abgezapft hatten. Er wollte nur noch diesen Eiter und diese Schmerzen loswerden, schlafen können, schwimmen können, sich bewegen können – das war alles, was er vom Leben noch verlangte.

Er kam am Markt vorbei, kaufte Bananen und ging zurück in Robins Haus. Er zog das schweißnasse Hemd aus und warf es in eine Ecke. Er setzte sich an die Holzplatte über den beiden Liegestühlen und dachte an den Schwulen. Wenn der Test positiv ausfallen sollte, dann hatte er es sich bei dem Schwulen geholt. Der Schwule stand irgendwie am Anfang der ganzen Geschichte. Aber auch seine erste Frau stand am Anfang der Geschichte und ebenso seine letzte.

Die Moskitos summten und stachen, die Luft stand wie warme Schlagsahne, draußen raschelten die Leguane im Zitronengras. Irgendwo blökte ein Schaf. Carl versuchte, die schwarzen Gedanken zu verjagen und sich auf seine Arbeit zu konzentrieren. Der Versuch mißlang. Der Tisch war zu niedrig, und er konnte die Beine nicht ausstrecken. Er hatte Durst, aber er hatte sich angewöhnt, so wenig zu trinken, daß er nur einmal am Tag pissen mußte. Das Brennen in seiner Röhre war höllisch, wenn er pißte. Er stand auf, ging im Raum auf und ab, verzog das Gesicht unter dem Angriff des Schmerzes, setzte sich wieder und spannte ein Blatt in die Maschine.

»Ich wollte nur noch meine Ruhe«, schrieb er, »keine Gedanken mehr, keine Gefühle, keine Pläne, keine Veränderungen.«

Der Satz gehörte in eine Kindergeschichte über das Leben eines Wassertropfens. Der Tropfen landete im letzten Kapitel in der Karibik, hatte die Schnauze voll und legte sich auf den Meeresgrund. Carl schrieb die Geschichte in Ich-Form.

»Ähnlichkeiten mit der Person des Autors sind zufälliger Art«, stand in Klammern unter dem Titel.

Fünfunddreißig

»Gib mir 'ne Kippe, Mann!«

Carl blieb stehen. Eddi gehörte zu seinen Stammkunden. Gewöhnlich trug er eine kurze Hose, auf der Palmen abgebildet waren, und regenbogenfarbene Plastiksandalen. Sein pechschwarzer Oberkörper erinnerte an Marvin ›The Marvellous‹ Hagler, seine Beine und Oberschenkel an Muhammed Ali. Carl hielt ihm die Packung hin. Eddi zog sich drei Zigaretten heraus und sagte:

»Ich hab gutes Gras, Mann. Kauf mir was ab!«

»No drugs, Mann!«

Er hatte nicht die Absicht, sich auch noch Schwierigkeiten mit der Polizei einzuhandeln. Er hatte genug am Hals. Eddis Gesicht verfinsterte sich.

»Du kannst zu Jah gehen, weißer Mann. Er wartet schon auf dich.«

Jah war der Gott der Rastafari-Bewegung. Er untersagte das Abschneiden der Haare und gebot das Rauchen von Ganja. Er verlangte Gewaltlosigkeit und eine vegetarische Ernährung. Reggae war seine Musik, Bob Marley sein Prophet. Rein theoretisch hatte Jah nichts gegen Weiße, aber die meisten seiner Jünger waren mit der Theorie nicht vertraut. Sie beschränkten sich darauf, sich Dreadlocks wachsen zu lassen und sich vollzukiffen.

Carl wandte sich ab und ging die muschelbezäunte, namenlose Hauptstraße hinunter. Eddi folgte ihm. Seine Bewegungen glichen denen eines großen Gummitieres. Seine Arme schwangen weit aus bei jedem Schritt, seine Beine gehorchten der Musik aus seinem Walkman. Er hielt sich knappe fünf Meter hinter Carl, und die Funzeln am

Straßenrand wurden immer trüber. Carl spürte das vertraute Kribbeln im Rücken.

Unter ›zu Jah gehen‹ konnte man eine Menge verschiedener Dinge verstehen, und bekanntlich kam man erst in den Himmel, wenn man das Zeitliche bereits gesegnet hatte.

Auf der anderen Straßenseite kam ein Mann entgegen.

»Cool, Mann!« rief Eddi, »cool!«

»Cool!«

»Okay, Mann, cool!«

Falls Carl noch ein Leben vor sich hatte, würde er darin nie wieder das Wort ›cool‹ benutzen. Robin hatte ihm von einem Mordfall erzählt. Der Fall lag zwei Jahre zurück und hatte einen deutschen Yachtbesitzer das Leben gekostet. Carl stellte sich vor, wie die Mörder ihr Opfer betrachtet hatten:

»Ist er tot, Mann?«

»Cool, Mann! Mausetot.«

»Yeah, Mann! Cool! Toter geht's nich!«

Er erreichte die Wasserstelle. Eddi folgte ihm jetzt nicht mehr. An der Wasserstelle standen junge Frauen im Licht der einzigen Laterne und füllten Behälter. Sie erzählten sich Geschichten und lachten mit tiefen und vollen Stimmen. Carl würdigten sie keines Blickes. Er galt als aussichtsloser Fall. Er hatte schon zu lange nicht angebissen. Sie wußten nicht, wie es zwischen seinen Schenkeln aussah.

Vor der *Grapefruit Tree Bar* stand eine Traube junger Leute. Sie starrten auf den Fernseher. Das Bild war von Schlieren durchzogen, und manchmal verschwand es ganz. Carl blieb stehen. Faustkämpfe, Schüsse, Tote. Verfolgungsjagden. US-Entwicklungshilfe auf charakterbildender Ebene. Je gewalttätiger es auf dem Schirm zuging, desto fröhlicher wurden die Zuschauer.

»Hi, Mann! Cool! Wo ist dein Schiff?« zischelte ein baumlanger Kerl.

»Ich hab kein Schiff. Ich bin Fußgänger.«

»Was willst du? Kokain, Marihuana, Mädchen? Wieviel Geld willst du ausgeben?«

»Gar keines«, sagte Carl und ging weiter. Er fragte sich, wann er endlich eins über den Schädel bekommen würde. Er schwitzte, und er hatte Schmerzen. Er brauchte dringend einen Stuhl und noch dringender einen Drink. Außerdem sehnte er sich nach freundlich gesonnener Gesellschaft. Er bog ab und erwischte einen der Pfade, die zwischen den Hütten, den Palmen und dem Schutt hindurch zum Meer führten. Unsicher tastete er sich vorwärts. In den Hütten brannte kein Licht. Vor ihnen gingen weiße Augäpfel an und aus wie Glühwürmchen. Unsichtbare Menschen spuckten aus, als er an ihnen vorbeiging. Die Schmerzen wurden stärker.

Er erreichte den Strand, stolperte über leere Kokosnüsse, Grapefruitschalen, Autoreifen und Palmwedel. Draußen in der Bucht lagen hell erleuchtete Yachten. Krabben rannten vom Strand ins Wasser und wieder zurück. Der Himmel hing tief wie ein Hut. Ein Mädchen kam ihm entgegen und fing hinter ihm zu singen an. Er fragte sich, ob da ein Angebot vorlag, aber er suchte nicht lange nach einer Antwort. Sein Karibiktrip war ein Zehntausend-Dollar-Mißverständnis mit vermutlich tödlichem Ausgang.

Im *Hungrigen Hai* saßen deutsche Touristen. Sie hatten Langusten bestellt, denn das gehörte sich so in einem karibischen Urlaub. Heute abend hatten sie ihre Langusten bekommen – mitten in der Schonzeit –, und jetzt aßen sie sie auf.

»Die Langusten schmecken langweilig«, sagten sie. Außerdem hatten die Langusten keine Scheren, und die Scheren waren bekanntlich das beste. »Die Scheren haben sie gestohlen!« sagten sie.

Carl hörte es sich an und schwieg. Er haßte Touristen.

»Glaubst du, das lasse ich mir gefallen?« donnerte der

Mann schließlich. »Betrug ist das! Ausbeutung und Betrug!«

Am Ende des Abends machte er wirklich Putz und zahlte nur die Hälfte der Rechnung. Nebenbei erfuhr er von Kelvin, daß Langusten keine Scheren haben. Er hatte sie mit Hummern verwechselt.

Sechsunddreißig

»Nein, wir haben noch keine Ergebnisse. Rufen Sie mich am Dienstag wieder an. Es tut mir leid.«

Die Stimme der Schwester klang schadenfroh. Carl ging zurück ins Haus und versuchte zu schreiben. Neben dem Tisch stand seit gestern ein Ventilator. Seither kamen die Moskitos nur noch von einer Seite, und das war ein unbestreitbarer Fortschritt. Jeder Moskitostich kostete Carl eine halbe Stunde. So lange dauerte es, bis er das Vieh erlegt und seine Konzentration zurückgewonnen hatte.

Der Wassertropfen hatte inzwischen eine Macke. Er hielt sich für ein Genie. Carl würde ihm das austreiben. Er würde schon sehen, der Wassertropfen! Auf Carls Stirn stand trotz des Ventilators der Schweiß. Über seine Brust lief Schweiß und sammelte sich in den Falten seines Bauches. Er holte ein Handtuch und trocknete sich ab. Auf dem Handtuch hatten zwei Moskitos geschlafen. Jetzt griffen sie an. Er brauchte eine Viertelstunde, um sie zu killen. Die Konzentration war im Eimer. Er schaltete das Radio ein und hörte die Nachrichten der Deutschen Welle. Die Bundeswehr brauchte mehr Geld, denn der Osten war gefährlich überlegen. Jemand hatte dreiunddreißig Millionen veruntreut. Das Demonstrationsrecht wurde verschärft. Nachrichten von einem anderen Stern weit jenseits der Milchstraße. Nachrichten aus der Gummizelle einer Irrenanstalt. Nachrichten aus dem Labor eines übergeschnappten Gottes.

Er stellte das Radio wieder ab und kehrte zu seinem Wassertropfen zurück. Er schwitzte wieder. Sein Glied schmerzte und seine Hoden schmerzten. Der nächste Moskito setzte zum Angriff an. Er erschlug ihn, steckte sich eine Zigarette an und griff nach Henry Millers ›Sexus‹. ›Sexus‹ war das letzte Buch, das er noch besaß. Er war gerade bei der Stelle, als Henry es seiner Frau und deren Freundin auf dem Küchentisch besorgte, da erschien der Junge mit dem Dachschaden am Fenster.

»Yeah, yeah, yeah!« machte der Junge. Er liebte Carl. Wenn er den Weißen außerhalb des Hauses erwischte, hängte er sich an seinen Arm, streichelte ihn und erzählte ihm unendliche Geschichten in einer Sprache aus Brumm- und Zischlauten. Dabei schaute sein geschlossenes Auge geradewegs in den Himmel und das andere auf Carl.

Der Junge brabbelte begeistert drauflos. Er wedelte mit den Armen und fuchtelte mit den Händen, er wackelte mit dem Kopf, er lachte und trommelte gegen das durchlöcherte Fliegengitter.

Carl hörte eine Weile zu, dann sagte er: »Okay, Junge, das war eine wunderbare Story, aber jetzt laß mich allein. Ich möchte arbeiten.«

»Yeah, yeah, yeah«, schrie der Junge. Er redete jetzt nicht mehr, aber er blieb vor dem Fenster und schaute Carl eindringlich aus seinem gesunden Auge an. Ab und zu kratzte er am Fliegengitter. Alle paar Minuten brüllte er: »Yeah, yeah, yeah!«

Carl legte das Buch weg und versuchte, die Gefühle dieses Wassertropfens zu beschreiben, als ihm seine geliebte Tröpfin abhanden kam. Er brachte kein Wort zu Papier. Er bat den Jungen erneut, wegzugehen, aber der Junge blieb. Er verzog sich ins andere Zimmer und legte sich aufs Bett. Nach ein paar Minuten war das Bettuch durchgeschwitzt. Er stand wieder auf und spähte vorsichtig um die Ecke. Der Junge stand immer noch am Fenster. Er holte sich eine weitere Zigarette, setzte sich auf das Bett und zog die Hosen aus. Er rauchte. Der Junge rannte jetzt ums Haus und schlug mit einem Stock gegen die Papayas da draußen. Carl drückte die Zigarette aus, fuhr in die Hosen, ging hinaus und brüllte den Jungen an. Der Junge verzog sich.

Er war jetzt wieder allein. Es flogen auch keine Moskitos mehr herum, aber jetzt fiel ihm nichts mehr ein. Schreiben war die einzige Tätigkeit, die ihn noch fesselte. Er wollte kein großer Künstler sein. Er wollte nur ein paar Geschichten einigermaßen lesbar zu Papier bringen, aber nicht einmal das gelang ihm. Er saß seit fünf Stunden an diesem lächerlichen Tisch, und in dieser Zeit hatte er fünf Zeilen geschrieben.

Auf einmal kam er sich ziemlich überflüssig vor. Er fragte sich, warum er auf diese Diagnose wartete und sich nicht gleich aus der Welt schaffte. Dann fiel ihm ein, daß er sich diese Fragen schon oft gestellt hatte und immer auf dieselbe Antwort gestoßen war: er wollte es seiner Mutter nicht antun.

»Zur Hölle mit diesem Planeten! Zur Hölle mit den Weibern!« sagte er laut. Er holte die Rumflasche und schenkte sich ein großes Glas voll ein. Hinter der Flasche hing ein Spiegel. Er war so unvorsichtig hineinzuschauen. Auf seiner Stirn standen Schweißperlen, seine Haare hingen wirr um seinen Kopf, er trug zerrissene, abgeschnittene Jeans, aus denen es stank, seit er diese Krankheit hatte, die Linien in seinem Gesicht waren noch tiefer geworden, seine Mundwinkel hingen weit herab, er war seit drei Tagen nicht rasiert.

»Ich verkomme«, sagte er in den Spiegel. »Herr Carl, du verkommst. Auf der Suche nach Liebe in der Karibik verkommen – das könnt ihr auf das Holzkreuz an meinem Grab schreiben, wenn es soweit ist.« Er zündete die nächste Zigarette an, setzte sich an den Tisch und trank den Rum. Wenn jetzt die schönste, geilste, jüngste aller Frauen hereinkäme, wenn er dazu noch gesund wäre – er wüßte nicht einmal, was er ihr sagen sollte. Er würde hinausgehen und sie einfach da stehen lassen. Danach würde er sich sinnlos betrinken und der verpaßten Gelegenheit nachtrauern.

»Scheiße!« brummte er, warf das leere Glas gegen die Wand, stand auf, öffnete die Tür, ging hinaus, schloß ab und machte sich auf den schmerzhaften Weg in seine Stammkneipe.

Siebenunddreißig

Carl stellte sich vor, sein Test sei positiv. Er würde genügend Zeit haben, sich auf den Tod vorzubereiten. Monate, vielleicht Jahre. Das schien ihm eine angenehme Aussicht. Nichts war schlimmer als ein Tod, der ein paar Tage dauerte. In ein paar Tagen kam man nicht ins Reine mit sich. Dann lieber etwas Plötzliches, ein Unfall, Genickbruch, Messer ins Herz, ein Schuß. Und aus.

Wenn er sich sein Leben ansah, dann war der Zeitpunkt nicht einmal schlecht gewählt. Er hatte gelebt wie ein Berserker. Er hatte nicht viel ausgelassen. Er hatte reichlich Scheiße gefressen, und er hatte Zeiten fraglosen Glücks genossen. Er hatte mit einigen begehrenswerten Frauen gelebt, und schließlich hatten sie ihm das Genick gebrochen. Er warf es ihnen nicht vor. Es war nicht ihre Schuld, daß sie aus einem anderen Stoff gemacht waren. Es war nicht ihre Schuld, daß sie eine Million Dollar zwischen den Schenkeln trugen und Männer nur diesen lächerlichen, wurstförmigen Wurmfortsatz, mit dem kein Pfennig zu verdienen war. Sie konnten sich erlauben, was sie wollten, die Frauen, und sie erlaubten es sich. Warum auch nicht.

Carl hatte geglaubt, er hätte seine Rechnung mit ihnen beglichen. Sie hatten ihn froh gemacht und sie hatten ihn leiden lassen, aber das war offenbar nicht genug gewesen. Jetzt wurde die Nachzahlung verlangt. Die Nachzahlung, das war vielleicht sein Leben. Er hatte sich verrechnet. Er hatte gedacht, teuer bezahlt zu haben. In Wirklichkeit hatte er ziemlich billig eingekauft. Jemand hatte nachgerechnet und seine Schulden ermittelt. Carl konnte seine Schulden nicht bezahlen, und auf Abstottern ließ sich heutzutage niemand mehr ein. So wurde Carl zum Tode verurteilt.

Er wünschte sich, mit einem dreckigen Grinsen auf den Lippen zu sterben. Er hatte viele Schlachten verloren mit dem anderen Geschlecht. Wenn er mit einem dreckigen Grinsen auf den Lippen sterben könnte, dann hätte er wenigstens den Krieg gewonnen.

Aber das alles war vermutlich gar nicht so wichtig. Auch die Bücher, die er sich abgetrotzt hatte, waren nicht so wichtig.

Nichts war wichtig.

Trotzdem packte ihn in diesen Tagen manchmal das Grauen. Er stellte sich vor, wie er in einem einsamen Bett lag und der Tod als physische Realität nach ihm griff. Wie er sich aufbäumte, um noch einen Herzschlag aus sich herauszupressen und noch einen und noch einen, weil er an diesem verdammten Leben hing und es nicht loslassen konnte. Er stellte sich vor, wie er Bilanz ziehen mußte und die Verantwortung für all das übernehmen, was zu tun er versäumt hatte; wie er in einer letzten unmenschlichen Gewaltanstrengung versuchen würde, alles Ungetane doch noch zu tun; wie er, schon blind jetzt, mit den Händen fuchtelte und ungetane Taten aus der Luft fing; wie er einen unbändigen Zorn auf seinen Körper verspürte, der ihm das antat; wie er versuchte, seinen unseligen Schwanz mit der Wurzel auszureißen, jetzt, wo es zu spät war.

Er stand auf, wischte sich den Schweiß von der Stirn und humpelte hinunter in die ölige Suppe von Portsmouth, Dominica, wo man ihm Rum geben würde, Rum, laute Musik, schwüles Licht, betrunkene, zahnlose Huren – den ganzen Kodder, der ihm teuer war.

Achtunddreißig

Die Schmerzen wurden unerträglich. Jedes Mal, wenn Carl pissen mußte, brüllte er. Es hörte sich an, als würde ein Schwein abgestochen. Mit der Zeit wurden die Nachbarn mißtrauisch. Wenn er ins Haus zurückkehrte, versuchte er ihnen zuliebe, wie ein normaler Mensch zu gehen. Es gelang ihm nicht. Wenn er die Füße nicht weit auseinander stellte, nahm ihm der Schmerz die Luft. Im Haus stopfte er eine Viertelrolle Toilettenpapier in seine Unterhose, um den Eiter auf seinem Weg in die Öffentlichkeit zu bremsen. Alle drei Stunden mußte er das Papier auswechseln. Der Eiter wurde immer mehr. Angesichts der Quantitäten, die sein Schwanz absonderte, hatte er nicht nur den Tripper, Aids und die Syphilis. Er hatte den Windtripper und den Schanker obendrauf, aber inzwischen war es ihm völlig gleichgültig, was er alles mit sich herumschleppte. Er wollte nur noch diese Schmerzen loswerden. Er wollte endlich eine *Behandlung*!

Am Montagabend hörte er Dr. Bast zum *Hungrigen Hai* fahren. Der Auspuff am Wagen des Arztes war schon seit langem ins Jenseits gerostet. Dr. Basts Bewegungen in Portsmouth waren leicht zu verfolgen. Carl stieg in seine Hosen, brüllte, zog ein Hemd an, brüllte, machte ein paar Schritte, brüllte, und dann biß er die Zähne zusammen und schritt breitbeinig den Hügel hinunter. Irgendwie schaffte er es bis in den *Hungrigen Hai*. Er hatte die schmerzhaftesten zwei Kilometer seines Lebens hinter sich.

Der Arzt saß mit Kelvin, Robin und den Langustenspezialisten zusammen. Carl setzte sich zu ihnen. Er hoffte, daß niemand den Verwesungsgeruch mitbekam, der zwischen seinen Schenkeln aufstieg. Die Touristen hatten einen Ausflug an einen See gemacht. Sie waren glücklich. Der Ausflug hatte auf ihrem Arbeitsplan gestanden. Jetzt mußten sie nur noch einen Vulkan besteigen, zwei weitere Seen aufsuchen, die Geysire besichtigen, mit einem Boot den Fluß hinauffahren und die billigen Kassetten verkaufen, mit denen sie ihren Urlaub finanzierten. Dann hatten sie es hinter sich und konnten guten Gewissens nach Deutschland zurückfliegen.

Der Führer, der sie an den See gebracht hatte, schien ein redseliger Mensch gewesen zu sein. Er hatte die Geschichte eines Mordes erzählt, die sich ein Jahr zuvor zugetragen hatte.

»Es handelte sich um zwei Gringos«, berichtete der Tourist. »Sie kamen aus Miami, ihre Yacht lag hier in der Bucht, und eines nachts sind drei Gangster da rausgerudert, haben den Mann erschossen und die Frau ans Bett gefesselt und gepimpert. Was sagt ihr dazu?«

Außer Robin hatte niemand etwas zu sagen. In Washington, Chicago und Frankfurt am Main passierte etwas Ähnliches alle zehn Minuten. Außerdem kannte Robin die bessere Version der Geschichte: »Die Drei waren Marihuanabauern von der Atlantikküste«, teilte Robin mit. »Sie rudern da raus und verlangen Geld von dem Macker – ein Drogendeal wahrscheinlich. Der Gringo greift zum Gewehr, aber die Jungs von hier sind schneller als er und schießen ihn in den Kopf. Der Jüngste meint, man müsse jetzt auch die Frau umbringen, aber die anderen lehnen ab. Also fesseln sie die Alte an die Reling und knebeln sie, um Zeit zu gewinnen, klar? Später taucht das Boot auf St. Thomas auf, und in der Wand der Kajüte werden Waffen gefunden. Die Frau ist verschwunden. Zwei der Täter sitzen. Der dritte war Kronzeuge.«

Carl gab einen feuchten Furz darauf, wer tot war und wer im Knast saß. Er versuchte, die Augen des Doktors zu erwischen, aber die Augen Dr. Basts hingen an diesem blonden deutschen Mädchen, das seinerseits mit den Augen Robin verschlang. Wie das in solchen Fällen üblich ist, kam Robin in Fahrt.

»Aber das war ein langweiliger Mord«, sagte er und kräuselte angriffslustig die Oberlippe. »Viel besser war der Franzosenmord. Der Franzosenmord ging so: Eine französische Yacht kommt in die Bucht und ankert. Ein Gendarm steuert sie – allein. Ein paar Tage später legt sich eine weitere französische Yacht dicht daneben. Auf der zweiten Yacht fahren mehrere Männer und Frauen. Ein reges gesellschaftliches Leben beginnt. Autotouren im gemeinsam gemieteten Wagen, gemeinsame Abendessen in teuren Restaurants. Dann fährt die zweite Yacht wieder weg. Vier Tage später findet man an Bord der ersten drei Tote, die schon am Verwesen sind. Es stellt sich heraus, daß auch auf der zweiten Yacht französische Polizei gefahren ist. Alles deutet auf Politik.«

Robin hatte sein Pulver verschossen. Die Blonde ging aufs Clo. Carl erwischte den Blick Dr. van Bastens.

»Ach ja«, sagte der Arzt lässig. »Negativ.«

Neununddreißig

Samstags wurde die Bar und Gemischtwarenhandlung zum Nabel der Welt. Samstag war Markttag. Selbst Blacky kam. Blacky war einer der schwärzesten Schwarzen in der Stadt und so kurzsichtig, daß er die Gläser seiner Schweißerbrille mit fünf Dioptrien starken gestohlenen Linsen vertauscht hatte. Aus unbekannten Gründen mochte er Carl. Jeden Samstag begrüßte er ihn mit einem Kuß auf den Mund. Carl saß auf seinem Stammplatz neben der offenen Tür. Er sah hinaus auf die Straße, wo Ambitions Ochse verfaulte Bananen fraß. Er sah den Kindern beim Spielen zu und den Frauen beim Einkaufen. Manche trugen Büschel grüner Bananen auf dem Kopf wie Hüte. Es sah schön aus. Alles sah schön aus, seit Carl wieder gesund war. Die Welt hatte sich in einen Schlecknapf verwandelt, der ausschließlich mit erlesenen Köstlichkeiten gefüllt war. Der Prediger an der Ecke hatte kapiert: er schmetterte ein Hallelujah nach dem anderen in seine Flüstertüte.

Carl bestellte sich einen Rumpunsch und dann einen für Gordon und dann einen für Blacky, und den vierten trug er für Ambition hinaus auf die Straße. Als er in die Bar zurückkam, saßen zwei Deutsche an seinem Tisch.

»Mann«, sagte der eine, »uns reicht's. Uns steht's bis hier!«

Er zog mit der Handkante eine unsichtbare Linie knapp unter seinen Augen. Er war so um die fünfundzwanzig, aber sein entmutigtes, verkniffenes Gesicht ließ ihn zehn Jahre älter wirken. Wenn er sprach, kamen kleine Speichelbläschen aus den Winkeln seines dünnen Mundes. Bei den

Vokalen platzten sie und gingen als feiner Sprühregen über den Tisch nieder.

»Wirklich!« sagte der andere. »Bis hier!«

Er machte die gleiche Bewegung. An jeder Hand trug er drei Ringe. Dicke, goldene Ringe mit Steinen darin.

»Was denn?«, fragte Carl. »Was steht euch denn bis hier?«

»Das fragst du noch? Hast du keine Augen im Kopp? Das da, was denn sonst?«

Sein Arm beschrieb eine Dreihundertsechzig-Grad-Drehung.

»Die ganze beschissene, versiffte Karibik, der Dreck, die Armut, die Hitze, die Moskitos, die Dummheit, die Bananen, die Weiber, die Männer – alles!«

Sie waren gestopft wie die Weihnachtsgänse, da draußen dümpelte ihre Yacht, und sie befanden sich auf dem Weg von Brasilien nach Jamaica. Sie brauchten nicht zu arbeiten, und sie hatten keine Ehefrauen bei sich, die ihnen die Hölle heiß machten. Sie mußten keine Miete bezahlen und kein Telefon, keine Rentenversicherung und keine Kraftfahrzeugsteuer. Sie konnten sich jedes Mädchen kaufen, das ihnen gefiel, und in jedem Restaurant essen, was ihnen schmeckte. Sie hatten allen Grund, das Leben für einen Honigtopf zu halten, aber sie zogen es vor, eine griechische Tragödie daraus zu machen. Sie ließen keinen guten Faden daran. Sie hatten Angst, sich den Magen zu verderben, und aßen nur, was ihnen nicht schmeckte. Sie fürchteten, sich die Sackratten einzufangen, und mit der Abfahrt aus Deutschland hatten sie das Pimpern eingestellt. Das war vor acht Monaten gewesen. Die ganze bunte Welt hatten sie inzwischen in einen Haufen grauer Scheiße verwandelt, und da drin wälzten sie sich.

»Da – schau's dir an!«, sagte der mit den Klunkern. »Fliegen auf dem Tisch! Ist das vielleicht Lebensqualität?«

Er verzog angewidert das Gesicht.

Carl schaute auf den Tisch. Tatsächlich, da saßen zwei Fliegen. Er verscheuchte sie.

»Sie sind weg. Geht's dir jetzt besser?«

Nein, es ging ihm nicht besser. Es gab keine Air Condition hier drin, und Gordon hatte Löcher in der Hose. Auf dem Boden lagen Kronenkorken und neben den Korken saß Blacky. Es fehlte allgemein an Sauberkeit und Ordnung. Die Zustände waren unerträglich.

Carl schaute hinaus auf das bunte Treiben auf der Straße, auf die lachenden Gesichter mit den leuchtenden Augen und den blitzenden Zähnen, auf den blauen Himmel und die weißen Wolken, auf Ambition und seinen Ochsen, auf die Früchte und das Gemüse, und er bekam Lust, die beiden Miesmacher an den Haaren zu packen und ihre Köpfe gegeneinanderzuschlagen, bis sie Risse bekamen und der ganze stinkende Eiter da drin auf den Bretterboden der Bar tropfte.

»Mann, den Drachen auf's Auto packen, ab in die Berge, fliegen und danach in der *Post* Schwarzbrot essen und guten Wein trinken – das ist es! Das nenne ich Lebensqualität!« sagte der Speichler.

»Aber wieso um alles in der Welt seid ihr denn dann hierher gekommen?«

»Werbung – schlecht geschriebene, verlogene Bücher, wie du eins schreiben wirst, Bücher, die an der Realität vorbeigehen, Träume, Erzählungen von Blinden – sie haben uns reingelegt, genau wie dich«, sagte der Speichler.

Carl stellte sich vor, wie sie in der *Post* gesessen waren bei Schwarzbrot und gutem Wein und auf Europa geschimpft hatten, auf den Brotpreis und den Weinpreis und die Kälte und den Nebel und die Weiber und die Regierung und die Steuern und die Mieten und alles. Sie würden selbst im Paradies noch schimpfen. Sie konnten nicht anders. Jetzt wollten sie nur noch diese Yacht verkaufen und dann heim ins Reich, aber auch das klappte nicht. Kein Mensch zahlte den überhöhten Preis, den sie forderten.

Carl ließ sie da sitzen mit ihrer Yacht und dem Eiter in ihren Köpfen und ihrem Speichel und ihren Klunkern und ihrem Geld. Er sah noch, wie der Speichler eine Kippe über die Schulter schnickte, ohne sich darum zu kümmern, wen sie traf. Er ging raus. Unter dem Mangobaum ging ein Mädchen vorbei. Sie war jung, sie sang und sie trug bunte Perlen im Haar. Er ging ihr nach.

Vierzig

In der Bucht lagen drei Yachten. Auf jeder flatterte stolz die schwarz-rot-goldene Flagge. CBS schuftete seit Stunden. Er kaufte Holzkohle, Fleisch, Reis, Gemüse, Fisch, Obst, Rum, Puev, Bier, Zigaretten, Ganja und Kokain. Er stellte die Tische im *Hungrigen Hai* zu einer langen Tafel zusammen. Er stöberte die Segler auf und kündigte ihnen das Ereignis dieser Nacht an: einen Barbecue-Abend, wie ihn noch keiner erlebt hatte. Einen Barbecue-Abend, wie nur ein CBS ihn gestalten konnte. Die Segler wiegten nachdenklich die Köpfe.

»Was kostet das denn?«

»Dreißig karibische Dollars pro Kopf – das Essen und zwei Getränke eingeschlossen.«

Die Segler überlegten. Dreißig karibische Dollars, das waren immerhin zwanzig Deutsche Mark. Es bestand die Gefahr, daß die Sache nur fünfzehn wert war. Die Sache mußte analysiert werden. Die Segler würden mit ihren Frauen darüber sprechen. Schließlich hatten sie nicht vor, sich einen Ehekrach einzuhandeln. Gegen fünf Uhr nachmittags waren die Verhandlungen zwischen den drei Schiffen schließlich abgeschlossen: man würde kommen.

CBS ging nach Hause und holte seine besten Musikkassetten. Er putzte die Stühle und Bänke im *Hungrigen Hai,* rechte den Sand des Vorplatzes und verbrannte das abgefallene Laub der Mandelbäume. Er kannte sich aus mit Deutschen. Deutsche forderten hygienische Verhältnisse und klare Rechnungen.

»Hast du keine Tischtücher?« fragte Carl. »Gib ihnen Tischtücher, und du machst sie glücklich! Sie haben Tischtücher in ihren Köpfen, und sie haben Tischtücher zwischen den Beinen. Ohne Tischtuch schmeckt es ihnen nicht. Ohne Tischtuch fühlen sie sich ausgenommen.«

CBS holte Tischtücher. Dann salzte er die Fische ein, pfefferte das Fleisch und würzte es mit frischen Kräutern. Er stellte die Getränke kalt, richtete die Salate an und entzündete das Feuer.

Die Besatzungen der drei Yachten erschienen vollzählig. Carl zählte zehn Partygäste. Die Frauen hatten ihren Schmuck angelegt, und die Männer trugen ihre Dinnerjacketts. Auch die beiden Schwarzbrotfans waren da. Der mit den Klunkern befummelte ausgiebig die arschlose Tochter eines anderen Yachteigners. Er war selig. Er lebte wieder unter seinesgleichen. Er liebte alles, was er verlassen hatte, vom Wecker bis zur Steuernummer, von der Stechuhr bis zu den dreckigen Witzen – Hauptsache, man konnte schallend lachen und das Clo war sauber.

»Bier her!« rief er laut, kaum hatte man Platz genommen. CBS verteilte Heineken-Dosen und trug das gegrillte Fleisch auf, die Fische, das Gemüse, den Reis und die Salate. Man speiste. Man kam in Fahrt. Man lobte die Tischtücher. Man aß mehr, als man eigentlich vertragen konnte. Schließlich hatte man bezahlt. Man trank heftig und angestrengt.

Draußen vor dem Zaun saßen acht junge Männer aus Portsmouth im Sand und schauten zu. Sie sprachen nicht, und sie bewegten sich nicht. Sie schauten einfach nur zu. Hinter ihnen zauberte der Mond eine Silberstraße aufs Meer. Die Yachteigner tanzten und tauschten für eine Weile die Frauen. Hygiene war nicht mehr gefragt. Auf dem Tisch und im Umkreis von mehreren Metern lagen jetzt Fischgräten, Knochen, Plastikteller, Pappbecher und Servietten. Sie tanzten darin. Sie lachten laut, fett und weiß. Sie grapschten an den Frauen herum. Sie waren glücklich.

Das tropische Ereignis endete fast in einer Schlägerei.

Die Drachenflieger hatten die Zeche geprellt. CBS ging ihnen nach. Carl begleitete ihn.

»Als er uns eingeladen hat, hat er kein Wort von Geld gesagt«, sagte der Speichler. »Das muß er lernen – findest du nicht?«

»Nein«, sagte Carl, »das finde ich nicht. Und wenn du nicht sofort die sechzig Eier ausfährst, kannst du was erleben!«

Der Speichler zahlte. Spitzfingrig.

Einundvierzig

Der Chefinspektor runzelte die Stirn, als Carl sein Büro betrat. Offenbar war weiterhin nicht gut Kirschen essen mit ihm. Sie hatten Robin im Verdacht, krumme Dinger mit Marihuana und Kokain zu drehen. Robins Haus hatte eine Menge Geld gekostet, mehr als ein Seemann in ein paar Jahren zur Seite legen kann. Trotzdem lagen sie falsch. Robin handelte ausschließlich mit Koks. Marihuana war ihm zu billig.

»Setz dich!« sagte der Chefinspektor. Seine Stimme klang unverändert metallisch, und sein Blick war kalt.

»Du willst eine Verlängerung?«

Carl bejahte.

»Wieviele Stories hast du geschrieben, seit du angekommen bist?«

»Eine halbe.«

»Eine *halbe*?«

Die Runzeln in der Stirn des Chefinspektors vertieften sich. Sein Blick gefror weiter.

»Du willst mir sagen, du hast in mehr als einem Monat eine *halbe* Story geschrieben?«

»Das will ich sagen«, antwortete Carl. Der Bulle schüttelte angewidert den Kopf.

»Wer kontrolliert, was du über Dominica schreibst?«

»Ich. Wer denn sonst?«

»Du willst mir erzählen, daß niemand erfährt, was du über uns schreibst?«

»Im Gegenteil«, sagte Carl. »Die meisten Stories werden veröffentlicht.«

»Dann ist es zu spät!« knurrte der Chefinspektor. »Was tust du, wenn du nicht schreibst?«

»Was alle tun: essen, trinken, schlafen, baden, spazierengehen, den Mädchen nachschauen. Mir einen ansaufen. Was man halt so macht.«

»Ich gebe dir fünf Tage, und das sind die letzten fünf, die du hier bekommst. Mit Leuten wie dir wollen wir nichts zu tun haben auf Dominica.«

Er stempelte die fünf Tage in den Paß, als würde er seine eigene Zeit verschenken. Er warf den Paß über den Tisch und schaute Carl drohend an.

»Wenn ich dich nach Ablauf dieser fünf Tage noch einmal sehe, nehme ich dich fest. Hast du verstanden?«

Es war nicht schwer zu verstehen. Immerhin hatte er sich klar ausgedrückt. Carl ging raus und die Straße hinunter zum *Ministry of Legal Affairs and Travel.* Die Bank hatte einen Brief geschickt. In dem Brief stand, er habe genug Geld, um zwei Jahre auf Dominica zu leben. Es handelte sich um eine glatte Lüge, aber eine äußerst nützliche. Er gab den Brief Mrs. Fowler. Auch Mrs. Fowler runzelte die Stirn.

»Ich brauche das auf Englisch und ich brauche genaue Zahlen. Nur wir hier können entscheiden, ob Ihr Geld reicht oder nicht.«

»Einverstanden«, sagte Carl. »Aber ich kann Ihnen diese Information und die anderen Dokumente nicht innerhalb von fünf Tagen bringen. Der Chefinspektor drüben weigert sich, mir mehr Zeit zu geben.«

»Kommen Sie in fünf Tagen wieder. Ich werde mit dem Minister sprechen.«

Sie machte auf dem Absatz kehrt und ließ ihn stehen. Carl freundete sich mit dem Gedanken an, daß man auf Regierungsebene eine gewisse Abneigung gegen ihn empfand. Alfons, der andere Deutsche in Portsmouth, hatte gründliche Arbeit geleistet.

Er verließ das Ministerium und machte sich auf den Weg zum Krankenhaus. Der Asphalt kochte, und die Musik aus den Häusern und Autos schien die Hitze noch zu verstärken. Trotzdem bewegten sich die Menschen locker. Selbst in ihrem Gang lag Musik. Carl fühlte sich wohl unter ihnen. Daran konnte nicht einmal ihre Regierung etwas ändern.

Im Krankenhaus bekam er sein Röntgenbild. Es war ein Foto im Maßstab eins zu eins und zeigte seine Lunge. Er fand, es war eine hübsche Lunge. Sie sah ein bißchen verkrebst aus, aber das war kein Wunder nach diesen zweihunderttausend Zigaretten. Immerhin war sie noch da. So wie es aussah, würde sie auch die folgenden zweihunderttausend noch schaffen. Danach war es ohnehin Zeit, den Löffel wegzuwerfen.

Er bestieg den Bus und fuhr die zweieinhalb Stunden zurück nach Portsmouth. Der Bus war voller Leute, die sich Geschichten erzählten. Alle kannten sich. Alle hatten gute Laune. Carl mochte sie. Am liebsten hätte er sich schwarz angemalt.

Zweiundvierzig

Er sah aus wie eine eingeschwärzte Blaupause von Fidel Castro, aber auf seiner revolutionären Kopfbedeckung prangte unübersehbar das Playboy-Häschen.

»Ich heiße Harry«, sagte er, »aber hier nennen sie mich *Schwarze Mafia*. Ich besitze eine Farm und habe achtzehn Söhne und elf Töchter, und weißt du warum, whitey? Weil mein Schwanz dauernd unter Strom steht!«

Er lachte ein dröhnendes Lachen, hieb Carl die Faust in den Bauch und fragte:

»Und du, whitey, was hast du hier verloren? Was ist dein Job?«

»Ich schreibe Geschichten«, sagte Carl.

»Geschichten? Ah, whitey, schreibst du vielleicht die Geschichte, wie ihr uns aus Afrika gestohlen habt? Wie ihr unsere Dörfer verbrannt habt? Wie ihr unsere Kinder geschlachtet habt? Schreibst du das, whitey? Übrigens, whitey, ich mag whiteys nicht sehr gerne!«

»He, Mann, du hast es mit dem Falschen!« rief Gordon und stellte sich neben Carl.

»Halt's Maul du Schokoladenaffe! Dir ist die Frau weggelaufen. Du hast nicht mehr mitzureden.«

Mr. Powell erhob sich von seinem Hocker und nahm eine drohende Haltung ein. Schließlich war er der Vater von Gordons abhanden gekommener Frau.

»Das ist der Falsche, du Arschloch! Geht das nicht rein in deinen dicken Bauernschädel?« brüllte Gordon.

»Das habt ihr doch getan, whitey, oder bin ich falsch informiert?«

Schwarze Mafia machte ein bedrohliches Gesicht. Das

Häschen schien er völlig vergessen zu haben. Er trank seit mehreren Stunden und stand nicht sehr sicher auf seinen großen Füßen, aber seine Augen funkelten wütend und seine Hand umklammerte den Hals einer Sprudelflasche.

»Ich hab's nicht getan«, sagte Carl.

»Und Südafrika? Was ist in Südafrika?« schrie Schwarze Mafia und schüttete dabei einen feuchten Regen in Carls Gesicht. »Wenn ich da unten wäre, ich würde euch abschießen – alle!«

»He, es ist wirklich der Falsche, du Holzkopp!« wiederholte Gordon.

»Laß den Mann in Ruhe, Harry!«

Ambition schob die Mütze ins Gesicht und stellte sich zwischen Carl und Schwarze Mafia.

»Abschießen! Alle! Und dich als ersten!«

»Wieso ausgerechnet mich?« fragte Carl.

»Aus Revanche, whitey. Meinst du nicht, wir sollten uns so langsam revanchieren?«

»Nein«, sagte Carl und bestellte Rum. »Ich meine, wir sollten so langsam damit aufhören.«

»Aufhören? Wir haben noch nicht mal angefangen, und du redest von aufhören, whitey? Rück Rum raus, aber schnell! Und Zigaretten. Ich rauche, whitey! Verstehst du mich, whitey, ich bin Raucher!«

Carl gab ihm eine Zigarette. Er moserte noch eine Weile weiter, dann änderte er unvermittelt den Tonfall.

»Komm auf meine Farm, whitey. Ich gebe dir Arbeit. Ich habe ein Haus für dich. Ich zeige dich meinen Töchtern. Du bist mein Freund.«

»Nein«, sagte Carl. »Ich habe meinen Job. Hier gibt's genug Leute, die keinen haben.«

Schwarze Mafia wurde noch eine Spur schwärzer im Gesicht, aber er hatte sein Pulver verschossen. Er drehte sich um, stapfte aus der Bar und setzte sich an den Dominotisch. Seine Stimme erfüllte die Straße, er übertönte sogar den Wanderprediger in der Markthalle, und er hieb die Steine auf den Tisch, als habe er die Absicht, ihn zu zertrümmern. Trotzdem schien ihn niemand ernst zu nehmen. Er hatte sich ins Abseits gedroht.

Carl nahm noch ein paar zur Brust, kaufte Gordon und Ambition eine Schachtel Zigaretten, dann klemmte er das Bild seiner hübschen Lunge unter den Arm und verdrückte sich. Schwarze Mafia hatte gerade das dritte Spiel in Folge verloren.

Dreiundvierzig

Jeden zweiten Dienstag lief ein majestätischer Dreimaster in die Bucht ein und ankerte vor dem Vier-Sterne-Hotel an der Südseite: die *Shenandoah*. Ihren Besitzern brachte das Schiff ein Vermögen ein. Es kreuzte in der Karibik, und gewöhnlich ging ein Rudel dollarschwerer US-Touristen auf den heißen Trip. Der Stop in Portsmouth dauerte nur ein paar Stunden. Die Touristen wurden in kleinen Booten an Land gesetzt, und im Hotel bekamen sie ihre Langusten und ihre exquisiten Weine. Nach dem Essen legte die zehn Mann starke Hotelband los. Die Touristen durften eine Weile tanzen, sich betrinken, sich bekiffen und Einheimische anfassen. Gegen Mitternacht fuhren die kleinen Boote zurück, und die *Shenandoah* machte sich auf den Weg nach Guadeloupe.

»Gib mal 'nen Zehner!«, sagte CBS. »Die *Shenandoah* ist da.«

Eine halbe Stunde später saßen er und Carl auf der Ladefläche eines offenen Lieferwagens und fuhren auf das Hotel zu. Sie waren nicht allein unterwegs. Die Ankunft der *Shenandoah* setzte eine Menge Leute in Bewegung: Rastas, die Marihuana verkaufen wollten; Buschficker mit Dreißig-Zentimeter-Schwänzen auf der Suche nach reichen Witwen; Schnorrer, Gelegenheitshuren und Zivilfahnder von der Rauschgiftabteilung der Polizei; Sektenprediger auf der Suche nach Dollars; Eintänzer, CIA-Informanten und DEA-Informanten; Regierungspolitiker und Oppositionspolitiker, Bongotrommler, ledige Mütter und Schweinezüchter mit leeren Plastikeimern; Puev-Verkäufer und Anbieter von Segelschiffen in Flaschen – sie alle steuerten das Hotel an. Jedesmal entpuppte sich die Party der US-Touristen als eine wahrhaft demokratische Veranstaltung. Alle Schichten des Volkes kamen auf ihre Kosten. Jeden zweiten Dienstag lieh sich CBS bei Carl einen Zehner und kam spät in der Nacht mit einem Fünfziger wieder zurück.

Die Party war in vollem Gang, als der Lieferwagen vorfuhr. Die Kreuzfahrer legten sich mächtig ins Zeug. Sie lachten, sie schwitzten und sie tanzten wie eine Herde besoffener Ochsen. Die verschiedenen Delegationen aus Portsmouth machten sich an die Arbeit. Sie lachten mit, tanzten mit und knüpften ihre jeweiligen Kontakte. CBS kam mit einem Rumpunsch an, drückte ihn Carl in die Hand und verschwand im Gewühl. Das Getränk schmeckte ausgezeichnet. Offenbar enthielt es mehr Rum als gewöhnlich. Der Laden swingte. Die Hotelband spielte ohne Pause.

Carl trank den Punsch und holte sich den nächsten und dann den dritten. Nach dem vierten sah er die Welt im allgemeinen und den internationalen Tourismus im besonderen in einem neuen, verlockenden Licht. Er tanzte. Seit er wieder gesund war, tanzte er, als sei jeder Tanz der letzte seines Lebens. Mit Hingabe. Ein Mädchen sprang auf. Sie steckte in einem hautengen, knallroten Kleid, und bei Gott, sie füllte es aus. Sie war jung, sie war lebendig, ihre Zähne und ihre Augen blitzten. Carl fahndete nach dem Mann, mit dem sie tanzte. Da war kein Mann. Er selber war der Mann, mit dem sie tanzte. Er grinste sie an. Sie lächelte und verschärfte den Tanz. Ihr Becken kreiste unter dem engen, dünnen Kleid, ihre Brüste wippten. In Carls Kopf summte der Rum.

Schließlich wechselte die Band den Rhythmus, und das Mädchen kehrte zu seinen Freundinnen zurück. Carl ging an die Bar und verlangte zwei Rumpunsch. Man mußte das Eisen schmieden, solange es heiß war. Da war sie, die magische Frau, derentwegen er alles hatte stehen und liegen lassen, die Lösung seiner Probleme, die Tür zur Glückseligkeit, die noch immer unerfüllte Verheißung eines Pariser Winters, die Frau, die ihn befähigen würde, das Wort aufs Papier zu bringen, die Frau, der sein Schwanz gefiel, genau so, wie er war, die Mutter seiner Kinder, die Sonne seiner alten Tage, der Vulkan, der ihn mit Haut und Haar verschlingen würde.

Leicht schwankend näherte er sich ihr, in jeder Hand einen Plastikbecher, im Kopf bunte Nebel. Sie sah ihn nicht kommen. Sie kicherte mit ihren Freundinnen. Er blieb stehen und schaute sie an. Yeah, Mann! Die oder keine! Er brachte die letzten fünf Meter hinter sich. Er stand vor ihr. Sie sah ihn noch immer nicht.

»Magst du was trinken?«

Sie schaute zu ihm auf aus diesen großen, weichen Augen, und ihr Blick fuhr ihm in die Hose. Dann sprang sie auf und rannte schreiend davon. Die Freundinnen bogen sich vor Lachen. Die Welt war wieder die alte. Das neue, verlockende Licht war ausgegangen. Das Große Los war längst vergeben, der Zug längst abgefahren, und Trittbrettfahrer waren nicht gefragt. Carl trank seine zwei Rumpunsch und dann noch zwei, und schließlich brachte ihn CBS ins Bett. Und am nächsten Tag ging das Leben weiter, als sei nichts geschehen.

Ein paar Tage später traf er sie wieder. Sie saß auf den Stufen eines Hauses und hatte ein Baby im Arm. Er wollte vorbeigehen, aber sie sprach ihn an.

»Wie geht's dir, weißer Mann?«

Er blieb stehen.

»Inzwischen wieder besser. Ist das dein Kind?«

»Das ist mein Kind, weißer Mann. Es ist hübsch, stimmt's?«

»Ja«, sagte Carl. »Es ist hübsch. Fast so hübsch wie die Mutter. Schreit es zufällig, wenn man ihm was zu trinken bringt?«

Sie lachte.

»Ich trinke keinen Alkohol. Gott hat den Alkohol verboten. Das mußt du verstehen.«

Er verstand das. Er ging die Straße runter und dankte Gott dafür, daß er den Alkohol verboten hatte. Schließlich konnte man die Sache auch aus einer anderen Perspektive betrachten: er war noch einmal davongekommen.

Vierundvierzig

Robin hatte wieder ein festes Verhältnis. Die Empfängerin der Unterröcke hatte ihn geschafft. Das Verschenken von Unterröcken deutete auf eine gewisse wirtschaftliche Solidität hin, und so hatte sich das Mädchen mächtig ins Zeug gelegt. Da er folglich doch wieder auf das hereingefallen war, was er ›das Liebesding‹ nannte, brauchte Robin sein Haus wieder für sich alleine. Solange er es trotzdem noch mit Carl teilte, wurde er täglich nervöser. Eines Morgens verprügelte er seinen Vater und brach ihm sämtliche Rippen. Anschließend stieg er den Hügel hinauf, schloß das Moskitonetz, den Ventilator und die Liegestühle in seinem Zimmer ein und stellte Carls Gepäck neben die Tür. Dann ging er zur polizeilichen Vernehmung. Carl kam vom Markt, stellte fest, daß er gekündig war und schleppte seine Sachen hinunter in Carols Bar. Carol wog an die zwei Zentner. Das meiste war Herz. Sie schaute Carl aus ihren wunderschönen Kuhaugen an, ließ ihren breiten Mund lächeln und sagte: »Du kannst mein Haus haben. Hier ist der Schlüssel.«

Sie fischte einen Schlüssel aus der Schürzentasche, einen schönen, altmodischen Bronzeschlüssel. Der Schlüssel verriet Stilempfinden.

»John wird dich hinfahren. Er kommt in einer halben Stunde.«

John war Carols Lover. Er bestand hauptsächlich aus Muskeln, aber er hatte ein paar Jahre in London zugebracht und verfügte über die Umgangsformen eines Mitglieds des Königshofes. Carol schätzte beides an ihm, die Umgangsformen und die Muskeln.

Carl setzte sich zu der Katze und dem einbeinigen Hühnchen, hörte Radio und pitschte einen. Draußen krähte ein Hahn, die Sonne malte Trapeze auf den Bretterboden, das Meer machte schmm, schmm, schmm, ein Fischer blies auf der Muscheltrompete. In Deutschland tobten Orkane, in Italien streikten die Seeleute und in Frankreich die Huren. Das Leben war eine Achterbahn, und wenn man die Runde hinter sich hatte, war man tot – kurz und gut, sagte sich Carl, es könnte schlimmer sein.

Ambition kam herein, schob die Mütze in die Stirn, drehte einen Plastikeimer um, trommelte und sang: »O Herr, ich bereue nichts, ich bereue nichts, nichts, nichts, nichts.«

Der Gesang rief Gordon auf den Plan, und in Gordons Schlepptau erschien Blacky mit seiner Schweißerbrille, und dann kam Mr. Powell und dann CBS und dann noch ein paar andere, und Carol drehte die Musik auf und Carl gab eine Runde aus. Die Achterbahn beschleunigte. Nach einer feuchtfröhlichen Weile tauchte John auf.

»Es ist mir ein Vergnügen, Mr. Carl!« sagte John und warf das Gepäck auf die Ladefläche.

Zehn Minuten später bezog Carl seine neue Bleibe. Das Haus war möbliert, es hatte ein Clo, eine Küche und einen Kühlschrank. Überall lagen neckische kleine Kissen herum, und wo sie fehlten, standen pastellfarbene Nippesfiguren. Ein gefährliches Sirren erfüllte die Luft. Carl hatte das Gepäck noch nicht abgestellt, da hatte er schon fünf Stiche abbekommen. Er schaute aus dem Hinterfenster. Hinter dem Haus lag ein verlassener Friedhof. Verwitterte Kreuze ragten aus dem hohen Gras, und hinter den Kreuzen floß ein kleiner Fluß. Zweifellos erblickten hinter diesem Haus genug Moskitos das Licht der Welt, um ganz Portsmouth mit Malaria zu versorgen.

Drunten hupte John. Carl ging auf die Terrasse.

»Alles in Ordnung, Mr. Carl?«

»Klar, John!« sagte Carl. Er freute sich bereits auf seine erste Nacht mit den unruhigen Seelen der Toten da hinten.

Fünfundvierzig

Tintins winzige Hütte beherrschte eine strategisch bedeutende Kreuzung. Wer zum *Hungrigen Hai* gehen wollte, kam an Tintins Hütte vorbei. Wer zum Markt oder zu Carols Bar wollte, kam an Tintins Hütte vorbei. Der Weg zu Robins Haus führte ebenso an Tintins Hütte vorbei wie der Weg zu Carols Haus. Carl und Tintin trafen sich täglich.

Tintin saß meistens auf der der Straße zugewandten Seite der Hütte. Gewöhnlich trug sie einen kurzen Unterrock und einen schwarzen Büstenhalter. Ab und zu säugte sie eines ihrer Kinder, deren Väter ihr allesamt nicht bekannt waren. Sie mochte vierzig sein, aber sie war noch gut beieinander. Ein bißchen aus dem Leim gegangen, ein bißchen schwabbelig, mit ein paar grauen Strähnen im Haar, aber immer noch appetitanregend. Ihre von schwarzblauen Adern durchzogenen Brüste erinnerten noch an die Form, die sie vor fünfundzwanzig Jahren gehabt haben mußten. Ihre Hinterbacken wichen nur teilweise nach außen, wenn sie sich setzte, die Reißverschlüsse ihrer Röcke gingen bis über die Hälfte zu, und wenn sie den Mund nicht aufmachte, fiel auch nicht weiter auf, daß sie fast keine Zähne mehr besaß.

An ihr vorbeizukommen, kostete Carl zumindest eine Zigarette. Wenn er nicht aufpaßte, riß sie ihm die ganze Schachtel aus der Hand und verschwand damit lachend in der Hütte. Gewöhnlich verlangte sie außerdem Geld für eine Flasche Coca-Cola. Einmal hatte er sich geweigert, den Wegzoll zu entrichten. Sie hatte mitten auf der Straße angefangen, ihn zu vergewaltigen. Er hatte die Idee nicht schlecht gefunden, aber so am hellichten Tag unter den Augen von einem Dutzend Zuschauern war es ihm dann doch peinlich geworden. Er hatte bezahlt.

Eines nachts nach einer ausgedehnten Zechtour mit Gordon und Ambition klopfte er an Tintins Tür. Nichts rührte sich. Er klopfte erneut, diesmal etwas lauter. Hinter der Tür ächzte und stöhnte es, dann ging sie auf. Carl erblickte das Weiße von zwei Augen.

»Was willst du?« fragten die Augen.

Carl machte einen Schritt vorwärts, erwischte mit der Linken ihren Busch und sagte: »Das!«

»Was zahlst du?« wisperte sie.

»Zwanzig. Reicht dir das?«

Statt einer Antwort packte sie seine Hand und zog ihn über die Schwelle. Sie entzündete eine Kerze und stellte sie auf den Lehmboden. Auf den Strohsäcken, die das Bett bildeten, lagen ihre sechs Kinder. Sie lagen da wie die Opfer eines Massakers – kreuz und quer durcheinander, still und bewegungslos. Sie füllten das ganze Bett aus. Tintin hatte offenbar auf dem Boden geschlafen.

Carl gab ihr die zwanzig Dollar, küßte sie auf die Stirn und sagte: »Ich glaube, ich komme lieber ein anderes Mal, Schwester.«

Das letzte, was er mitbekam, bevor er die Tür hinter sich zuzog, waren ihre weit und staunend aufgerissenen Augen.

Das Bett in Carols Haus stellte das Prunkstück der Einrichtung dar. Es war geräumig, fest, gut gefedert und von einem Moskitonetz geschützt. Carl erzählte Tintin von dem Bett.

»Ich komme«, sagte sie. »Laß das Außenlicht an! Ich habe Angst vor den Toten hinter dem Haus.«

Sie erschien um halb zwei Uhr morgens. Sie war betrunken, und sie hatte sich in Schale geworfen. Sie trug ein weit ausgeschnittenes, durchlöchertes schwarzes Kleid, rote Schuhe und giftgrüne Lockenwickler. Carl schenkte ihr ein Glas Rum ein. Dann zeigte er ihr das Bett. Sie setzte sich darauf und probierte es aus. Sie war zufrieden damit. Sie stand wieder auf, steckte Carl ihre Zunge in den Mund und massierte seine Eier. Die Zunge schmeckte nach Bier, Rum, Zigarettenqualm und sauren Gurken. Der Griff weiter unten schien in Ordnung.

Mit einem Ruck machte sie sich los.

»Gib mir erst die hundert Dollar!«

»Was hast du gesagt?« fragte Carl, der seinen Ohren nicht traute.

»Gib mir erst die hundert Dollar!«

Carl holte einen Zwanziger aus der Hosentasche und steckte ihn zwischen ihre Brüste. »Du spinnst, Schätzchen! Hundert von euren Dollar kostet die jüngste, schärfste, geilste und heißeste Pussi in der Rue St. Denis in Paris. Nimm die zwanzig und zieh das Abendkleid aus!«

Sie gab keine Antwort. Sie machte auf dem Absatz kehrt und stöckelte zur Tür hinaus. Eine Weile hörte Carl noch das Klappern ihrer Absätze, dann war es wieder still. Nur die Moskitos sirrten wie eh und je.

Sechsundvierzig

Auf einmal geriet die ganze Straße in Aufruhr. Von überall her kamen Kinder angerannt. Sie preßten ihre Nasen gegen die Bretterwände einer zerfallenen Hütte auf der anderen Seite der Straße, lachten, kreischten, klatschten in die Hände, tanzten um die Hütte herum, krochen zwischen die Pfähle, die sie trugen, linsten durch die Löcher im Fußboden, lachten weiter, warfen Steine gegen das Haus, Steine gegen die verriegelten Fenster, Steine auf das Wellblechdach, trommelten gegen die Tür, rüttelten an den Pfählen, bis endlich ein nackter Riese die Tür aufriß, brüllend eine Machete schwang und sie verscheuchte.

»Was ist los?« fragte Carl.

Ambition trank sein Glas leer, kratzte sich am Kopf und sagte: »Lambert ist da.«

»Und weiter?«

»Er fickt sie. Er fickt Catrin und dann fickt er Liza, und dann fickt er wieder Catrin und dann fickt er sie alle beide. Die Kinder mögen das. Sie schauen zu. Zwischen diesen Brettern gibt es breite Ritzen.«

Lambert kam einmal im Monat aus den Bergen herunter, beladen mit Holzkohle, Schlangenhäuten, Schlangenöl und Puev. Kaum hatte er seine Ware abgesetzt, schnappte er sich Catrin und Liza und besorgte es ihnen auf dem Boden des verlassenen Hauses. Die Kinder wußten Bescheid. Seit Stunden hatten sie darauf gewartet, daß er endlich losmachte.

Lambert wirkte ziemlich eindrucksvoll, wie er mit diesem riesigen Ding zwischen den Beinen in der Tür stand, brüllte und die Machete schwang. Nur die Kinder ließen sich nicht beirren. Kaum hatte er die Tür zugemacht, gingen sie wieder auf Posten.

»Willst du es dir ansehen?«, fragte Ambition und hielt Carl das leere Glas hin. »Du brauchst keine Angst zu haben. Ich passe schon auf dich auf.

»Ich glaube nicht«, sagte Carl und schenkte nach. Ein paar Minuten später kamen die beiden Frauen aus der Hütte, brachten ihre Kleider in Ordnung und gingen lachend die Straße hinunter.

Die Kinder verzogen sich. Lamberts große Nummer war für diesen Monat gelaufen. Aus der Hütte kamen laute Schnarchtöne.

Am Abend waren die Kirchen von Portsmouth doppelt so voll wie an gewöhnlichen Tagen. Mit rhythmischen Gesängen, Predigten und Gebeten verjagten die Priester der verschiedenen Religionen und Sekten der Stadt den Schatten Lamberts und des unmenschlichen Gerätes, das er benutzte. Hätte es diesen Lambert nicht wirklich und leibhaftig gegeben, sie hätten ihn erfunden. Er war die beste Zugnummer für ihr Geschäft.

Siebenundvierzig

Sie hieß Debora. Sie war ein großes, sechzehnjähriges Mädchen, und in ihren Augen glimmten goldbraune Funken. Sie trug bunte Perlen im Haar und bunte Kettchen an den Armen und bunte Kettchen an den Fußgelenken. Unter ihrem kurzen Hemdchen wölbten sich Brüste, wie man sie nur mit sechzehn besitzen kann, hoch aufgerichtete, pralle, feste Brüste, Brüste nicht für Säuglinge, sondern für Männer. Sie ging barfuß, und über den bloßen Füßen dehnten sich diese tiefschwarzen Beine bis weit hinauf an den Saum des unverschämt kurzen Rocks.

Carl traf sie an völlig unvermuteten Plätzen. Wenn er spät in der Nacht oder früh am Morgen auf unsicheren Beinen nach Hause ging, durchbrach sie die Schwärze der Nacht, ließ die Funken in ihren Augen sprühen und zeigte lächelnd ihre kräftigen, schneeweißen Zähne. Wenn er im Kokos-, Mahagoni- und Mangowald den Fluß hinaufging, stand sie mit freiem Oberkörper bis zu den Hüften im Wasser und wusch im Kreis der Frauen von Portsmouth ihre Wäsche und die Wäsche eines Mannes. Wenn er nachmittags zur *Grapefruit Tree Bar* spazierte, kam sie ihm mit einem Plastikeimer voller Fische auf dem Kopf entgegen, lächelte und ließ die Funken in ihren Augen sprühen.

Wo er auf ihr Erscheinen gefaßt war – auf dem samstäglichen Wochenmarkt, bei den *Shenandoah*-Festen im Strandhotel, bei Kelvins Parties mit den *Ginger Ales* –, traf er sie nie. Immer begegnete sie ihm da, wo er nicht mit ihr rechnete.

Carl pflegte sie zu grüßen, aber nie grüßte sie zurück. Einmal fragte er: »Was ist los mit dir? Bist du stumm?«

Sie rannte in die Nacht davon, als sei sie auf einen Skorpion getreten. Mit der Zeit wurde ihm klar, daß sie ihn an der Nase herumführte. Wenn sie ihr Augenfunkeln anstellte, hatte sie nichts weiter im Sinn, als ihn kirre zu machen, um ihn schließlich kalt lächelnd abblitzen zu lassen. Er hörte auf, sie zu grüßen, aber seine Augen bekam er nicht unter Kontrolle. Seine Augen starrten sie weiterhin an, wenn sie an ihm vorbeiging. Nach ein paar Wochen war es soweit, daß sie seine Träume unsicher machte. Er änderte die Routen seiner täglichen Gänge auf das Postamt, zu Carols Bar, zum Gemüsehändler, zum *Hungrigen Hai,* zur *Grapefruit Tree Bar*. Es half nichts. Er lief ihr trotzdem jeden Tag über den Weg. Er hörte auf, sie anzustarren und ihr nachzusehen. Auch das half nichts. Nichts half etwas.

»Ich brauch 'nen Drink!« sagte CBS. »Kannst du?«

Carl konnte. CBS war abgebrannt. Nach dem dritten Drink ließ er die Katze aus dem Sack. Er war der Meinung, es wäre vorteilhaft für alle Beteiligten, wenn er Carl hin und wieder seine Freundin vermietete. Seine Freundin war jung und hübsch und verfügte über einen sagenhaften Körper. Außerdem war sie zuverlässig. Sie machte alles, was er von ihr verlangte. Sie liebte ihn.

»Ich hab dich noch nie mit einer Frau gesehen«, sagte Carl. »Wo versteckst du sie denn?«

»In meinem Bett. Sie wartet die ganze Nacht auf mich, wenn ich sie nicht nach Hause schicke.«

»Hat sie zufällig einen Namen?«

CBS setzte ein tückisches kleines Grinsen in sein breites Gesicht.

»Du kennst sie«, sagte er. »Sie heißt Debora.«

Diesmal war es an Carl, stumm in die Nacht hinauszurennen.

Achtundvierzig

In der Bucht lagen Yachten aus den USA, Frankreich und Italien. Kinder, Bettler, Rastas, Krüppel, CBS und Tintin schwärmten aus, um die Weißen dingfest zu machen. Andere schoben ihre Boote ins Wasser, ruderten hinaus und versuchten ihr Glück mit den an Bord Gebliebenen. Das Angebot reichte von frischem Fisch über preiswerte Drogen bis zu Ausflügen auf den Vulkan oder Bootsfahrten den Fluß hinauf.

Als CBS mit seiner Barbecue-Idee auf den Plan trat, handelten die Weltenbummler den Preis für Speisen und Getränke um zwei Dollar herunter und die Zahl der inbegriffenen Rumpunschs von zwei auf drei hinauf. CBS sah sich gezwungen, die Portionen etwas zu verkleinern und den Punsch etwas dünner als gewöhnlich zu mixen.

Seit Kelvin einen höheren Anteil verlangt hatte, fanden die Barbecue-Abende nicht mehr im *Hungrigen Hai* statt. Neuerdings war Bimba der Gastgeber. Bimba malte naive Aquarelle im Stil der haitianischen Schule, er trug Dreadlocks, und als überzeugter Rastamann rührte er keinen Tropfen Alkohol an. Die Damen von den Yachten fanden ihn reizend. Er hatte einen überdachten Hof an seiner Hütte angebaut, und da malte er seine Bilder. Abends betrieb er einen bescheidenen Handel mit alkoholfreien Getränken und Gras. CBS hatte festgestellt, daß die Weißen in Bimbas Hof wesentlich schneller in Schwung kamen als im *Hungrigen Hai*.

Es war nach Mitternacht, als Carl auf dem Nachhauseweg Brittas Stöhnen hörte. Britta stand mit dem Rücken gegen den Stamm einer Palme gelehnt. Sie war nackt. Ihre weiße Haut schimmerte im Mondlicht, aber der größte Teil war von Bimba verdeckt. Auch Bimba war nackt. Britta hielt sich seit drei Wochen in Portsmouth auf. Sie war eine Französin aus Los Angeles oder eine Italienerin aus New York oder eine Finnin aus Miami. Carl konnte sich nicht mehr an diese Einzelheiten erinnern. In seinem Gedächtnis war nur hängen geblieben, daß Britta schon in der ersten Nacht eine Flasche Rum für ihren Begleiter gekauft und anschließend drei kräftige Rastas aufs Kreuz gelegt hatte. In der zweiten, dritten und allen folgenden Nächten hatte sie in diesem Rhythmus weitergearbeitet. Sie war jung, schlank und blond, und sie hatte ein herausforderndes Gesicht. Ihre bisher erfolgreichste Nacht war die elfte gewesen. In der elften Nacht hatte sie es auf sieben Nummern gebracht. Kein Mensch in Portsmouth schaute noch hin, wenn er Brittas Stöhnen vernahm. Brittas Stöhnen war allgegenwärtig.

Carl ging weiter über den mondbeschienenen Sand. CBS stand vor ihm wie aus dem Boden gewachsen. Er drückte ihm einen Teller Reis mit Huhn in die Hand, einen Pappbecher mit Rumpunsch und die zehn Dollar, die er sich am Nachmittag geliehen hatte.

»Komm mit! Sie sind alle betrunken.«

Im schwachen Licht der gelben Glühbirne von Bimbas Freiluftatelier saßen die Nordamerikaner, die Franzosen und die Italiener von den Yachten. Sie tranken, sie lachten, sie ließen Fünfe gerade sein. Draußen im Schatten der Palmen kauerten fast unsichtbar die Kinder und jungen Männer aus Portsmouth. Nicht weit vom Hof hatten sie einen Kreis gebildet. In der Mitte des Kreises stand ein französisches Liebespaar und tauschte minutenlange Küsse aus. In den Augen der Kinder um sie herum stand etwas wie staunende Andacht, denn in diesem Teil der Welt war öffentliches Küssen noch nicht in Mode gekommen.

Carl wußte bei diesen Barbecue-Festen nie, wo sein Platz

war. Gewöhnlich stand er zehn Minuten in einer Ecke, trank seinen Punsch und ging dann weg. Heute setzte er sich neben einen muskulösen Jungen, der ihm bekannt vorkam.

»Hi!« sagte der Junge.

»Hi!« sagte Carl. »Ich kenne dich.«

Der Junge schwieg. Er schwieg ganze fünf Minuten lang. Trotz der lauen Brise der Nacht stand ein feiner Schweißfilm auf seiner Stirn. Schließlich räusperte er sich.

»Es stimmt. Du kennst mich«, sagte er mit rauher Stimme. »Erinnerst du dich?«

»Nee«, antwortete Carl. »Ich bin ziemlich häufig voll in der Nacht. Dieser Rum bringt mich noch ins Grab.«

Der Junge wandte ihm das Gesicht zu und schaute ihm etwas verstört in die Augen.

»Es ist nicht der Rum, der dich ins Grab bringt. Ich hätte dich beinahe ins Grab gebracht. Ich war mit dieser kleinen Ratte in deinem Zimmer im *Hungrigen Hai*. Erinnerst du dich jetzt?«

Carl nickte. Er sah sie noch vor dem Fenster stehen und mit ihren gefährlichen Freunden drohen.

»Wir hatten ein Messer dabei. Wir wollten dich abmurksen, aber du bist nicht herausgekommen. Wir wußten von diesen Fünfhundert-Francs-Scheinen.«

Er hob sein Hemd und wischte sich den Schweiß von der Stirn.

»Es tut mir leid. Ich dachte, du bist auch so ein Arschloch wie die da drin.«

»Vergiß es!« sagte Carl. »Wenn ich rausgekommen wäre, wäre ich eins gewesen.«

Die Weißen brachen auf. Sie hatten ziemliche Schlagseite, aber sie bezahlten, was sie zu bezahlen hatten. Sie warfen die Außenborder der Dinghis an und fuhren zurück zu ihren Yachten. Auch die Kinder und jungen Männer aus Portsmouth verdrückten sich. Nur Carl, CBS und Ambition waren noch da. Ambition hatte wieder diese Schwierigkeiten mit seinen Knien und dem Gleichgewichtssinn. Carl und CBS schleppten ihn in seine Hütte und legten ihn aufs Bett. Als er schlief, zogen sie die Tür hinter sich zu und gingen hinaus auf die Straße.

»Warte!« sagte CBS. »Ich hab was vergessen.«

Er verschwand ein zweites Mal in der Hütte. Zwei Minuten später kam er mit vier Dollars in der Hand wieder heraus.

»Wußt ich's doch, daß der Kerl noch Geld hat!«

»Schuft!« sagte Carl.

CBS grinste nur.

»Komm mit! Ich hab ein Bett für dich. In diesem Zustand kommst du selber nicht mehr bis nach Hause.«

Das Bett war besetzt. Auf ihm lag nackt und atemberaubend Debora. Sie warf Carl einen wütenden Blick zu, wickelte sich in eine Decke und huschte aus dem Raum. Carl und CBS legten sich schlafen. Das Bett roch nach Debora.

Neunundvierzig

Veronica zählte achtzehn Lenze, besaß eine ansprechende Figur und war Mutter zweier Buben im Alter von zwei und drei Jahren. Die Väter waren ihr abhanden gekommen. Jetzt lebte sie in einer winzigen Hütte zwischen Straße und Strand mit Spatz zusammen. Spatz fischte und brachte die Familie recht und schlecht über die Runden. Er und CBS waren alte Freunde, aber von Geschäften verstand nur CBS etwas. Spatz hielt sich da raus. Er erschien nie zu den Barbecue-Abenden oder zu den *Shenandoah*-Festen. Er trank mäßig, und wenn er nicht gezwungen war zu reden, hielt er den Mund. Veronica half ihm beim Fischen und beim Verkauf des Fangs, wusch seine Kleider, kochte sein Essen und übertrug ihm das exklusive Verfügungsrecht über ihren Körper. Dafür ernährte er sie und die Kinder. Es schien ein fairer Deal.

Manchmal aßen sie zusammen, Veronica, Spatz, CBS und Carl. Dann schien Veronica zu vergessen, daß sie dieses Verfügungsrecht bereits vergeben hatte. Sie bombardierte Carl mit Blicken, berührte ihn im Vorbeigehen oder bückte sich auf eine Art vor ihm, daß er beim besten Willen den Blick in ihren tiefen Ausschnitt nicht vermeiden konnte. Da sie unter ihrem schwarzen Kleid nichts weiter zu tragen pflegte, wußte er bald fast so gut wie der Verfügungsberechtigte über Veronicas Anatomie Bescheid.

Spatz schaufelte bei diesen gemeinsamen Essen immer mit halb verhangenen Augen den Reis, den Fisch und die gekochten Bananen in seinen Mund und schwieg beharrlich. Das Verhalten seiner Tisch- und Bettgefährtin schien ihn nicht zu berühren. Er machte den Eindruck, als hoffe er stillschweigend darauf, der Weiße würde unter Veronicas erfahrenen Händen in die Tasche greifen und einen kräftigen Beitrag zur Haushaltskasse leisten.

Veronica pflegte sich an einem Wassertrog zu waschen. Ein Hibiscusstrauch mit roten Blüten schützte ihren Körper vor den Blicken der Vorübergehenden von der Straße her. Zum Strand hin standen nur ein paar Palmen. Carl kam vom Strand. Veronica wusch sich gerade. Sie lächelte ihm zu und fuhr fort, sich zu waschen. Obwohl sie keinen Faden an sich trug, hatte ihr Körper nichts von seinen Reizen verloren. Carl schaute ihr zu. Er tat nicht so, als zähle er die Bretter in der Hüttenwand, um sie ungestört aus den Augenwinkeln zu betrachten. Er schaute sie ohne Umschweife an. Seine Hose bekam eine Beule. Es schien ihr zu gefallen. Sie wusch sich gründlich und sie zeigte sich von vorn, von hinten und von beiden Seiten.

Schließlich wickelte sie sich in ein Handtuch und sagte: »Ich glaube, du brauchst jemand, der dein Haus sauber macht und ein gutes karibisches Essen für dich kocht.«

In ihren Augen tanzten Lichtflecken. Die Flecken kamen daher, daß über ihr die Wedel einer Palme die Sonnenstrahlen zertrümmerten, aber Carl entschied, daß heute nicht die Palmenwedel, sondern starke innere Spannungen die Flecken erzeugten.

»Und Spatz?«

»Spatz? Spatz freut sich immer, wenn ich ein bißchen Geld verdiene.«

Fünfzig

Sie kam am nächsten Morgen. Sie trug ein hautenges schwarzes Trikot und ziemlich kurze rote Hosen. Spatz hatte ihr regenbogenfarbene Fische mitgegeben. Die Fische waren farblich auf die Bemalung ihres Gesichtes abgestimmt. Die Zusammenarbeit im Hause Spatz schien zu klappen. Sie stellte die Tüte mit den Fischen auf die Anrichte, lächelte und sagte: »Ich brauche Geld für die Zutaten.«

Sie schnappte sich den Einkaufskorb, ging die Treppen hinunter und die Straße entlang Richtung Zentrum. Carl schaute ihr nach. Ihr Gang hatte Klasse. Sie brauchte nicht einmal Stöckelschuhe, um ihrem Gang Klasse zu verleihen. Sie ging barfuß, und die Klasse kam aus den Hüften. Carl wechselte das Fenster und starrte auf die verrotteten Gräber des Friedhofs hinter dem Haus. Er stellte sich vor, was Spatz für ein Gesicht machen würde, wenn seine Frau mit einem kleinen Mulatten niederkam. Er stellte sich vor, wie sie nach Hause zurückkam, ihm Carls Geld in die Hand drückte und er ihr erst liebevoll den Arsch tätschelte und sie dann ins Gesicht schlug. Er stellte sich vor …

Die Tür fiel ins Schloß. Sie war zurück. Sie hatte grüne Bananen gekauft, zwei Sorten Wurzelgemüse, Zwiebeln, Knoblauch, Salz, Öl, Margarine, Curry und eine Gewürzmischung. Sie wirkte unbeschwert, fröhlich und hungrig. Carl zeigte ihr, wie der Gasherd funktionierte, dann setzte er sich ins Zimmer und überarbeitete die Fabeln, die er in letzter Zeit geschrieben hatte. Zwei Minuten später legte er das Manuskript weg und zündete sich eine Zigarette an. Er fühlte sich in die Enge getrieben. Vielleicht kam sie ja tatsächlich nur, um zu kochen, zu putzen und so ein paar Dollars dazuzuverdienen. Er hatte von derartigen Fällen gehört. Sie waren selten, aber sie kamen vor. Wenn Veronica ein solcher Fall war, würde er sich spätestens nach dem Essen zu einem geilen alten Idioten machen, der nichts begriff – es sei denn, er verzichtete von vorne herein darauf, ihr auch nur in die Augen zu schauen. Gehörte sie nicht zu diesen Fällen, würde er sich gleich nach dem Essen zu einem knausrigen alten Idioten machen, der nichts begriff, es sei denn, er schleppte sie, ohne zu zögern, ins Schlafzimmer. Was war es wirklich, was sie wollte? Was war es wirklich, was Spatz von ihm und von ihr erwartete?

Er hörte sie in der Küche singen. Wie immer, wenn er nicht wußte, woran er war, setzte er sein abgenutztes Vertrauen in die Frau: sie würde ihm schon klar machen, was sie wollte. Aber dann hörte sie auf zu singen, und Carl kamen neue Zweifel. Er kannte die Regeln des Spieles nicht. Er war nicht in Europa. Es war möglich, daß sie ihm klar machte, was sie wollte. Es war ebensogut möglich, daß sie Wochen und Monate auf seinen ersten Schritt wartete.

»Zur Hölle mit den Weibern!« brummte er und nahm sich das Manuskript wieder vor.

Veronica kam aus der Küche. Sie hatte sich umgezogen und trug jetzt ein sehr enges, sehr kurzes blaues Strickkleid. Das Kleid zauberte einen blauen Schimmer auf ihre Haut und ließ sie noch verführerischer aussehen. Sie suchte das Putzzeug. Carl zeigte es ihr. Sie fing an, Staub zu wischen, zu kehren und den Boden mit Wasser zu bearbeiten.

»Carl?«

»Was gibt's«

»Ich muß dir was sagen.«

»Sag mir's!«

»Du mußt besser auf dich aufpassen. Du gehst durch

Portsmouth, als hättest du eine Haut aus Stahl. Du hast aber keine Haut aus Stahl.«

»Stimmt. Und weiter?«

»Halte die Augen offen! Das Leben ist gefährlich bei uns. Weißt du, was vor zwei Jahren passiert ist?«

Carl wußte nicht, was vor zwei Jahren passiert war. Während sie wischte und putzte und ihr das Kleid dabei über die Hüften rutschte, erzählte sie es ihm. Da war eine Frau. Die Frau hatte einen Mann, der für sie sorgte, und eine zwanzigjährige Tochter. Die Tochter betrieb einen kleine Laden, und ab und zu besuchte sie in der Nacht der Liebhaber ihrer Mutter.

Veronica stellte sich dicht vor Carl und hielt mit beiden Händen den Schrubber fest. Mit gedämpfter Stimme sagte sie: »Diese Mutter war eine Hexe. Sie sorgte dafür, daß im Laden der Tochter alles von Würmern befallen war – das Mehl, der Reis, das Gemüse, das Büchsenfleisch, der Käse – alles. Und das immer wieder. Die Tochter versuchte, in die Staaten auszuwandern, aber es gelang ihr nicht, die Papiere zu unterschreiben. Jedesmal, wenn sie die Papiere unterschreiben wollte, bekam sie Sehstörungen. Schließlich fuhr sie nach Santa Lucia.«

Veronica ließ sich auf die Knie nieder und packte Carl am Arm. Ihre Stimme erstarb zu einem Flüstern.

»In Santa Lucia steht ein Spiegel, in dem sieht man alle Leute von Dominica. Und wenn du das Spiegelbild von jemandem erschießst, dann stirbt er auch in Wirklichkeit. Sie hat geschossen. Im gleichen Augenblick ist die Mutter hier an einem Herzschlag gestorben.«

Sie richtet sich auf und tippte Carl mit dem Zeigefinger gegen die Brust. »Und wegen solcher Sachen mußt du besser auf dich aufpassen. Hast du verstanden?«

Das Essen war fertig. Carl deckte den Tisch. Veronica trug auf.

Als Carl sich setzte, fühlte er sich an weit zurückliegende

Situationen trauter Zweisamkeit erinnert, an die er sich lieber nicht erinnern wollte, aber das Essen versöhnte ihn. Veronica hatte das beste Essen gekocht, das er seit Monaten zu sich genommen hatte.

Kauend erzählte sie eine weitere Geschichte über die Tücken des Lebens auf Dominica. Sie hatte mit diesem Jungen zusammengelebt, dem Vater ihres ersten Kindes, und seine Mutter hatte sie gehaßt. Seine Mutter hatte sie des Verrats an ihrem Sohn bezichtigt.

»Weißt du, was sie gemacht hat? Eine Unterhose hat sie mir gestohlen – so eine« – sie zeigte Carl ihren winzigen schwarzen Schlüpfer, der auf ihrer Haut kaum zu sehen war – »und die hat sie auf dem Friedhof vergraben. Das wirkt tödlich.«

»Und wieso lebst du noch«, fragte Carl.

»Gott«, sagte sie. »Gott hat gewußt, daß ich unschuldig war. Er hat mir einen Mann geschickt, und der Mann hat mir alles erzählt. Ich hab das Ding wieder ausgegraben und verbrannt.«

Nach dem Essen rauchten sie ein bißchen Gras und tranken ein bißchen Wein, und dann zeigte Carl ihr das luxuriöse Bett unter dem Moskitonetz. Sie preßte sich an ihn und sagte kein Wort. Sie ging raus, zog das Strickkleid aus und schlüpfte in das Trikot und die rote Hose.

»Ich muß gehen«, sagte sie hölzern. »Spatz wartet.«

Er gab ihr den Rest des Essens mit und einen Zwanzig-Dollar-Schein. Sie ging zur Tür, öffnete sie, trat hinaus auf den Vorplatz, schloß die Tür, ohne Carl anzusehen, ging die Treppe hinab und die Straße entlang Richtung Zentrum. Er schaute ihr nach. Sie hatte tatsächlich Klasse, und die Klasse kam nicht nur aus den Hüften.

Einundfünfzig

Pavel hatte den Kopf in die Hände gestützt, seine langen, grauen Haare hingen ihm in die Stirn, und in seinen Augen stand das Flackern, das eine Überdosis Rum erzeugt. Immerhin brachte er so etwas wie eine Begrüßung zustande. Carl setzte sich zu ihm.

»Ich tue nichts«, sagte Pavel. »Den ganzen Tag lang tue ich nichts. Es ist gar nicht so einfach, nichts zu tun, das kannst du mir glauben. Es kostet eine Menge Kraft, nichts zu tun.«

Er sprach langsam. Er mußte Zunge, Kehlkopf und Stimmbänder zu jedem Wort zwingen, aber er steckte in einer dieser handfesten Depressionen, in denen einer jede Gelegenheit beim Schopf ergreift, sich jemandem anzuvertrauen und Dampf abzulassen.

»Weißt du, was mich davon abhält, verrückt zu werden? Ich arbeite in der Vergangenheit. Ich liege auf dem Bett, glotze die Decke an, und auf der Decke läuft meine Vergangenheit ab.«

Carl sagte nichts. Er wußte kein Mittel gegen das aufdringliche Gebaren der Vergangenheit. Er selber behalf sich mit Schreiben, aber Schreiben war der einsame Kraftakt eines Idioten auf der Suche nach seinen fünf Sinnen, ein Hilfsmittel, das die Krankheit verschlimmerte, anstatt sie zu heilen. Hungern schien ihm noch die Erfolg versprechendste Waffe gegen die hinterhältigen Angriffe der Vergangenheit; so arm sein, daß nichts zu essen im Hause war, der letzte Stuhl verpfändet, die Frau verliehen, die Tochter verkauft, der Hund gegessen und die Mäuse numeriert. Niemand leistete sich unter diesen Umständen

den Luxus, auf dem Bett zu liegen und die Decke nach Spuren der Vergangenheit abzusuchen. Wer es dennoch tat, verhungerte. Im übrigen, sagte sich Carl, geht es wahrscheinlich doch wieder um die Weiber.

»Zu Hause in der Tschechei, da war ich in ein sudetendeutsches Mädchen verknallt«, sagte Pavel. »Edit hat sie geheißen. Ich war wahnsinnig verliebt in sie. Schau!«

Er rollte den Ärmel seines Hemdes hoch und zeigte eine Tätowierung: E.H. & P.P., dazu das unvermeidliche Herz und ein miserabel gezogener Kreis. Der Autor dieser Tätowierung mußte ein Pfuscher ersten Ranges gewesen sein.

»Der Vater mochte mich, die Mutter mochte mich. Aber die Brüder des Vaters, die mochten mich nicht. Ich hab noch heute keine Ahnung, warum.«

Pavel kam jetzt in Fahrt. Carl hatte ihm zwei weitere Punsch eingetrichtert, und er hatte das nächste Stadium des Rausches erreicht, in dem die Zunge wie durch ein Wunder wieder beweglich wird. Nein, er wußte wirklich nicht, was diese Brüder gegen ihn gehabt hatten. Vielleicht mochten sie ihn nicht, weil er Halbjude war. Vielleicht steckte etwas anderes dahinter. Jedenfalls fand er sich ein paar Jahre später in einem Flüchtlingslager wieder. Seine Edit hungerte treu an seiner Seite. Die Brüder hatten ihn an die Gestapo verpfiffen.

Er schaute Carl aus wäßrigen blauen Augen an und legte eine offenbar bedeutsame Pause ein. Seine Sprache war auf der Seite gelegen wie ein leckes Schiff, jetzt richtete sie sich wieder auf, als er klar und deutlich sagte: »Und dann hab ich sie verloren – durch meine eigene Schuld.«

Da haben wir's wieder, dachte Carl. Sie richteten es immer so ein, das man hinterher das Gefühl hatte, man hätte sie durch seine eigene Schuld verloren. In Wirklichkeit hatten sie nach einiger Zeit die Nase voll und griffen sich den nächsten, um auch dem eine Macke für den Rest seiner Tage zu verpassen. Sie ließen sich ganze Häuser bauen, nur um aufsehenerregend daraus verschwinden zu können.

›Hättest du nur auch noch die letzten drei Prozent deines Lebens meinem Willen untergeordnet, wir wären auf immer ein glückliches Paar geblieben‹, sagten sie. ›Du hast es nicht übers Herz gebracht – du siehst, es ist deine Schuld.‹

Nie gingen sie freiwillig. Immer mußten sie gehen, und es tat ihnen schrecklich leid. Ihre uneinsichtigen Partner hatten sie gezwungen, den letzten Schritt zu tun. Sie selber waren völlig unschuldig an der Tragödie.

»Und wie hast du sie verloren?« fragte Carl, als Pavel sich in seinem Schweigen verirrte.

»Das Leben im Lager war nichts für sie – all das Elend, der Hunger, du weißt schon. Und ihr Vater wollte sie bei sich haben. Da hab ich sie heimgeschickt. So hab ich sie verloren.«

Carl lachte. Der Mann mochte vielleicht fünfundsechzig sein, und er glaubte den Quatsch immer noch, den er da erzählte. Diese Edit hatte gute Arbeit geleistet, so viel mußte man ihr lassen.

»Mann, erzähl mir keinen Blödsinn!« sagte er. »Das Leben ist kein Hollywood-Film. So einfach war die Story nicht.«

Pavel zuckte zusammen, als habe er einen Hieb erhalten. Plötzlich waren seine Augen hellwach.

»Einfach? Für mich war das überhaupt nicht einfach. Weißt du, wie es ist, wenn man wirklich liebt, ganz tief, mit jeder Faser des Körpers und der Seele? Weißt du das?«

Carl beugte sich vor und rüttelte ihn am Arm.

»Wach auf, Alter! Erzähl mir keinen romantischen Stuß! Deine Edit hätte Nein sagen können, aber sie hat Ja gesagt, als du sie heimgeschickt hast. Also steckt was anderes dahinter, und du weißt verdammt genau, was. Du willst es bloß nicht wahr haben: ihr Pappi war ihr wichtiger als du.«

Er duckte sich wie ein Hund, der Prügel bekommt. Carl holte Getränke. Als er zurückkam, hatte der Rum einen verklärten Ausdruck in Pavels Gesicht gezaubert.

»Weißt du, in deiner Gegenwart taue ich richtig auf. Es ist wunderbar, daß wir hier sitzen und miteinander reden. Wenn du mal Schwierigkeiten hast, komm zu mir! Ich kann dir immer helfen. Niemand hier kann kaufen, was ich alles besitze. Ich bin der reichste Mann von Portsmouth.«

Carl schwieg. Der reichste Mann von Portsmouth hatte dieselbe üble Angewohnheit wie alle anderen reichen Männer: wenn's an's Zahlen ging, war nichts von ihnen zu sehen. Carl hatte soeben die letzten sechs Drinks bezahlt.

»Ich werde mit meinen Kindern sprechen«, sagte Pavel. »Ich will, daß du zu uns ziehst. Wenn ich dir ein Zimmer anbieten würde, würdest du es annehmen?«

»Klar«, sagte Carl. Er fragte sich, wie teuer ihn das Zimmer zu stehen kommen würde, wenn Pavel erst wieder nüchtern war und nicht mehr an Edit dachte. Pavel tätschelte seine Hand. Er wurde weich wie ein mit Wasser vollgesogener Schwamm. Er verbreitete sich auf dem Tisch und wurde zu einer stinkenden, öligen Pfütze. Er war sentimental, wie nur ein Tscheche oder ein Deutscher werden kann. Ein Junge aus Portsmouth setzte sich zu ihnen. Pavel umarmte ihn stürmisch. Er wolle ihn gar nicht mehr loslassen. Er langte ihm unter das Hemd und streichelte seine Brust. Er zwickte ihn in den Schenkel und zog ihn an den Ohren. Pavel war schwul. Er hatte zwar eine Frau und die Kinder, und er hatte einmal diese Edit geliebt, aber er war schwul. Vielleicht scheute er sich, das auszuleben. Vielleicht handelte es sich gar nicht um eine Veranlagung, sondern um eine Antwort an die Frauen, die ihr Spiel mit ihm getrieben hatten. Es kam nicht darauf an. Er war schwul, und Carl stellte verwundert fest, daß die Schwulen neuerdings hinter ihm her waren wie der Teufel hinter der armen Seele. Sollten sie! François hatte ihn für den Rest seines Lebens vernagelt. Auch ein paar Liter Rum würden daran nichts mehr ändern. Immerhin wurde das Zimmerangebot jetzt verständlich.

Pavel tändelte noch eine Weile mit dem Jungen herum, dann sackte er wieder in sich zusammen. Plötzlich schien er um zehn Jahre gealtert. Sein Gesicht fiel auseinander wie ein zertrümmerter Spiegel. »Carl, weißt du, warum ich hier sitze und saufe?«

Carl wußte es nicht, aber er ahnte es. Wenn Männer alleine irgendwo saßen und soffen, steckte gewöhnlich ein Rock dahinter. Diesmal handelte es sich um Pavels Ehefrau. Sie war eine Hiesige. Er hatte sie in London aus der Gosse geholt. Er war mit ihr auf die Insel gezogen, hatte Land gekauft und ihr ein Haus gebaut. Dann hatte er ihr ein weiteres Haus gebaut. Trotz der beiden Häuser wußte er nicht, wo sie sich heute nacht aufhielt.

»Wollt ihr meine Frau ficken?« brüllte er plötzlich. »Kein Problem! Aber finden müßt ihr sie!«

Er lachte ein heimtückisches, böses Lachen.

»Los! Sucht sie und fickt sie grün und blau! Ich habe nichts dagegen. Jeder kann meine Frau ficken, jeder, der einen Schwengel hat.«

Carl sagte ihm, er solle nach Hause gehen. Er war einverstanden.

Carl sagte ihm, er würde ihn begleiten, aber Pavel rührte sich nicht.

»Gehn wir!«

Pavel schaute ihn aus glasigen Augen an, als hätte er ihn noch nie gesehen. Schließlich verdunkelte plötzlicher Haß sein Gesicht. »Du hast meine Frau gefickt, ich weiß es! Jawohl, gefickt hast du sie! Aber glaub bloß nicht, daß mir das was ausmacht! Fick sie ruhig weiter! Fick sie, fick sie, fick sie!«

Er schlief ein. Carl ließ ihn da sitzen. Er hatte selber genug am Hals.

Zweiundfünfzig

Die Post war im Obergeschoß eines der wenigen zweistöckigen Steinhäuser in der Hauptstraße untergebracht. Das Parterre teilten sich der Zoll, die Einwanderungsbehörde und die Polizei. Jeden Tag, wenn Carl auf die Post ging, durchleuchteten ihn zwei mißtrauische Augenpaare. Die Jungs in der Polizeiwache saßen auf ihren Stühlen, kauten Kaugummi, hatten die Füße auf dem Schreibtisch und hörten Musik. Sie hatten Gardemaß. Manchmal griffen sie beim Verhör zu etwas strengeren Methoden, die der Verhörte nicht überlebte. Dann verbrannten sie die Leiche im Busch und verscharrten die Reste. Das wenigstens behauptete Robin.

Der Postmeister händigte Carl einen Einschreibebrief aus Italien aus. Carl unterschrieb und riß den Umschlag auf. Der Brief enthielt ein Dokument. Das Dokument bescheinigte, daß Carl ›eine Person von ordentlicher moralischer und zivilrechtlicher Führung‹ war. Es war vom Bürgermeister des Dorfes unterschrieben, in dem er gelebt hatte, bevor Evelyn in der Rue St. Denis ihm den karibischen Floh ins Ohr gesetzt hatte. Das Dokument war das letzte, das ihm noch fehlte, um bei Mrs. Fowler seine zweijährige Aufenthaltsgenehmigung beantragen zu können.

»Was für eine Sprache ist das?« fragte Mrs. Fowler in fast freundschaftlichem Ton, denn seit Carls Auszug aus Robins Haus hatte sich die Einstellung der Regierung ihm gegenüber grundlegend geändert.

»Es ist Italienisch.«

»Das muß ich übersetzen lassen. Kommen Sie morgen wieder!«

»Morgen muß ich das Land verlassen, wenn Sie mir keine Verlängerung geben.«

Mrs. Fowler stempelte ihm weitere zehn Tage in den Paß und entließ ihn.

»Ach, Sie schon wieder!« sagte sie am nächsten Morgen. Sie hatte niemand gefunden, der Italienisch sprach. Sie hatte niemand gefunden, der Spanisch sprach und bereit war, das Risiko einer Übersetzung aus dem Italienischen einzugehen.

»Ich kann es Ihnen selber übersetzen«, sagte Carl.

»Das fehlt mir noch, daß einer sein eigenes Führungszeugnis übersetzt! Warten Sie!«

Zehn Minuten später war sie zurück.

»In Gottes Namen! Übersetzen Sie!«

Als er drei Stunden später am Platz vor der alten Mole aus dem Bus stieg und in die glühende Mittagshitze von Portsmouth trat, stieß Carl auf aufgeregt diskutierende Gruppen von Männern.

»Was ist los?« fragte er Robin.

Robin war blaß, seine Augen waren enge Schlitze.

»Die Gangster sind wieder da. Da draußen liegt ihre Yacht.«

Er zeigte auf einen kleinen weißen Segler. Im Heck flatterte der Union Jack.

»Sie sind zu zweit. Der dritte wurde auf St. Martin umgebracht. Der vierte sitzt.«

Der Bootseigner, der fünfte im Bunde, wurde für den nächsten Tag erwartet. Die Stadt war terrorisiert. Albert, einer der beiden Neuankömmlinge, galt als Berufskiller. In den Kneipen von Portsmouth brüstete er sich mit der Zahl seiner Opfer und der Grausamkeit ihres Todes.

»Ich habe Angst«, sagte Robin. »Richtige, kalte Angst. Ich werde mir ein Schießeisen kaufen. Ohne Schießeisen traue ich mich nachts nicht mehr aus dem Haus.«

Der Killer und Bandenchef war abgebrannt. Er brauchte

Geld. Wer irgend etwas von Wert besaß, geriet in Panik wie Robin. Zum ersten Mal, seit die beiden Jungs vor seinem Hotelfenster im *Hungrigen Hai* gestanden waren, fühlte Carl sich wieder einer Gefahr ausgeliefert, machtlos, impotent.

»Noch was«, sagte Robin. »Sie sagen, ein Weißer ist am Tod ihres Kumpels schuld – und ein Weißer soll dafür sterben.«

Dreiundfünfzig

Vier Häuser weiter tobt die Abschlußparty der High School. Die Gastgeber lassen sich nicht lumpen: nur die *Ginger Ales* erzielen höhere Phonzahlen als sie. Carl findet keinen Schlaf. Er fährt in die Hosen und geht hinunter auf die Straße.

Vor dem Partyhaus tanzt ein einzelner Mann. Er trägt einen Schnurrbart, einen teuren Tropenanzug und gleichfarbige Wildlederschuhe. Er wirkt bullig und betrunken, und sein Körper schwingt hin und her wie eine Pendelbirne, während er tanzt. Als Carl an ihm vorbeigehen will, packt der Tänzer ihn am Arm. Er hat einen harten, schmerzhaften Griff, und sein Gesicht verrät nichts Gutes.

»He, whitey, ich hab mit dir zu reden.«

Er zerrt Carl zu einer Bank und setzt sich, ohne den Arm loszulassen. Carl setzt sich neben ihn. Im Licht der Funzel über ihren Köpfen wirkt das Gesicht noch bedrohlicher. Vom linken Auge bis zur Nasenspitze zieht sich eine Narbe, die Augen schauen in verschiedene Richtungen, und als der Mann seine gelben Zähne bleckt, fürchtet Carl, er werde als nächstes nach ihm schnappen wie ein tollwütiger Hund.

Schließlich läßt er den Arm los, zündet sich eine Zigarette an und sagt: »Ich habe dich schon zweimal besoffen gesehen, whitey. Du hast die halbe Straße gebraucht. So etwas mögen wir hier nicht.«

Sein Atem riecht nach Whisky, und er macht fahrige Bewegungen mit den Händen, wenn er spricht. Carl verflucht im Stillen die Partymusik, die ihn auf die Straße getrieben hat.

»So was kommt vor«, sagt er laut.

»So was kommt *nicht* vor, whitey!«

»Du bist doch selber voll«, sagt Carl. Er weiß, er hat

keine Chance, wenn dieser Mann zuschlägt. Sein Instinkt sagt ihm, daß die ganze Szene nur dazu dient, einen Vorwand für den Schlag zu finden. Irgendwann wird er diesen Vorwand liefern, oder der Mann neben ihm wird auf ihn verzichten und ihn ohne weitere Begründung in eine blutige Masse verwandeln. Er beschließt, die Sache lieber gleich hinter sich zu bringen.

Der andere starrt ihn mit einem vagen Ausdruck der Überraschung an. Er holt tief Luft, aber dann verschlägt es ihm die Sprache: mit kreischenden Reifen biegt ein Lieferwagen um die Ecke, schleudert, dreht sich um hundertachtzig Grad und kommt zum Stand. Ein kleiner, dünner Kerl steigt aus. Der Kerl riecht nach Tod.

»Das ist Albert«, sagt der Bärtige. »Albert hat eine Knarre. Er wird dich umlegen.«

»Hi, Albert! Wie geht's?«, sagt Carl und streckt die Hand aus. Albert ignoriert den Gruß ebenso wie die Hand. Er setzt sich auf seinen winzigen Hintern, und jetzt haben sie Carl in ihrer Mitte.

»Sprich gefälligst wie wir, wenn du auf Dominica bist!« sagt Albert.

»Du meinst Patois?«

»Was denn sonst?«

»Ich kann kein Patois.«

»Du bist eine verlogene weiße Ratte. Jeder kann Patois.«

»Du täuschst dich, Albert. Es kann ja sein, daß jeder Patois kann, aber *ich* kann es nicht.«

»Lügner!«

Carl platzt der Kragen.

»Mann, meine Sprache ist Deutsch!« sagt er laut und auf Deutsch.

Albert fährt hoch wie vom Skorpion gestochen.

»Was hast du gesagt?«

Carl übersetzt es ihm, und zum ersten Mal wendet Albert ihm das Gesicht zu. Es zeigt genau die Mischung aus

Verschlagenheit und Grausamkeit, mit der Carl nicht umgehen kann. Ähnliches müssen die elf Männer empfunden haben, die Albert gefoltert und umgebracht hat.

»Sag nie wieder etwas, das ich nicht verstehe, wenn dir dein Leben lieb ist!« zischt der Killer und setzt sich wieder. Dann unterhält er sich eine Weile mit dem Bärtigen auf Patois.

»Hast du verstanden?«, fragt der Bärtige.

»Nein. Übersetze!«

»Du lügst schon wieder, whitey.«

»Ich lüge nie«, sagt Carl.

Der Bärtige holt zum Schlag aus, aber in diesem Augenblick steht Albert auf. Der Schlag bleibt aus. Grußlos geht der Bandenchef hinüber in das Haus, aus dem Musik kommt. Auch Carl steht auf.

»Ich gehe schlafen. Viel Spaß auf der Party!«

»Du bleibst hier!« knurrt der Bärtige.

»Sorry, aber ich gehe schlafen«, antwortet Carl und setzt sich in Bewegung. Er rechnet mit einem Faustschlag, der nicht kommt, und mit einem Schuß, der nicht fällt. Ohne sich umzudrehen, erreicht er das Haus. Er holt seine Machete und versteckt sich zwischen den Gräbern des alten Friedhofs. Auf der Straße ist ein schwerer Streit entbrannt. Frauen kreischen, Männer brüllen, Glas splittert. Alles vermischt sich mit dem dumpfen Geräusch, das Fäuste erzeugen, wenn sie auf Knochen treffen. Danach herrscht gefährliche Stille.

Carl bleibt die ganze Nacht in dem Friedhof, den Blick auf die Haustür gerichtet. Niemand versucht, in das Haus einzudringen. Einmal fährt ein Wagen vor, bleibt stehen und fährt wieder weg, ohne daß jemand aussteigt. Eine Fledermaus streift Carls Gesicht, und die Moskitos versammeln sich zu einem Festmahl auf seiner Haut. Er wagt nicht, sie zu erschlagen. Im Morgengrauen kehrt er ins Haus zurück und fällt in bleiernen Schlaf.

Vierundfünfzig

Schiffe, Drogen und Dollars – das ist die Karibik. Würmer fressen die Holzboote auf, solange der Eigner nach der *Connection* sucht. Während eine langbeinige blonde Lady die Polizei ablenkt, zerstört die Elektrolyse die Ankerkette. Fast food, US-Hähnchen, Coca-Cola, Aids und Syphilis machen den Rest. Bananen und Kokosnüsse liefern das Startkapital, das eingesetzt wird, sobald *white man* auf der Szene erscheint und mit seinen Dollars wedelt. Ein Kühlschrank? Kaum zu beschaffen. Ein Kilo Koks aus Kolumbien? No problem!

Derweilen fliegen regenbogenfarbene Fische über das Wasser in die Münder sich prostituierender Kinder, die sie erschrocken wieder ausspucken. Der Urwald holt Haus um Haus zurück, und den Kabinettschef der Ministerpräsidentin befallen die Termiten. Gott wenigstens ist überall – außer da, wo er gebraucht wird, genau wie jeder andere hier auch. Keiner hat Zeit, etwas zu unternehmen, denn alle sind ständig damit beschäftigt, über die verschiedenen Möglichkeiten zu sprechen. Wenn sie um vier Uhr morgens endlich betrunken sind, ist der letzte Bus abgefahren, und zurück bleibt wie immer ein Bananenfahrer der Firma *Chiquita*.

Am nächsten Tag warten Rastas auf einen Touristen, der ihnen zwei Dollars für Marihuana gibt, und auf die Schiffe aus dem Osten, die sie zurück nach Afrika bringen. Die Hunde liegen im Schatten und lecken ihre eiternde Haut. Nachts blinken die Glühwürmchen und erzählen die alten Geschichten, die keiner mehr kennt. Zitronensaure Mädchenbrüste steigern den Koksumsatz. Unter dem Mangobaum wird eine Suppe aus verfaulten Knochen gekocht. Daneben schwebt die Doppelsechs beim Domino minutenlang in der Luft, bevor sie endlich wie ein Kanonenschuß auf den Tisch knallt. Deutsche Touristen essen bei Kerzenlicht Langusten und trinken Rotwein aus Frankreich dazu. Segler sterben an Staphylokokken, während sie ihre Dreiecksverhältnisse pflegen und die Kunst des Backens verbreiten. Krebse lassen sich auf den Straßen überfahren wie alte Weiber. Über dem ganzen Brei geht weiterhin die Sonne auf.

Fünfundfünfzig

Es war sieben Uhr abends. In den Fenstern stand eine mondlose Nacht. Carl saß vor der Schreibmaschine. Er spannte einen Bogen Papier ein und setzte die Brille auf. Er hatte Bohnensuppe gegessen. Jetzt quetschte sich die Bohnensuppe durch seine Poren. Er setzte die Brille wieder ab und schwitzte etwas weniger. Wenn er den Ellbogen auf den Tisch stützte, floß der Schweiß erneut, denn der Tisch war lackiert. Die kurze Hose, die er trug, war naß. Er saß auf einem Plastikstuhl. Um ihn schwirrten Moskitos, und der giftige Rauch aus der grünen Spirale, die unter dem Tisch verbrannte, stieg ihm geradewegs in die Nase. Bald würde es regnen, aber auch der Regen würde keine Erfrischung bringen. Carl entschied, daß er seinen Beitrag zur deutschen Literatur auch morgen leisten konnte. Er spannte das Blatt wieder aus.

Es klopfte.

Sie segelte herein, als wäre sie hier zu Hause.

»Ich höre, du bist allein.«

Es war keine Frage, es war eine Feststellung.

»Stimmt«, sagte Carl. »Ziemlich allein.«

Seine Stimme klang brüchig. Vor ihm stand das schwarze Gegenstück zu den Blondinen, die Raymond Chandler erfunden hat. Sie war atemberaubend, aber sie war wirklich, aus Fleisch und Blut. Viel Fleisch und Blut, vor allem da, wo man es sich wünscht. Der Blick aus ihren opalisierenden Augen hätte einen Holzstoß entflammt.

»Nun, jetzt bist du nicht mehr allein«, sagte sie und setzte sich. Ihre Stimme klang tief, heiser, kehlig, schwarz. Sie streckte ein Paar endloser Beine unter den Tisch und rollte einen Ladyfinger. Schweigend rauchten sie, einander abschätzend wie zwei gerissene Kaufleute. Der Ladyfinger war zu Ende.

»Gib mir Geld!«

Carl fischte zwanzig Dollar aus seiner Hosentasche und legte sie auf den Tisch. Sie lachte und fegte den Schein mit einer herrischen Handbewegung auf den Boden. Dann stand sie auf, zog sich gemächlich aus und legte sich ins Bett. Zwischen ihren Beinen fand sich ein riesiger, schwarzer Dornbusch. Er brannte wie der, den Moses gesehen hatte. Ihre Brüste erinnerten an guatemaltekische Vulkane. Als Carl zur Sache kam, lächelte sie. Ihr Lächeln machte ihn noch schärfer. Außerdem hatte sie eine Art, ihn aus fast geschlossenen Augenlidern anzusehen, die ihn elektrisierte. Eine Minute später verschwand ihr Lächeln, und sie biß sich auf die Lippen. Carl war fertig.

»›Ejaculatio praecox‹ nennt man das«, sagte er. »So etwa nach dem dritten, vierten Mal geht es weg. Ich hab seit drei Monaten keine Frau gehabt.«

»Du meinst, ich bin die erste in drei Monaten?«

»Yes, Lady.«

»Dann hast du mich soeben geschwängert. Ist das ein Problem?«

»Nicht für mich. Für dich?«

Es war kein Problem für sie. Sie hatte die Absicht, Carl zu heiraten. Vorher gab es allerdings noch etwas zu erledigen. Auf Haiti. Was sie von Carl haben wollte, war nichts weniger als ein Rückflugticket nach Port-au-Prince.

Sechsundfünfzig

Sie hieß Dee, und Carl machte Lady D. daraus. Am Morgen übernahm sie das Haus. Sie wusch ihre Sachen und hängte sie auf den Balkon. Sie putzte die Küche und das Badezimmer. Sie holte Eier und Milch, kochte Kaffee und frühstückte mit Behagen. Als sie satt war, sagte sie: »Gib mir Geld – ich muß zum Friseur.«

Wie jeder andere Ehemann auf der Welt schickte sich Carl in das Unvermeidliche. Diesmal nahm sie die zwanzig Dollars an.

Spät in der Nacht kam sie zurück. Der Friseur hatte keine sichtbaren Spuren hinterlassen. Während Carl mit seiner Ejaculatio praecox kämpfte, zischte sie ihm ins Ohr:

»Du *mußt* mich lieben! Du *mußt*!«

Carl gab den Kampf auf und schoß ab. Diesmal hatte er es immerhin auf an die vier Minuten gebracht. Sie steckten sich Zigaretten an und rauchten, und Lady D.'s dampfender Leib verschlang den Rauch ebenso, wie er heute morgen das Frühstück und vor kurzem Carls Penis verschlungen hatte.

»Ich liebe dich«, sagte Lady D. und drückte die Kippe aus.

»Jetzt halt mal die Luft an, Baby!«, antwortete Carl. »Du wirst mir doch nichts von Liebe auf den ersten Blick erzählen wollen!«

»Doch. Genau das! Aber wenn es dir nicht gefällt, dann kann ich ja gehen.«

Sie stand auf und packte ihre Tasche. Sie zog den Schlüpfer an, streifte ein Hemd über und stieg in ihren Minirock. Als sie angezogen war, nahm Carl ihr die Tasche aus der

Hand und zog sie wieder aus. Diesmal brachte er es auf zehn Minuten.

»Es gefällt mir«, sagte er. »Es gefällt mir ausgezeichnet. Und dir?«

»Er ist zu kurz«, antwortete sie.

»Danke!« sagte Carl. »Das hättest du dir sparen können.«

»Wenn wir heiraten wollen«, erklärte Lady D., »müssen wir mit offenen Karten spielen.«

Sie wußte, was sie wollte. Sie gehörte nicht zu diesen schönen Larven, hinter deren glatten Stirnen nur Wasserdampf zirkuliert. Sie war intelligent, und sie berechnete jeden Zug, den sie machte. Sie war das schönste Mädchen auf der ganzen Insel gewesen. Die reichen Weißen mit ihren Yachten waren auf den Knien dahergekommen. London, Paris, Rom. Kleider, Schmuck und Hauspersonal – »Wer für mich wäscht«, sagte sie, »kann schließlich nicht für mich kochen.« Ja, sie war eine große, schimmernde Kurtisane gewesen.

Schön, mein Gott, was war sie schön gewesen mit ihrer riesigen, ausgefickten Möse, für die Carls Schwanz zu kurz war! Was hatte sie gelebt in all den Jahren! Sie hatte das Geld ausgegeben, wie es hereingekommen war. Sie hatte den Armen geholfen mit den Dollars ihrer Macker. Sie war die ganz, ganz große Nummer der Karibik gewesen. Dann war dieser Libanese aufgetaucht. Der Libanese hatte sie geschafft. Fünf Jahre lang hatten sie zusammen Koks gedealt, aber jetzt saß der Libanese im Knast auf Martinique, und Lady D. war pleite. Schön war sie immer noch, mein Gott, was war sie schön – aber pleite. Sie brauchte einen neuen Start. Sie würde eine zweite Karriere als große, schimmernde Kurtisane aufbauen – und Carl war ihr Startkapital.

»Ich weiß, ich bringe es«, sagte sie. »Ich bin stark.«

Ein Millionär mußte her, aber bis er gefunden war,

genügte Carl. Und wenn er schon kein Ticket nach Haiti auspacken wollte – gut, zwei Wochen Martinique waren auch in Ordnung.

Carl fühlte sich geehrt. Neben ihm lag die größte Nummer, die er jemals zu Gesicht bekommen hatte. ›Warum nicht in Ehren pleite gehen?‹ fragte er sich. Schließlich hatte sie schon ganz andere Kaliber zugrunde gerichtet. Das letzte Opfer vor dem Libanesen war ihr Chirurg gewesen. Der Chirurg hatte ihr eine Plastikarterie ans Herz geschmiedet und sich während der Operation von ihren inneren Werten überzeugt. Danach hatte sie ihn nach Venedig verschleppt. Weder seine Ehe noch sein Bankkonto hatten Lady D. überstanden. Als nichts mehr zu holen war, hatte sie ihn sitzen gelassen.

Sie hatte knappe hundert Stunden seit ihrer Flucht aus Martinique gebraucht, um Carl ausfindig zu machen. Er war der einzige Weiße auf dem Männermarkt von Portsmouth, dem ein bescheidenes Vermögen zuzutrauen war, das beste Angebot, das im Augenblick zur Verfügung stand, um wieder hochzukommen. Es mußte mit dem Teufel zugehen, wenn Lady D.'s fleischige Prachtmöse nicht in der Lage sein sollte, diesem kurzen weißen Schwanz etwas abzupressen.

Und weil Carl kein Spielverderber sein wollte und weil Lady D. wirklich überwältigend war, sagte er: »Übermorgen fahre ich nach Guadeloupe. Ich habe da noch Geld auf der Bank. Und dann fliegen wir nach Haiti.«

Siebenundfünfzig

Als Carl eine Woche später mit seinen letzten zwölftausend Francs aus Guadeloupe zurückkam, war Lady D. verschwunden. Carols Tochter war aus Toronto gekommen und hatte das Haus übernommen. Das Gepäck stand griffbereit neben der Tür.

Er zog in den *Hungrigen Hai* und fahndete nach seiner flüchtigen Geliebten. Bei Veronica wurde er fündig.

»Sie lebt jetzt mit einem bärenstarken Rasta irgendwo auf dem Land. Der Typ hat sie an die Kette gelegt. Übrigens: wenn er dich findet, bricht er dir den Hals.«

Am Abend ging Carl in die Bar und ließ sich vollaufen. Er fühlte echte Trauer über den Verlust seiner großen, schimmernden Kurtisane. Vermutlich war sie die Chance seines Lebens gewesen. Nie wieder würde er eine Frau treffen, die so kaltblütig entschlossen war, ihn zu ruinieren. Und lange Zeit würde er keine finden, die auch nur entfernt mit den übrigen Qualitäten Lady D.'s konkurrieren konnte. Es war ein Jammer.

Er war beim fünften Puev, als ihm jemand auf den Rücken schlug und auf Deutsch sagte:

»Aha! Du bist also der andere!«

Er drehte sich um. Vor ihm stand ein Mann seines Alters und seiner Größe. Er trug kurzes Haar und hatte blaue Augen. Carl trug kurzes Haar und hatte blaue Augen.

»Schimmelpfeng!« sagte der andere. »Heiner Schimmelpfeng. Ich bin Schriftsteller. Du bist auch Schriftsteller, habe ich gehört.«

»Naja«, sagte Carl, »ich schreibe ab und zu mal eine Geschichte.«

»Ich hab 'nen Hunderttausend-Mark-Vertrag von 'nem

großen Verlag«, sagte Heiner Schimmelpfeng. »Ich war in sechsundvierzig verschiedenen Ländern, das steht in meinem Paß. Als sie den Paß gesehen haben, haben sie mir sofort den Vertrag gegeben.«

»Glückwunsch!« sagte Carl.

Schimmelpfeng gab einen aus. Er lachte viel und laut, und er schien ein ausgesprochen positives Temperament zu besitzen. Es war vorauszusehen, daß sein Buch ein Ladenhüter werden würde. Er hieb Carl mehrfach auf die Schulter und sagte: »Portsmouth ist der beste Platz auf der Welt, um ein Buch zu schreiben, das schwöre ich dir. Und schau dir diese Frauen an! Mein Gott – in unserem Alter muß man sie eben kaufen, da ist es nicht mehr so wie früher. Stimmt's?«

Carl nickte.

»Da kommt sie ja!« rief Schimmelpfeng und deutete zur Tür. Herein stapfte Tintin, angetan mit ihrem besten schwarzen Unterrock und dick geschminkt. Carl schoß ein Gedanke durch den Kopf, ein ziemlich irrwitziger Gedanke.

»Wann bist du angekommen?« fragt er.

»Vor elf Tagen«, sagte Schimmelpfeng.

»Lokalrunde!« brüllte Carl, und dann lachte er, bis ihm die Tränen kamen. Vor zehn Tagen hatte Lady D. zum erstenmal an seine Tür geklopft. Er war nichts weiter als das Opfer einer Verwechslung gewesen.

Spät in der Nacht, als er im Zickzack den *Hungrigen Hai* ansteuerte, entdeckte er, daß ihn eine Frau begleitete. Da er sie noch nie gesehen hatte, erstaunte ihn die Selbstverständlichkeit, mit der sie die Hand in seiner Hosentasche versenkte. Bis ihm klar wurde, was vor sich ging, war sein Geld ebenso verschwunden wie die Frau. Schimpfend taumelte er weiter. Kurz vor dem Hotel traf ihn ein Stein und riß ihm den großen Zeh auf. Aus der Dunkelheit kam das hämische Lachen einer Männerstimme. Am Morgen setzte Carl sich in ein Flugzeug der Firma Liat und flog mit Sack und Pack nach Santo Domingo.

Achtundfünfzig

Das Hotel *Bulova* in Santo Domingo liegt in der Avenida Duarte, und die Duarte ist eine der heißesten Straßen dieser Welt. Dies gilt für die Temperatur der Luft, des Asphalts, der Huren, der Transvestiten, der Händler, der Vermittler, der Spitzel, Zuhälter, Diebe und Mörder, der Exhibitionisten, der Bettler, der Krüppel, der Hungerleider und Säufer, der Geheimpolizisten, CIA-Agenten, DEA-Agenten und kubanischen Agenten, der ausgesetzten Babys, der entlaufenen, verstoßenen und prostituierten Kinder, der Pferdezocker, Wunderdoktoren und Prediger, der gefallenen Engel und der noch fliegenden Engel. Es gilt für den Tag wie für die Nacht und für Werktag wie für Sonntag.

Die Duarte schwitzt, die Duarte stinkt, die Duarte röhrt. Die Duarte explodiert – pausenlos. Sie ist ein endloser Knall, ein Höllenfurz aus Abgasen unter einer Glocke aus Staub, Schweiß, Musik, Hunger, Sex, Verzweiflung und Tod.

An ihren Seiten drängen sich die Straßenhändler. Das Angebot reicht von Orangen und goldenen Uhren bis zu gekochten Maiskolben und Sonnenbrillen, von Melonenschnitzen, Säften, Kämmen, Vorhängeschlössern bis zu Kaffee, gebratenen Hühnern und Jungfrauen, von Essenzen gegen die bösen Geister und Ölen für die Potenz bis zu Zigaretten und Schlüpfern, von Lutschern, Büstenhaltern, Bananen, Avocados, Musikkassetten, Gewürzen und Eis bis zu Silber und Gold, Pesos und Dollars, Gebäck und Gewürzen, Ananasschnitzen und Kaugummi, von schwulen Knaben und ausgeleierten Huren bis zu Heroin, Kokain und

Marihuana, von todsicheren Mitteln gegen Aids und Fahrkarten ins Paradies, Fotos vom Papst und von Nastassja Kinski bis zu frischen und gebrauchten Kondomen, Heiligenbildern und Riechwässern, Messern, Pistolen, Macheten, Mösen und Handgranaten. Alles, was das Herz begehrt, bietet die Duarte.

Das Hotel *Bulova* war eine Absteige, und eine Absteige war genau das, was Carl jetzt brauchte. Er beabsichtigte, in den Sumpf der käuflichen Liebe zu springen – mit einem einfachen Kopfsprung, dachte er sich –, und da würde er so etwas wie die nackte Wahrheit finden, und dann und wann ein bißchen Zärtlichkeit. Evelyn in der Rue St. Denis hatte ihm das Gefühl gegeben, mit einer Frau wie ihr würde er schreiben können. Hier gab es Tausende von Evelyns. Carl sah keinen Grund mehr, nur *eine* Frau vor den Wagen seiner Brother de Luxe zu spannen. Wenn er die eine nicht fand – nun gut, dann würden ihn eben alle zusammen auf Touren bringen. Sie würden ihn mit ihren gefährlichen, scharfkantigen Mösen an die Schreibmaschine prügeln, und täglich würde etwas entstehen – was auch immer es sein würde. Sie würden seine Musen sein, und er würde ihnen huldigen. Von der Rue St. Denis bis in die Duarte war es nur ein Katzensprung.

Das *Bulova* gehörte Chinesen. Die Chinesen waren grau und mürrisch. Selbst die Augen blickten grau und mürrisch. Grau und mürrisch waren ihre Anzüge, ihre Schuhe und ihr Haar. In ihren Nasen wuchsen mürrische Büschel grauer Haare. Sie hatten graue Fingernägel, und graue Penisse, mürrische graue Penisse. Den ganzen Tag lehnten sie irgendwo herum, sprach- und bewegungslos, grau und mürrisch. Ihre Frauen sahen kein bißchen anders aus. Allerdings hatten sie anstelle der Penisse graue, mürrische Mösen und folglich das Sagen.

Im Erdgeschoß des *Bulova* befand sich eine Mischung aus Restaurant und Tanzpalast. Vor den Fenstern hingen schamrote Samtvorhänge. Die Vorhänge ließen keinen Tropfen Licht durch. Licht lieferten nur zwei weit voneinander entfernt hängende Kristalleuchter und die nackte Glühbirne hinter dem Tresen. Viel war es nicht. Es reichte gerade aus, um festzustellen, ob die Tischdame ihre Brüste noch hatte. Ein bißchen Helligkeit steuerten auch die beiden Fernsehempfänger bei. Die Chinesen speisten pausenlos Schwarzweiß-Filme aus ihrer Heimat ein. Die Männer in den Filmen waren nicht grau und mürrisch, sie waren grau und gefährlich. Sie beherrschten Karate und Tai Chi und Jiu Jitsu und Taek Won Do. Sie brachen ihren Gegnern mit einer Hand den Hals, während sie mit der anderen und mit den Füßen drei weiter Angreifer k.o. schlugen. Die Filme liefen ohne Ton, denn gegen die Kakophonie von der Duarte her kamen die Lautsprecher selbst voll aufgedreht nicht an. Den *Bulova*-Chinesen gefiel es so. Tagaus, tagein saßen sie vor der Glotze.

»Guten Abend, Carl!« brüllte Areli.

»Guten Abend, Areli, du Blume meines Herzens!« brüllte Carl zurück.

Sie lachte. Das Lachen war nicht zu hören, aber die Zähne in dem vollen, roten Mund blitzten, und die Backenmuskeln verschoben sich zu den Ohren hin. Also lachte sie.

»Gibst du ein Bier aus?« brüllte sie.

Sie setzten sich und tranken Bier.

»Zahlst du die Salida?« brüllte Areli. Sie hatte den Mund an seinem Ohr, ein Bein über seinem Oberschenkel und die Hand am Reißverschluß seiner Hose.

Carl schüttelte den Kopf. Areli nahm Bein, Hand und Kopf wieder zu sich. Ihre Mundwinkel bewegten sich ruckartig nach unten. Carl bedauerte alle vier Bewegungen, aber er konnte sie nicht verhindern. Diese ›Salida‹ ärgerte ihn. Die ›Salida‹ bestand in zusätzlichen zwanzig Pesos, die die Mädchen zusammen mit achtzig Prozent ihrer Einnahmen den Chinesen zu geben hatten, wenn sie mit einem

Freier aufs Zimmer gingen. Carl sah nicht ein, warum er für sein Zimmer zweimal bezahlen sollte. Ab und zu vergaß er, daß er auf dem Flug von Dominica hierher seine letzten Prinzipien begraben hatte.

»Warum kommst du nicht nach Feierabend, wir sparen uns die Salida und verfressen sie?«

Mit einer traurigen, resignierten Bewegung winkte Areli ab.

Spät in der Nacht, als Carl ihren über und über mit schwarzen Haaren bedeckten Leib streichelte, erfuhr er, was es mit der ›Salida‹ auf sich hatte. Die Chinesen zahlten den Mädchen im Restaurant monatlich hundertfünfzig Pesos, wovon ein Mensch nicht einmal in Santo Domingo überleben konnte. Hatte das Mädchen genügend Freier abgeschleppt und folglich genügend ›Salidas‹ eingebracht, wurde sie weiterbeschäftigt.

»Letzten Monat«, sagte Areli, »letzten Monat haben sie meine beste Freundin gefeuert. Und sie hatte elf ›Salidas‹ auf dem Konto! Ich kann mir nicht erlauben, den Job zu verlieren. Wenn ich den Job verliere, verhungert mein Töchterchen.«

Stumm nahm Carl sie in die Arme.

Neunundfünfzig

Carl tauchte in den Sumpf von Santo Domingo – und erlebte eine Überraschung. Er verlor die letzten Reste seiner Aids-Angst, und mit ihnen jede Angst. Er streifte seine moralischen Bedenken ab und lernte, sich wohl in seiner Haut zu fühlen. Selbst die Angst des Zockers, stier zu sein, fiel von ihm ab, als er feststellte, daß seine paar Mark in der Dominikanischen Republik eine erstaunliche Kaufkraft entwickelten. Er befreite sich von seiner Jugend, seinem Elternhaus, seiner Vergangenheit, seinen Maßstäben, Prinzipien und Glaubenssätzen. Er sah seine Persönlichkeit sich auflösen wie ein Alka-Seltzer, denn nur Ängste hatten sie zusammengehalten.

Nach zwei Wochen im *Bulova* erinnerte er sich an einen Traum, den er geträumt hatte, bevor er Europa verließ: Im Traum verflucht er sein Bewußtsein. Sein Bewußtsein hat ihn in die unmöglichsten Situationen gebracht. Es gebärdet sich anarchistisch. Es gebärdet sich widersprüchlich. Die Zweifel und die Neugier, die es ihm einbrockt, brechen ihm mehrfach schier den Hals. Er hat es satt, mit einem derart widerspenstigen Bewußtsein zu leben. Er geht ins Krankenhaus und verlangt einen neuen Kopf. Für fünftausend Mark könne man das hinkriegen, sagen sie. Er legt sich auf den Operationstisch. Als er wieder klar ist, erblickt er im Spiegel sein neues Gesicht. Er versteht, daß man für fünftausend Mark nicht mehr verlangen kann, aber dieses Gesicht ist die Arbeit eines Pfuschers. Die Backen sind schlecht vernäht, die Zähne haben verschiedene Farben, aus dem Spiegel blickt ihn ein blaues und ein grünes Auge an – Pfusch eben. Er ist empört, aber dann fällt ihm ein, daß es ja um das Bewußtsein ging. Wenn diesen Kopf ein neues Bewußtsein regiert, wird er mit ihm leben können. Kaum hat er diesen Gedanken gedacht, weiß er, daß sich nichts geändert hat: auf einen Gedanken wie diesen kann nur sein altes Bewußtsein kommen. Die Operation ist fehlgeschlagen: das Bewußtsein wohnt in den Zellen seines Körpers, unangetastet und versaut wie eh und je.

Im Heilschlamm des Sumpfes von Santo Domingo dagegen konnte Carl zusehen, wie er sich tatsächlich veränderte. In Europa hatten seine Hände gearbeitet. Jetzt lösten sich Hautschichten ab, Schuppe für Schuppe, Zelle für Zelle. Gleichzeitig lösten sich in seinem Inneren Bewußtseinsschichten ab, Überzeugung für Überzeugung, Illusion für Illusion. Ein großer Teil seiner Persönlichkeit war bereits zertrümmert, zerstört von den zärtlichen Händen der Mädchen der Duarte. Sie boten ihm Rausch und Lüge, Erregung und Ekstase. Sie vervollkommneten die Zersplitterung. Zugleich, so hoffte er zumindest, legten sie die Basis für den Wiederaufbau. Sie liebten ihn, sie vergewaltigten ihn, sie verrieten ihn, sie gebrauchten ihn, sie nahmen ihn aus, und auf jedem dieser Wege folgte ihnen ein anderer Splitter des alten Carl. So lange, bis er wieder ganz und neu war.

Er empfand ehrliche Zuneigung für sie. Selbst betrunken erwiderte er ihre Zärtlichkeit mit mehr Zärtlichkeit. Er gab ihnen mehr Geld, als sie forderten, und versuchte geduldig, ihre Lust zu wecken. Er verzichtete auf Kondome, denn sie sollten ihn spüren, und er wünschte, sie zu spüren. Nur ohne Kondome bewahrte der Akt seine göttliche Dimension und grenzte an Liebe, was immer sich in dieser Worthülse verbergen mochte. Im Chaos der Duarte jedenfalls gestand Carl sich ein, daß er nach dieser Götterspeise ebenso hungerte wie die Mädchen. Daß es sich dabei um einen Ladenhüter handelte, kümmerte ihn nicht, denn dieser Ladenhüter war allemal mehr wert als das Talmi, das ihm *ehrbare* Frauen als kostbare Exklusivität angedreht hatten. Im übrigen war der Ladenhüter mit lustvoll-fröhlicher Zärtlichkeit geschmückt, und obwohl er ihn kaufte, empfand Carl ihn als Geschenk. Wenn seine Lust gestillt war, kaufte er der Spenderin Kleider und Schuhe und führte sie zum Essen aus. Wenn sie ihn bestahl, schwieg er beschämt.

Er fühlte sich frei wie nie, denn inzwischen wußte er mit unumstößlicher Sicherheit, daß Aids keine Krankheit für ihn war. Er würde an einem Schuß sterben, an einem Schlag über den Kopf, an einem Messerstich. Es war möglich, daß er sich das Genick brach, weil der Rum ihn aus dem Fenster kippte. Es war möglich, daß die Polizei für sein Ableben zuständig war. Vieles war möglich. Aids war unmöglich.

Wenn er – gewöhnlich kurz nach dem Orgasmus – an seinen Tod dachte, empfand er weder Trauer noch Bitterkeit. Sein Leben war reich gewesen. Er hatte ein paar Spielarten des Kampfes der Geschlechter kennengelernt, und er hatte ein paar leidliche Bücher zustande gebracht. Er hatte eine Menge verschiedener Berufe ausgeübt und eine Menge verschiedener Länder gesehen. Zusammengenommen war es mehr, als man von einem einzigen Leben verlangen konnte.

Jetzt wollte er nur noch ficken und schreiben. Manchmal fragte sich der alte Carl, woher sich der neue unter den gegebenen Umständen das moralische Recht nahm zu schreiben. Er wußte es nicht. Er schrieb.

Sechzig

Bea war die neunzehnjährige Ausgabe von Lady D. und ein Vulkan auf der Matratze. Sie hatte einen großen Kopf mit großen Augen, einen großen Mund, große Brüste, einen großen Hintern und eine Möse, die zwischen ihren Schenkeln hervorquoll wie ein gefräßiges, fleischiges Ungeheuer. Tiefschwarze, seidige, glänzende Haut umgab ihren dampfenden Leib, fester gespannt als ein Trommelfell. Um ihren Mund lag ein ordinärer Zug, vor allem in den Augenblicken der Wahrheit. Dann verwandelte er sich in ein obszönes Loch, aus dem es gurgelte und stöhnte, als sei in seinem Inneren eine Blase aufgebrochen.

»Härter! Mach es mir härter!«

Carl machte es ihr härter, während Beas Hände auf seinen Rücken klatschten, auf seinen Hintern, auf seine Schenkel, und diese blutgierige Möse ihn bei lebendigem Leib zu verschlingen drohte. Als er schließlich von ihr herunterrollte, gab sie sich eigenhändig den Rest, entspannte sich wie ein Autoreifen, der die Luft verliert, lächelte und machte sich auf den Weg ins Bad. Carl hörte den Strahl der Dusche auf ihrer Haut zerspringen, und er hörte ihr Trällern. »Devora mi otra vez« sang sie, die große Erfolgsnummer von Eddi Santiago, und Carl machte sich Sorgen. »Devora mi otra vez« hieß »Verschling mich noch einmal!«

Sie kam zurück, über und über von funkelnden Wassertropfen bedeckt, und legte sich wieder zu ihm. Jetzt war es an Carl zu duschen, aber er verzichtete. Das letzte Mal hatte sie seine Hosentasche geplündert, während er im Bad war. Das vorletzte Mal hatte sie den Briefumschlag mit den

Dollars unter der Tischplatte gefunden. Das erste Mal hatte sie das Geld im Futter des Stuhls geschnappt. Es kam zu teuer, wenn man duschte, während Bea im Raum war. Carl zog es vor, mit einem Finger die Linien ihres Gesichts nachzuziehen, ihren Hals zu küssen, die Hände, die eben noch seinen Rücken zerkratzt hatten, die Monde auf ihren Brüsten, die groß waren wie Mokkauntertassen, aber dann packte sie ihn an den Haaren, riß seinen Kopf zurück und sagte: »Ich bin schwanger.«

Carl nahm seine Hände zu sich, stützte sich auf den Ellbogen und fragte: »Von wem?«

»Von meinem Verlobten. Er sagt, er will mich heiraten.«

Sie hatte ihn also angelogen. Sie hatte gesagt, sie habe niemand auf der Welt, nur ihre kranke Mutter. Er war nicht in der Lage, ihr die Lüge zu verübeln. Er war auch nicht in der Lage gewesen, ihr die Diebstähle zu verübeln. Sie steckte bis über die Haare in der Scheiße, und Lügen gehörten zum Geschäft. Auch stehlen gehörte zum Geschäft. Er fragte sich, warum sie plötzlich mit der Wahrheit herausrückte. Er fragte sie, warum sie plötzlich mit der Wahrheit herausrückte. Sie sagte es ihm.

»Wir haben keine Papiere. Zum Heiraten braucht man Papiere. Papiere sind teuer in der Dominikanischen Republik.«

»Ich verstehe.«

»Du hast Geld. Kannst du mir das Geld für die Papier geben?«

Er nickte. Sie legte die Hände auf seine Schultern und schob ihn nach unten, bis sein Kopf auf ihrer Möse lag. Sie spreizte die Beine. Er leckte sie aus und aus und aus, er knabberte an ihrem Kitzler, er biß. Sie lag da mit halbgeöffneten Augen, die ins Nichts schauten. Die Warzen ihrer Brust standen steil nach oben, und um die Nippel herum kräuselten sich die Monde wie Wasser im Wind. Schließlich kam sie lächelnd.

Später wollte sie mehr, aber Carls Schwanz sagte Nein. Etwas war falsch, und Carls Schwanz fühlte es. Da war ein Kind in ihrem Bauch. Da war ein Verlobter, der sie heiraten wollte. Carls Schwanz sagte Nein. Carls Schwanz war immer noch ein Idiot. Sie ging.

Einundsechzig

Rechts und links der Duarte lagen die Elendsviertel. Holzhütten, Blechhütten, Hütten aus Karton, die sich in den täglichen Wolkenbrüchen auflösten. Müllberge in der Mitte der Straßen, Müllberge an den Rändern der Straßen, Müllberge quer über die Straßen. Ratten. Drei- bis vierhundert Ratten pro Kopf der Bevölkerung, die nachts in die Hütten eindrangen und die Schlafenden benagten. Hunde ohne Fell. Kinder ohne Augen. Dreibeinige Katzen. Bettler, Krüppel und Diebe. Kodder und Modder. Tod.

Wenn Carl nicht schrieb, ging er durch die Slums. Manchmal machten ihn Bettler an. Mit Stöcken bewaffnete Bettler. Carl zahlte, was sie verlangten, und entfernte sich rückwärts oder seitwärts. Es war schwierig, den Bettler im Auge zu behalten und gleichzeitig den Löchern in der Straße auszuweichen. In diesen Löchern konnte einer sich ohne weiteres den Hals brechen. Die Bettler konnten einem ohne weiteres den Schädel einschlagen.

Nachts verbrannten junge Burschen Autoreifen zum Zeichen des Protestes gegen die Krise. Das Transportsystem war zusammengebrochen. Das Gesundheitssystem war zusammengebrochen. Wasser gab es nur noch wenige Stunden pro Tag, Strom am Nachmittag und dann wieder gegen zwei Uhr morgens. Seuchen breiteten sich aus. Mord, Totschlag, Raub, Einbruch, Vergewaltigung und Entführung wuchsen zu einer Lawine des Verbrechens. Nur noch wenige wagten sich nach Einbruch der Dunkelheit auf die Straßen. Zu den wenigen gehörten die Burschen mit ihren Autoreifen. Die Polizei fing sie ein, und sie verschwanden. Ihre Mütter bildeten Komitees und protestierten. Wenig später verschwanden auch die Mütter.

Im Norden brachen Aufstände aus. Das Militär schlug sie nieder. Im Süden brach die Malaria aus. Die Malaria setzte sich durch.

Carl blieb. Er wünschte sich die Kraft, das Bild dieser Stadt zu zeichnen, die sich auflöste wie ein alter, zerfließender Pilz, wie eine faulende Tomate, wie einer der totgefahrenen Hunde am Straßenrand. Er wollte diese Vorhölle aufs Papier bringen, in der eine Zivilisation sich selber fraß, an sich selber erstickte, auf sich selber kotzte, aber das Chaos spottete nicht nur jeder Beschreibung, es verhinderte sie auch.

Trotzdem fühlte Carl sich auf eine erregende Art lebendig. Er taumelte von Rausch zu Rausch, von Mädchen zu Mädchen, von Gefahr zu Gefahr und fand erst Ruhe, wenn sich früh am Morgen die barmherzigen Lippen eines goldhäutigen *Bulova*-Mädchens um sein Glied schlossen.

Eines Nachts ging er auf der gefährlicheren Seite der Duarte zum Hotel zurück. Eine hünenhafte Hure packte ihn, zerrte ihn auf einen Verkaufsstand, vergewaltigte ihn und nahm sich, was er bei sich trug – das Geld, die Zigaretten, das Feuerzeug, den Notizblock, den Kugelschreiber, den Zimmerschlüssel und das Sperma. Er ließ es geschehen und war zufrieden.

Erst nach ein paar Wochen dämmerte ihm, daß es so nicht ewig weitergehen konnte. Sein Gesundheitszustand war bedenklich: seit dem Steinwurf in Portsmouth, der seinen großen Zeh aufgerissen hatte, litt er unter einer schweren Furunkulose. Aus jedem Schnakenstich wurde binnen achtundvierzig Stunden eine schwärende Eiterbeule, gefüllt mit ein paar Millionen Staphylokokken. In den Stunden, in denen es Wasser gab im *Bulova*, wusch er die Wunden und beschmierte sie mit schwarzer Salbe. Da die Kunde von der Erfindung des Heftpflasters noch nicht bis nach

Santo Domingo gedrungen war, verschloß er die Wunden mit Gaze und Leukoplast. Am Abend waren Gaze, Salbe und Kokken zu einer harten Schicht verschmolzen. Er riß sie ab und biß auf die Zähne. Die Wunden vergrößerten sich.

Schwerer wog, daß ihn keine Post erreichte. Er fragte die *Bulova*-Chinesen jeden Morgen nach Briefen. Grau, mürrisch und stumm schüttelten sie die Köpfe. Schließlich stellte Carl erschrocken fest, daß er jede Verbindung nach Europa verloren hatte. Er lebte von den paar hundert Dollars, die er bar mitgebracht hatte. Eines Tages würden sie nicht mehr da sein. Er hatte Manuskripte nach Deutschland geschickt, aber er hatte keine Ahnung, ob jemand sie gekauft hatte. Über ihm kreiste ein vertrauter Freund: der Pleitegeier.

Wenn Gott Strom schickte und der Ventilator sich drehte, schrieb er – falls ihm pünktlich zu dieser Zeit etwas einfiel. Aber Gott schickte jeden Tag weniger Strom, und Carls Hirn gab jeden Tag weniger her. Er gestand sich ein, daß er nicht nur in die Karibik gekommen war, um eine Frau zu suchen. Er hatte sich auf Gedeih und Verderb seiner Schreibmaschine ausgeliefert. Wenn sie nichts mehr einbrachte, war Carl erledigt. Wenn Gott nicht bald wieder mehr Strom schickte, würde sie keinen roten Heller mehr einbringen. Der einfache Kopfsprung in den Sumpf der käuflichen Liebe war ein Salto Mortale geworden.

Carl blieb, aber in den Stunden, in denen er seine fünf Sinne beisammen hatte, fragte er sich, ob seine Freunde in Europa nicht recht gehabt hatten: vor seinem Abflug hatten sie ihn ausnahmslos für verrückt erklärt.

Zweiundsechzig

Das *Bulova* hatte seine Vor- und Nachteile. Die Vorteile hielten sich im Restaurant auf. Die Nachteile fanden sich in den Zimmern.

Carls Aufenthalt hatte in Zimmer 17 begonnen. Zimmer 17 hatte er wegen einer verstopften Closchüssel geräumt, nachdem einer der Chinesen ihm versichert hatte, daß verstopfte Closchüsseln ebenso zum Plan der Vorsehung gehörten wie die darin schwimmenden Köttel und die bunten Kondome unter dem Bett. Zimmer 28 war einem Wasserrohrbruch im Bad zum Opfer gefallen. Zimmer 27 hatte die Vorsehung von der Stromversorgung abgekoppelt. Das beste war noch Zimmer 18 gewesen, aber dann hatte die Putzfrau herausgefunden, daß die Tür nicht abschließbar war, und Alarm geschlagen.

Jetzt saß Carl in Zimmer 16.

Er schaute in den Spiegel. Ein Spiegel hinter der Schreibmaschine ist eine kuriose Sache: ein Blick genügt, und du weißt, ob du die Wahrheit geschrieben hast. Auf den letzten zwei Seiten hatte Carl die Wahrheit geschrieben: sein Gesicht wirkte entspannt, und selbst das Netz der Stirnfalten schien weitmaschiger geworden zu sein. Allerdings fürchtete er, daß seine Wahrheit keine Abnehmer finden würde: wen kümmerte die Duarte und das Hotel *Bulova* in Santo Domingo? Niemand. Carl gab sich nicht der Illusion hin, diese Schreibübungen könnten eines Tages zu seinem Lebensunterhalt beitragen. Auf einer anderen Ebene allerdings wähnte er sich bereits in Sicherheit: keine Frau, die ihm gefährlich werden konnte, würde sich jemals in diese Gegend verirren. Der Dreck, der Lärm, die Hitze, das Verbrechen, die Huren bildeten den besten Schutz. Nein, hier lief das Herz keine Gefahr auszubluten. Es pumpte das Blut ins Hirn und in den Schwanz, dahin eben, wo es gebraucht wurde. Carl hatte sich hinter einem Wall aus Fleisch gegen die heimtückischen Angriffe des Gefühls verschanzt. Er fühlte sich unverletzbar wie Jung-Siegfried.

Etwas leckte an seinen Füßen. Er schaute nach unten. Es war Wasser. Er watete ins Bad. Auch das Wasserrohr von Zimmer 16 hatte keine Lust mehr. Er sagte es den Chinesen. Die Chinesen zuckten mit den Achseln. Auch die Chinesen hatten keine Lust mehr. Carl beschloß, aus dem sicheren Hafen *Bulova* auszulaufen. Er kaufte das *Listín Diario* und schaute sich den Wohnungsmarkt an.

Am Nachmittag leistet er sich ein Taxi, um die drei Adressen zu finden, die er sich aufgeschrieben hatte. Das Taxi fuhr in die Zona Colonial. In der Zona Colonial standen prächtige spanische Paläste aus dem 16. Jahrhundert. In den Palästen wohnten Politiker, Regierungsbeamte, reiche Ausländer, Diplomaten, Fabrikanten. In den umliegenden Geschäften gab es Wasser und Strom, und nirgends lag ein Krümel Müll. Die Brise war angenehm hier in der Nähe des Meeres und die Huren teuer. Touristen flanierten über den Malecón, Limousinen schwebten lautlos vorbei. Carl konnte weit und breit keinen Grund entdecken, in der Zona Colonial zu wohnen. Abgesehen davon konnte er es sich nicht leisten.

»Vergiß es, Miguel!« sagte er. »Fahr zur nächsten Adresse!«

Miguel grinste und gab Gas. Die nächste Adresse lag draußen hinter den großen Hotels. In schmucken Vorgärten standen Einfamilienhäuser, Villen, Chalets. Es hatte Wasser, und es hatte Strom. Auch hier kühlte die Brise. Aus keinem der Häuser drang ein Laut. Eine ruhige, kreative Atmosphäre. Um manche der Gründstücke waren Mauern mit Glassplittern in der Krone gezogen. Die anderen versteckten sich hinter Stacheldraht, Alarmanlagen und Kameras. Vor jedem Eingang standen mindestens zwei Schwerbewaffnete in Uniform.

»Dreh um!« sagte Carl.

Miguel drehte um.

»Und die dritte Adresse?«

»Vergiß es!«

Sie fuhren zurück. Das letzte Stück ging Carl zu Fuß. An einer Kreuzung am Anfang der Duarte stand ein Lastwagen. Eine Schlange von an die zweihundert Menschen wartete geduldig, in Schach gehalten von schwerbewaffneten Soldaten. Hier gab es Reis, Mais und Milchpulver zu erschwinglichen Preisen.

»Ich bin wieder zu Hause«, murmelte Carl.

Dreiundsechzig

Die Pinte *El Candíl* entdeckte Carl, weil er auf das Donnern eines Generators zusteuerte. Der Generator röhrte vor der Tür des Etablissements. Er entwickelte den Lärm eines startenden Jumbos, aber die Musik, die aus dem Inneren hinaus in die heiße Nacht flog, übertönte ihn. Carl, müde von einer nächtlichen Tour durch die Duarte und die Bars der Umgebung, bestellte die dritte Flasche Rum dieser Nacht. Dann schaute er sich nach jemanden um, der ihm helfen konnte, sie auszutrinken. Er fand eine riesige Mulattin, tanzte mit ihr, besann sich auf seine eigenen Maße und brachte sie an ihren Tisch zurück. Eine sehr junge, sehr schlanke Weiße fesselte eine Weile seine Aufmerksamkeit, aber ihre Hände wurden zu flink, und er schickte sie weg. Er versank in Grübeleien. Als er daraus erwachte und den Kopf hob, stand sie vor ihm und wischte das Kondenswasser vom Tisch.

»Mädchen«, brüllte Carl, »für heute hast du ausgesorgt. Bring den Lappen zurück!«

Sie brachte den Lappen zurück. Sie trug ein sehr kurzes Kleid aus Silberflitter. Es schwang, wenn sie ging. Auch ihr Arsch schwang, wenn sie ging. Sie hielt sich kerzengerade, ihr Oberkörper, ihr langer, schmaler Hals, ihr Kopf machten keinen Mucks. Nur unten schwang es. Carl führte das Schwingen auf ein Paar Stöckelschuhe zurück, phosphoreszierend gelb wie das Auge des schwarzen Pantherweibchens. Zwischen den Schuhen und dem Silberflitter weiter oben notierte er zwei Beine von erlesener Vollkommenheit.

Sie kam mit einer weiteren Flasche Rum zurück, setzte

sich, schenkte ein, schlug die Beine übereinander und betrachtete Carl aus großen, dunklen, neugierige Augen. So wie sie ihn anschaute, fragte er sich, wann sie ihm den Mund aufreißen würde, um seine Zähne zu untersuchen. Sie betrachtete ihn, wie man einen Zuchtbullen auf dem Viehmarkt abschätzt. Schließlich schien sie zufrieden, legte die Hand um Carls Ohr, preßte den Mund dagegen und brüllte: »Ana! Ich liebe dich!«

»Carl!« brüllte Carl zurück. »Ich freue mich.«

Sie war schwarz wie die Nacht, gertenschlank, und als er mit ihr tanzte, spürte er die Festigkeit ihres Körpers. Dann drehte sie sich um, legte die Hände an die Wand und wedelte mit dem Hintern im Takt des Merengue. Abgesehen vom Hals und den Beinen war ihr der Hintern am besten gelungen. In erlesener Vollkommenheit, rund wie ein halber Fußball, klein, fest und fleischig zeichnete er sich unter dem Silberflitter ab, kreiste, ruckte, zuckte, hob und senkte sich, und abgesehen von anderen Gefühlen packte Carl der Neid. Dies war ein Hintern, wie man ihn zum Schreiben brauchte. Sein eigener war für seinen Beruf völlig ungeeignet. Nach zwei Stunden auf einem harten Stuhl tat er weh.

›Literatur ist unter anderem eine Frage des Körperbaus‹, dachte er, während er mit den hilflosen Bewegungen eines Europäers Merengue tanzte und auf diese kreisende Kugel schaute. Als Ana sich umdrehte, lächelte sie ihn an. Ihr Mund war eine Perlenbrosche in einer Pechblende. Dieses erste Lächeln gab Carl den Rest. Die Perlenbrosche spiegelte Zärtlichkeit, Schüchternheit und einen hochmütigen Stolz, der ihm unbekannt war. Sie offenbarte den Grund einer afrikanischen, über Jahrhunderte gequälten Seele, aber diese Seele war heil geblieben, warm, weit, tief und stolz, und Carl fuhr der Schreck in die Glieder, denn er wußte, diese Frau würde ihm zusetzen. Er hatte sich in Sicherheit gewiegt. Zweieinhalb Fläschchen Rum und das

Lächeln dieses Mundes hatten genügt, um diese Sicherheit dahinschmelzen zu lassen wie Butter auf der Duarte um zwei Uhr nachmittags. Ehe er sich versah, küßte er sie, was an Orten wie dem *Candíl* eine unverzeihliche Regelverletzung darstellt. Als ihre Münder sich voneinander lösten, schaute sie ihn aus todernsten Augen an. »Sei vorsichtig!« sagte ihr Blick. »Ich bin ein Abgrund für dich. Spring oder geh!«

Carl nickte. Er würde springen. Im besten Fall würde er sich den Hals brechen. Im schlimmsten Fall würde er sich *Lebenslänglich* einhandeln. Er hatte gefunden, was er gesucht hatte – wenige Wochen, nachdem er die Suche abgebrochen hatte: den Felsen, an dem er sich den Schädel einrennen konnte. Er hatte einiges gelernt in der Duarte, aber er war so angreifbar wie eh und je. Eine wirkliche Frau konnte ihn noch immer zur Strecke bringen. Kampflos ergab er sich.

Sie tranken und tanzten die ganze Nacht. Ab und zu brüllten sie sich die für derartige Gelegenheiten aufgesparten Worte ins Ohr, dann tanzten und tranken sie wieder. Um sie warf der Sumpf des Elendsviertels schillernde Blasen in Form von Brüsten, Mündern, Schenkeln und Ärschen. Die Mädchen preßten ihre zuckenden Mösen gegen das Geschlecht der Männer, wild, schamlos, wahrhaftig. Die Männer griffen zu. Der Merengue gab den Rhythmus an.

Gegen ein Uhr morgens kam die Polizei, und der Besitzer des *Candíl* wechselte die rote Glühbirne über dem Tresen gegen eine weiße aus. Die Polizeibeamten trugen Blue Jeans, weiße Hemden, Goldkettchen und Pistolen. Sie tasteten die Anwesenden nach Waffen ab, schauten unter die Tische und in die Closchüssel, verhafteten zwei junge Männer und zogen sich zurück. Der Besitzer setzte die rote Glühbirne wieder ein, und Ana ergriff Carls Hand. In ihrem Händedruck lag derselbe schüchterne Stolz wie in ihrem Lächeln. So plötzlich, wie sie gekommen war, verschwand die Hand. Carl suchte Anas Augen, aber Anas Augen waren auf einen Punkt weit jenseits der Rückwand des *Candíl* gerichtet.

Um zwei Uhr kam das Militär, und der Besitzer wechselte die rote Birne gegen die weiße aus. Die Soldaten trugen tarnfarbene Kampfanzüge und Maschinenpistolen. Sie tasteten die Anwesenden nach Waffen ab, schauten unter die Tische und in die Closchüssel, verhafteten zwei junge Männer und zogen sich zurück. Diesmal blieb Anas Hand länger auf der Carls, und ihre Augen waren nicht mehr auf unsichtbare Himmelstüren gerichtet. Ihre Augen saugten an denen Carls.

Später, als sie ihren Sieg nach Hause geritten hatte und bereits das Morgenlicht durch die Vorhänge des *Bulova* sickerte, sagte sie:

»Mach dir nichts vor, Carl! Ich lebe davon, daß ich meinen Arsch verkaufe. Mach dir keine Illusionen!«

»Nicht die geringsten«, sagte Carl, gab ihr einen Hunderter und legte die Hand zwischen ihre Beine. Selten hatte er so gehofft, die Wahrheit gesagt zu haben. Niemals hatte er so sehr gewünscht, sich tatsächlich keine Illusionen mehr zu machen. Seit vielen Jahren hatte er die Deckung nicht so weit heruntergenommen wie in dieser schwülen, stickigen Nacht in Santo Domingo. Er hatte sich für Jung-Siegfried gehalten. Er hatte in Drachenblut gebadet wie der deutsche Held, aber wie es auf seinem Rücken aussah, wußte er nicht.

Vierundsechzig

Sie hatte drei Tische zu versorgen. Sie brachte die Getränke und das Eis, und von Zeit zu Zeit wischte sie das Kondenswasser auf. Sie wirkte größer als die anderen Mädchen, obwohl sie es nicht war. Es lag an ihrer Haltung und ihrer Art, sich zu bewegen. Im roten Dunkel des *Candíl* leuchtete sie wie eine schwarze Orchidee.

In ihren Adern floß eine Menge afrikanisches und ein wenig indianisches Blut, und in diesem Blut schwammen Piranjas. In ihrem Fleisch blühten wilde Rosen. Sie war die Königin des Viertels und die Kaiserin des *Candíl*. Carl zappelte in ihrem Netz, ein glücklicher Fisch, der auf den Erstickungstod wartet. Jede Nacht tauchte er im *Candíl* auf, häufig betrunken, denn die stromlose Zeit uferte täglich weiter aus. Er hatte versucht, der Behinderung die Stirn zu bieten. Er war stundenlang nackt, schwitzend und von Moskitos umsirrt vor der Schreibmaschine gesessen und hatte ein ekelerregend unschuldiges Blatt Papier angestarrt. Manchmal gelang ihm ein Satz, dann trank er für den Rest des Tages Tamarindensaft. Meistens konnte er sich nicht ein einziges Wort abpressen, dann spuckte er sein Spiegelbild an und setzte sich für den Rest des Nachmittags auf Bier. Für den Saft lief er die Duarte hinunter bis in die Zona Colonial. Für das Bier trottete er die Duarte hinauf, bis er die verkommensten Viertel erreichte: La Zurza, Ensanche Espaillat, Capotillo oder Villa Consuelo. Manchmal stöberte er ein Mädchen auf, betrank sich mit ihm und lud es dann zu einer halbherzigen Nummer ins Hotel um die Ecke ein, aber gewöhnlich soff er alleine, versteckt in der hintersten Ecke der dunkelsten Kneipe in der traurigsten Gasse.

Seine Gedanken kreisten um Ana.

Er fragte sich – ein Rückfall in die Zeiten des alten, längst für tot erklärten Carl –, welche Rolle er in ihrem Leben spielte. War er ihr Stammkunde oder ihr Geliebter? War er eine Art zahlender Zuhälter oder ein Liebhaber unter vielen? War er eine stets geöffnete Zweigstelle der Bank oder der Mann, der Freud und Leid, Langeweile und Ekstase, Rausch und Kater gleichermaßen mit ihr teilte? Er wußte es nicht. Was er wußte, war, daß er sich diese Fragen gar nicht hätte stellen dürfen. Er stellte sie trotzdem, und er stellte sie täglich. Antworten fand er nicht. Ana selbst zu fragen, hatte sich als sinnlos herausgestellt: sie war eine der begnadetsten Lügnerinnen, denen er jemals über den Weg gelaufen war – kein Wunder: heuer wickelte sie ihr achtzehntes Geschäftsjahr auf dem Fleischmarkt von Santo Domingo ab.

Nur in den Augenblicken reiner Zärtlichkeit, die Carl pflückte wie seltene Blumen, erlaubte sie ihm einen Blick hinter die Kulissen ihres Lebens. Raul, ihren Sohn, hatte sie geboren, als sie zwölf Jahre alt war, und der Vater des Jungen war zu diesem Zeitpunkt so weit von ihr entfernt gewesen wie ihr eigener Vater. Der Rest der Familie hatte am dominikanischen Hungertuch genagt, das das ganze Land überspannte. Sie hatte keine Wahl gehabt, und seither war sie im Geschäft. Ihre professionellen Fähigkeiten bewiesen zweifelsfrei, daß sie zumindest in diesem Punkt die Wahrheit sagte.

Bea erschien Carl inzwischen nicht mehr als Vulkan. In seiner Erinnerung verblaßte sie täglich mehr zu einem gemütlichen Kaminfeuer. Ana dagegen entwickelte die gewaltlose, aber dauerhafte Glut eines Hochofens, und während der Liebe gestattete sie keinem Teil ihres Körpers die geringste Zerstreuung. Sie liebte Carl mit langsamen, öligen Bewegungen, die an die Präzision einer Quarzuhr erinnerten, und das Aphrodisiakum Marihuana, diese

Mutter der Relativitätstheorie, verstärkte die Zeitlupe noch.

Die Verzögerungstaktik führte zu einem erstaunlichen Ergebnis: schon in der zweiten Liebesnacht mit Carl war es Ana gelungen, die Rollen zu vertauschen. Er war es jetzt, der sich hingab und sich ihrem geschmeidigen Diktat auslieferte, bis sie wie weiland der sabbernde François auf ihm Platz nahm und ihn zuschanden ritt, als sei er ein bösartiges Hengstfohlen unter dem ersten Sattel. Dann endlich verlor sie die Beherrschung, ihr Körper entglitt der Kontrolle des erfahrenen Hirns, und ihre Orgasmen kamen wie Wasserfälle, während Schmerz und Lust ihre Gesichtszüge in die eines Satyrs verwandelten. Ehe Carl sich versah, hatte Ana ihm das Gefühl gegeben, ein in jeder Beziehung außergewöhnliches Mannsbild zu sein, obwohl selbst bei ungenauem Hinsehen nichts an ihm größer erschien, als es in den vergangenen fünfunddreißig Jahren gewesen war.

Seit langem hatte er vermutet, daß die Liebe das letzte Buch mit sieben Siegeln auf dieser Welt sei, und die Menschen nur deshalb so viel Aufhebens um sie machten, weil sie das Buch nicht lesen konnten. Jetzt wurde er Kronzeuge eines erstaunlichen Vorgangs: eines der Siegel zerbrach. Ana zertrümmerte es mit ihren schmalen Händen, indem sie Carl zu einem Mann machte, der weiß, was er taugt.

Nach einer Woche trafen sie sich zum ersten Mal am Nachmittag.

Carl kaufte knallrote Pumps und ein Kleid, das vor Biederkeit strotzte. Die Pumps waren ein Geschenk des neuen Carl. Das Kleid steuerte der ungebührlich am Leben hängende alte Carl bei. Ana nahm beide Gaben mit dem gleichen huldvollen Neigen des Kopfes entgegen. Den Ansatz eines dankbaren Lächelns kappte ihr Stolz im Bruchteil einer Sekunde.

Im Restaurant *Zum jüngsten Tag*, der besten Kneipe, die

die Duarte zu bieten hat, schaufelten sie goldbraunes Hühnerfleisch und in ranzigem Fett gebackene Pommes in sich hinein. Ana aß, als habe sie seit Tagen nur Wassersuppe bekommen. Später sollte Carl lernen, daß nicht Hunger sie zu dieser Art des Verzehrs trieb, sondern die Intensität ihrer Existenz: wie sie liebte, so trank sie, wie sie tanzte, so aß sie – bedingungslos, voll und ganz und mit jeder Faser ihres Körpers.

Die Rechnung belief sich auf siebenundzwanzig Pesos.

»Sag mal, was verdienst du eigentlich im *Candíl?*« fragte Carl. »Ich meine, ohne die Nebeneinnahmen?«

Sie schaute ihn an, als habe er sie geohrfeigt. Ihr Stolz war verletzt. Mit einem Ruck stand sie auf und verschwand in der Toilette. Als sie hoch erhobenen Hauptes zurückkam, eine Augenweide für die übrigen Gäste des *Jüngsten Tages,* war ihr Stolz wieder im Lot.

»Der Chef zahlt mir zehn Pesos pro Nacht – du kannst es ruhig wissen.«

Die Bruchbude, in der sie schlief, kostete sie drei Pesos täglich. Eine warme Mahlzeit war unter sieben Pesos nicht zu haben. Mit ein paar Stunden Schlaf und einem Abendessen löste sich der Verdienst aus einer achtstündigen Arbeitsnacht in Wohlgefallen auf. Carl kam sich mies vor, mies in seiner privilegierten weißen Haut, mies mit seinen schriftstellerischen Ambitionen, seiner Reiseschreibmaschine, seinem Hotelzimmer, seinen Dollars, seinem unersättlichen Schwanz und seinem lachhaft überlegenen, halbseidenen europäischen Bewußtsein.

Fünfundsechzig

Carl stand unter Druck. Hatte Ana mit Hilfe von ein paar Gläsern Rum ihre Schüchternheit und ihren Stolz in die Schranken verwiesen, sprudelte sie vor Lebenslust. Sie tanzte mit hoch erhobenen, schwingenden Armen im Sitzen, sie sang die Texte der meist zweideutigen Hits mit, und ihr Mund verwandelte sich in eine klaffende rote Wunde im schwarzen Fleisch ihres Gesichts. Kein Mann, der sie nicht begehrt hätte, kein Mann, der nicht auf die eine oder andere Weise mit Carl in den Ring gestiegen wäre, um ihn aus dem Feld zu schlagen. Anas Geilheit ging unter die Haut, und nicht nur unter die Carls.

Wenn sie sich zu einem Kunden setzte, griff er zum Glas und leerte es auf einen Zug. Wenn sie wie jetzt auf die Straße hinausging, um dort mit einem Freier zu sprechen, bestellte er die nächste Flasche.

In der apokalyptischen Kakophonie des *Candíl* war es so gut wie unmöglich, sich sprachlich zu verständigen. Erst nach zwei Uhr morgens, als er mit ihr durch die stockdunklen Straßen zum Hotel ging, fragte Carl:

»Und was ist mit dem Dicken?«

Im gleichen Augenblick hätte er sich am liebsten die Zunge abgebissen. Es war zu spät. Er spürte bereits, wie sich ihr Körper versteifte.

»Was für ein Dicker?« gab sie so scheinheilig wie kampfeslustig zurück.

»Der mit der goldenen Uhr und den Klunkern. Der, mit dem du über eine halbe Stunde verschwunden warst.«

»Ach der! Das ist ein Verwandter von mir. Er hat mir Neuigkeiten von meiner Tante aus New York gebracht.«

»Bist du sicher?«

Selbstredend war sie sicher. Sie hatte keinem Mann auch nur die Hand gegeben, seit sie Carls Frau war. Das mußte er doch spüren! Es grenzte an Beleidigung, wenn er das nicht spürte. Sie war arm, bettelarm, aber sie ließ sich nicht beleidigen. Nicht einmal von Carl.

Ihre Stimme, dunkelrot und heiser, vermischte Satchmo und Janis Joplin zu einem geilen, gierigen Frauenbaß, der vom Trommelfell aus umweglos in den Bauch zog. Wenn ein Mann genügend Rum im Kopf hatte, machte ihn allein diese Stimme zum Opfer. Carl hatte ununterbrochen genügend Rum im Kopf, seit er in Anas Netz zappelte.

»Vergiß es!« sagte er und schämte sich.

Später, nachdem sie die Rosen in Anas Fleisch zum Blühen gebracht hatten, griff sie sich kommentarlos einen Hunderter, den ersten in einer langen Reihe, und machte sich noch vor Sonnenaufgang aus dem Staub, der aus der *Bulova*-Matratze aufstieg. Die Botschaft war deutlich: ›Wenn du nicht willst, daß ich mich mit irgendwelchen Dicken abgebe, dann komm du für meinen Unterhalt auf!‹ lautete sie. Außer den bescheidenen Einkünften, zu denen ihm – wenn er Glück hatte – seine Schreibmaschine verhalf, hatte Carl dieser Botschaft nichts entgegenzusetzen. Und die Schreibmaschine schwieg neuerdings immer häufiger.

In der nächsten Nacht erschien eine sichtlich gut gelaunte Ana mit silbernen Ohrgehängen im *Candíl*. In geschmiedeten Fassungen leuchteten je fünf Lapislazulis. Der neue Schmuck stand ihr ausgezeichnet. Ihr Hals schien noch länger geworden zu sein und ihr Gang noch stolzer. Als der Dicke auftauchte, setzte sie sich fünf Minuten zu ihm, dann kam sie zu Carl zurück. Der Dicke zahlte und ging. Ana, sonst in den ersten Arbeitsstunden eher zurückhaltend und abweisend, verwandelte sich in ein schnurrendes Kätzchen. Sie zauberte mehrere Ausgaben eines strahlenden Lächelns in ihr kriegerisches Gesicht, sie drückte ausgiebig Carls Hand und rieb sie an ihrer Möse, und sie verzichtete auf sämtliche nicht eindeutig von ihrem Amt als Kellnerin erzwungenen Kontakte.

Als gegen ein Uhr anstelle der Soldaten ein Rosenverkäufer durch die Tür segelte, kaufte Carl ihr drei rote Rosen. Ihr Gesicht fiel auseinander, als habe es ein Faustschlag zertrümmert. Es handelte sich um die ersten roten Rosen ihres Lebens. Sie starrte sie an. Sie starrte sie lange an. Sie holte ein Glas Wasser und stellte sie hinein. Sie ging aufs Clo, kam zurück, streifte Carls Ohr mit ihrem schwingenden Rock und setzte sich an einen freien Tisch. Ihr Gesicht war immer noch nicht ganz in Ordnung.

Carl zahlte und ging. Er war überzeugt, einen Volltreffer gelandet zu haben. Heute nacht sollte sie ihn vermissen. Heute nacht sollte sie sich nach ihm sehnen. Heute nacht sollte sie es sich mit diesen Rosen besorgen.

24 Stunden später wußte er, daß der Schuß nach hinten losgegangen war: Ana dachte nicht im Traum daran, sich kampflos ihren Gefühlen für einen Gringo auszuliefern. Im Gegenteil.

Sechsundsechzig

Die Rennbahn lag im Stadtteil La Fé, an der Ortega y Gasset-Straße, zu Fuß eine knappe Stunde vom *Bulova* entfernt. Nachdem Ana den dritten Tag spurlos verschwunden war, erinnerte sich Carl an ein heilkräftiges Laster, das er völlig vergessen hatte: seine Spielleidenschaft. Wann immer er eine Frau verloren hatte, hatte er mit Fortuna angebändelt. Spielend war er wieder lebendig geworden. Spielend hatte er seine ramponierte Seele wieder in Form gebracht. Spielend hatte er sein Geld verloren und sein Selbstbewußtsein zurückgewonnen.

Das erste Rennen war auf zwölf Uhr mittags angesetzt, und die Wetten mußte man eine Stunde vorher legen. Vom Meer her flogen schwere, schwarze Wolken in die Stadt. Carl stoppte einen Wagen. Eine Minute später setzte der Regen ein. Der Wagen hatte keine Seitenfenster und eine Menge Löcher im Dach. In Sekundenschnelle glich er eher einem lecken Schiff als einem Straßenfahrzeug. Dann beschlug die Windschutzscheibe. Der Fahrer fluchte, griff zu seiner Bierflasche und nahm einen kräftigen Schluck. Der Wagen fuhr jetzt durch reißende Flüsse aus Müll und Wasser, die aber aus seinem Inneren nur zu ahnen waren. Der Fahrer wischte mit der Hand über die Scheibe, und für einen Augenblick wurde die Straße sichtbar. Dann verschwand sie wieder. Carl rutschte aus der Pfütze auf dem Beifahrersitz auf den Getriebetunnel. Jetzt erst bemerkte er, daß die Hälfte des Lenkrads fehlte. Der Fahrer griff wieder zur Flasche. Im Blindflug ging es bergab. Carl suchte vergebens nach etwas, woran er sich festhalten konnte. Schließlich schaute er zum Fenster hinaus und versuchte so, die erstaunlichen Bewegungen des Fahrzeugs vorauszusehen. Unter den Wasserstrahlen aus den Dachrinnen tanzten nackte Burschen und Mädchen. Bäume flogen vorbei und Häuser. Harte Häuser. Harte Bäume. Der Fahrer nahm einen weiteren Schluck. Sie erreichten die Rennbahn. Der Regen hatte aufgehört. Carl fand einen sonnigen Platz auf der Tribüne. Als sie das erste Rennen starteten, war er wieder trocken.

Die vier Pferde kamen aus der Startmaschine, und nach fünfzig Metern galoppierten sie brav eins hinter dem anderen. Der Favorit hatte sich an die Spitze gesetzt, der zweite Favorit lag auf Platz zwei, und so blieb es bis ins Ziel. Keiner der Jockeys hatte auch nur versucht, ein anderes Pferd von seinem Platz zu verdrängen. Die Menge auf der Tribüne quittierte den Favoritensieg mit lautem Jubel.

Auf der Höhe des Ziels stand eine schwarze Tafel, auf der die Rennbahnarbeiter mit Kreide die Einsätze notiert hatten. Jetzt wischten sie die Notierungen weg und schrieben die Totalisatorquoten auf die Tafel. Carl schaute auf seine Notizen und rechnete aus, daß die Rennbahnverwaltung mehr als die Hälfte der Einsätze für sich behalten hatte. Um sich herum sah er fröhliche Gesichter dickbäuchiger Schnurrbartträger, die wie er selbst vor ihrer Rumflasche saßen. Keiner von ihnen schien den Betrug bemerkt zu haben.

Im vierten Rennen kam es noch dicker. Wieder gewann der Favorit vor dem zweiten Favoriten. Wieder hatte kein Jockey Anstalten gemacht, den Favoriten bei seinem Sieg irgendwie zu behelligen. Das Rennen war getürkt, aber diesmal verloren sogar die Gewinner: für jeden auf den Sieger gesetzten Peso zahlte der Totalisator fünfundsiebzig Centavos aus. Wer Hundert auf Sieg gesetzt hatte, verlor fünfundzwanzig – falls er tatsächlich den Sieger erwischt hatte. Falls nicht, verlor er eben seine Hundert. Wieder jubelten die Zocker auf den Rängen. Kein einziger hatte gewonnen. Das Management hatte die Frechheit besessen, zwei Drittel der Wetten in der eigenen Tasche verschwinden zu lassen – aber das Volk war glücklich.

Im letzten Rennen ließen sie schließlich einen Außenseiter nach vorn. Diesmal begnügte sich das Management mit den üblichen zwanzig Prozent vom Einsatz, aber diesmal zeigte das Volk sich enttäuscht: nur drei der besseren Zocker auf der Tribüne hatten gewonnen, die allerdings richtig.

Da sie wie in den Bars, in den Diskotheken und zwischen den Plüschvorhängen des *Bulova* auch auf der Rennbahn nur Rum in Halbliterflaschen ausschenkten, da zwischen den Rennen jeweils eine Stunde verstrich und ein halber Liter Rum nur für zwei Stunden reicht, war Carl am Ende des Renntages auf dem Grund der dritten Flasche angekommen. Dies war etwa die Menge, nach der er sich einsam fühlte. Durch die kurze Dämmerung und dann durch die stockdunkle Nacht ging er zu Fuß zum *Candíl*.

Ana saß auf ihrem Stammplatz. Als sie ihn entdeckte, flog sie ihm an den Hals. Natürlich war Carl ein dummer Junge, daß er sich Sorgen um sie gemacht hatte. Er mußte doch fühlen, daß sie ihn liebte, fühlte er das denn nicht? Sie hatte nur keine Zeit gehabt, ihn zu benachrichtigen, als der Dicke in seinem Auto vorgefahren war, um ihre Schwester auf dem Land zu besuchen. Und natürlich hatte sie die seltene Gelegenheit genutzt, die Schwester wiederzusehen. Aber dann hatte sie die Sehnsucht nach Carl übermannt, sie hatte den nächsten Bus genommen und da war sie, unschuldig wie Tau, bis unter die Haarwurzeln voller Liebe und nicht weniger betrunken als Carl.

In dieser Nacht kam es weder zu Diebstählen noch zu sonstigen unerfreulichen Überraschungen. In dieser Nacht liebte die Kaiserin des *Candíl* ihren Gringo gratis. Die Piranjas in ihrem Blut bissen.

Siebenundsechzig

»Das Aufsetzen der Brille«, schrieb Carl, und dann blieb der Ventilator stehen und das Licht ging aus. Er zündete eine Kerze an und beendete den Satz: »hat einen Schweißausbruch zur Folge.«

Der schöpferische Akt spielte sich in einem winzigen Zimmer in einem Haus am Rande der Slums ab. An der Wand hing, nackt wie Carl, Nastassja Kinski und spielte mit einer Boa Constrictor. Gott und Vater Klaus alleine wußten, wie sie hierhergeraten war. Neben ihr verdeckte ein Plastikvorhang die Duschkabine.

Don Mario, ein chilenischer Faschist, der vor Allende geflüchtet war, verfügte über einen eigenen Wasservorrat, aber er drehte täglich den Hahn zu, bevor Carl aufwachte, und machte ihn erst wieder auf, wenn der Deutsche mangels elektrischer Energie schon wieder über diesen brüllenden Müllhaufen namens Santo Domingo stolperte, die größte und älteste Stadt der Karibik, den fleischgewordenen Traum des Hieronymus Bosch. Und wenn dann, aufgrund einer geheimen Regierungsentscheidung, die Stromversorgung so gegen fünf Uhr nachmittags wieder einsetzte und er seinen Platz vor der Schreibmaschine einnahm, brauchte es eine ganze Weile, bis der erste Gedanke sich einstellte, und bevor er sich ganz aus Carls benebeltem Hirn gezwängt hatte, war der Strom schon wieder weg, und dann wurde es dunkel, und er ging wieder hinaus in die Straßen, dahin, wo Generatoren heulten und gegen batteriebetriebene Radios kämpften, die gegen weitere batteriebetriebene Radios kämpften, die gegen den ohrenbetäubenden Krach des Verkehrs ankämpften, denn kein Auto hatte mehr einen Auspuff, und schließlich fand Carl sich wieder da, von wo er wenige Stunden zuvor hergekommen war: beim Rum und bei den Mädchen.

Immerhin besaß der Chilene die Großherzigkeit, alle paar Tage einen Eimer Wasser in die Duschkabine zu stellen. In dem Wasser schwamm graugrünes, schlieriges Zeug zusammen mit Insektenlarven. Carl litt noch immer unter seinem Furunkeln, aber das Wasser Don Marios lud nicht dazu ein, die Wunden zu waschen. Da auch kein Verbandszeug mehr aufzutreiben war, faulte er vor sich hin wie ein Leprakranker.

Er trug die Kerze in die Duschkabine, wusch sich mit dem Brackwasser Gesicht und Hände, zog vorsichtig die Kleider über die Furunkel, holte Geld aus dem Umschlag unter dem Bett, ging die Wendeltreppe hinunter, an dem schwitzenden, schnarchenden Chilenen vorbei und hinaus auf die Straße. Wolken blauer Auspuffgase wogten im Licht aufgeblendeter Scheinwerfer. Carl vermied die tiefsten Pfützen und Löcher auf dem Gehweg, die Müllberge, die Ratten, Kabel, Drähte, Bananenschalen, Schlammbäder und Öllachen und erreichte die Straße des 17. Februar, die die Ensanche Luperon vom Mejoramento Social trennt. Vor den Kaufhäusern röhrten die Generatoren. Im Beerdigungsinstitut warteten zwei graue Männer bei Kerzenlicht auf tote Kundschaft. Horden von Frauen und Kindern mit Plastikgefäßen harrten an den vertrockneten Zapfstellen des Nasses, das da kommen sollte.

Carl überquerte die Yolanda Guzman und die Duarte, erreichte die Eusebio Manzueta im Elendsviertel Villa Consuelo, wo Ana wohnte, fand sie nicht und machte sich auf den Weg zum *Candíl*.

Sie saß in einer Gruppe von Männern, bewegte den Oberkörper im Takt der Musik, warf die Arme in die Luft und sang. Sie verströmte Energie, Begeisterung und Optimismus. Carl setzte sich in eine Ecke und schaute ihr zu. Er wurde nicht müde, ihr zuzuschauen. Die Eleganz und die

Kraft ihrer Bewegungen fesselten ihn. Ihr Lachen fuhr ihm in die Knochen, selbst wenn es unhörbar blieb. Sogar ihre Art, das Glas zum Mund zu führen, erregte ihn. Sie führte das Glas zum Mund wie andere einen Leckerbissen, den sie jahrelang nicht mehr gekostet haben – nur um es gleich darauf in einem Zug zu leeren. Wenn sie so wie jetzt in Fahrt kam, gab es keine andere Frau mehr im *Candíl*. Dann sahen die Männer nur noch dieses schwarze Mädchen, in dem so viel Leben steckte wie Sprengstoff in einer Dynamitfabrik.

Seit Carl recht und schlecht für ihren Lebensunterhalt aufkam und sie nicht mehr mit den Freiern ins Hotel mußte, war ihr strenges Gesicht noch klassischer, ihr Lachen noch kehliger, ihr Gang noch stolzer geworden. Ihr Tanz war das Befruchtungsritual eines nie entdeckten afroindianischen Stammes, und die Gesten, mit denen sie singend den Merengue begleitete, gehörten einer vielarmigen Göttin der Lust. Das *Candíl* war ihr Tempel, und die Männer brachten ihre Augen, ihre Schwänze und ihre Pesos als Opfer dar.

Eine Stunde vergeht, zwei. Carl trinkt und schaut ihr zu. Er kann die Augen nicht abwenden, nicht einmal, wenn sie auf der Tanzfläche die Hände an die Wand lehnt und ihren Hintern für andere kreisen läßt. Nicht einmal, wenn er sieht, wie im gleichen Augenblick eine Hand unter den kurzen Rock schlüpft und ihre Möse knetet.

Ihre Unverfrorenheit treibt ihm das Blut in den Kopf, und manchmal knirscht er mit den Zähnen, aber er löffelt aus, was er sich da eingebrockt hat. Das *Candíl* ist keine Klosterschule. Ana verrichtet ihre Arbeit. Sie verrichtet sie gut und gerne.

Unter einigen Schmerzen hat Carl begriffen: sie ändern zu wollen, hieße, sie töten zu wollen. Ana ist nicht die Frau für trautes zweisames Glück. Ana ist geballte erotische Energie, und diese Energie wird zeit ihres Lebens den Widerpart suchen. Juwelen haben nichts in Schatztruhen verloren. Juwelen gehören an einen schönen Hals. Und Ana gehört in einen heißen Laden wie das *Candíl*. Sie ist die Herrscherin und die Männer an ihrem Tisch zahlen den Zehnten oder mehr. Kein Mensch hat das Recht, der Herrscherin ihre Untertanen zu nehmen, nicht einmal der neue Carl.

›Ich seh's ja ein‹, brummt der noch zuckende Kadaver des alten Carl und hält für den Rest der Nacht sein borniertes Maul.

Kurz nach Mitternacht verabschieden sich die Männer an Anas Tisch. Carl sieht einen größeren Geldschein im schwachen roten Licht. Ana schüttelt lachend den Kopf. Als sie zu ihm kommt und die elektrische Hitze ihrer Hand auf seinen Schenkel legt, schwappen die Empfindungen über seinem betrunkenen Hirn zusammen. Jetzt, jetzt muß er sie haben, hier in der düsteren, roten Öffentlichkeit des *Candíl*, vor aller Augen und ein- für allemal.

»Zieh den Schlüpfer aus und setz dich auf meinen Schoß!« brüllt er in ihr Ohr. »Verkehrt herum!«

Sie schaut ihn aus großen, ernsten Augen an. Sie zieht die Höschen aus und setzt sich auf ihn. Während Carl in sie eindringt, röhren die Lautsprecher ihr Lieblingslied: »El ritmo de San Martín«.

Die Behandlung, die sie noch vor knappen fünf Minuten auf der Tanzfläche genossen hat, trägt ihre Früchte: sie ist nasser als die Karibik und offener als eine evangelische Sekte. In ihrer Möse tobt ein Magnetsturm. Sie zerknüllt das Höschen in ihrer kleinen Faust. Sie legt den Kopf auf Carls Schulter und beißt in seinen Hals. EL – RIT – MO – DE – SAN – MAR – TÍÍÍÍÍN!

Mit einem leisen Schrei springt sie ab. Carl verstaut seinen zuckenden Schwanz. Sie lächelt das Lächeln der Sphinx. Die paar Spanner an den Nebentischen wenden den Blick ab und greifen zu ihren Gläsern. ›El ritmo de San Martín‹ ist zu Ende.

Achtundsechzig

Der Rhythmus des Heiligen Martin war zu Ende, aber diese dominikanische Septembernacht hatte ihren Höhepunkt noch lange nicht erreicht. Ana stand noch immer unter Strom. Carl kaufte sie frei, und sie gingen hinaus auf die nachtschwarze Straße, an dem Generator vorbei, an Blech- und Pappbaracken vorbei, an betrunkenen Schläfern vorbei auf Villa Consuelo zu. Eng aneinandergepreßt stolperten sie über Trümmer, Drähte und Wurzeln, traten in Pfützen schwarzen, brackigen Wassers und vermieden mit Mühe, in eines der tiefen Löcher zu stürzen.

»Die vollkommene Liebe«, flüsterte Ana ohne jede Vorwarnung, »beginnt hierzulande mit zwei Flaschen Rum. Darauf folgt eine kräftige Prise Kokain, und danach werden wir einen dicken Joint rauchen, denn heute nacht werden wir vollkommene Liebe machen.«

›Sie muß es wissen‹, dachte Carl. ›Sie lebt in einer Stadt, der nichts anderes geblieben ist.‹

Laut sagte er: »Falls wir es bis zum nächsten Bett schaffen. Schau!«

Seine Hand zeigte auf die schwarzen Schatten der anderen Straßenseite. Ein Mann kam hinter einem Baum hervor und ging mit großen Schritten auf sie zu. Was er in der Hand trug, sah ziemlich genau aus wie ein Schlachtmesser. Er überquerte die Straße und wurde schneller. Es war ein großer Mann, ein starker Mann. Ana packte Carls Hand und rannte los. Stolpernd zog sie ihn hinter sich her. Ihre Stöckelschuhe klapperten auf dem Asphalt. Sie schleuderte sie in die Nacht.

»Hier«, flüsterte sie, wo die Schwärze am schwärzesten

war, und zog Carl in einen Gang zwischen den Hütten. Sie drückten sich an eine Pappwand und hielten den Atem an. Der Mann ging vorbei. Suchend kam er zurück, schnuppernd und witternd wie ein Tier. Dann hatte ihn die Nacht verschluckt. Ana suchte ihre Schuhe zusammen. »Der ist nicht von hier«, sagte sie. »Die von hier fassen dich nicht an. Sie wissen, daß du mir gehörst.«

Sie hatte recht, und Carl wußte es. Ihre Liebe hatte die Wirkung einer kugelsicheren Weste in diesen elenden Straßen. Ihr schmaler Arm reichte weit. Ohne ihren Schutz läge Carl vermutlich längst im Leichenschauhaus.

Minuten später setzte die Stromversorgung ein, und die Straßenbeleuchtung flammte auf. Aus den Hütten und den vereinzelten Steinhäusern brandeten Musik und Jubel auf die Straße. Die Menschen stürzten hinterher. Einer riß den Deckel von einer der Zapfstellen am Straßenrand.

»Wasser! Es gibt Wasser!«

Lange Schlangen bildeten sich. Es war zwei Uhr morgens. Bis der letzte Kanister gefüllt war, würde die Sonne aufgehen. Mit der Nacht würde auch das Wasser wieder verschwinden. Die Menschen nahmen es hin wie die Ägypter die Sieben Plagen. Ana gegenüber blieben sie weniger gelassen. Jedermann lachte ihr zu, jedermann tauschte ein paar Worte mit ihr, jedermann freute sich, daß sie diesen Gringo erwischt hatte und für einen Augenblick aus dem Gröbsten heraus war.

»Komm! Ich zeig dir, wo ich früher gearbeitet habe.«

Sie betreten ein namenloses, stinkendes Loch mit zwei purpurroten und zwei schwarzgrünen Wänden. An vier Tischen trinken die Männer aus der Nachbarschaft, Zahnlose, Verkrüppelte, Sieche, Verzweifelte, böse Gewordene, Verstummte – Gestalten aus der Hölle eines alten flämischen Malers. Zwischen den Tischen lassen schmutzige barfüßige Huren jeden Alters zu rasend lauter Musik die Becken kreisen. Die Puffmutter, für die Ana gearbeitet hat, ist im achten Monat. Sie führt ein nacktes Kind an der Hand, während sie Ana liebevoll auf die Stirn küßt. Die Hoden des Jungen sind dick geschwollen, sein Gesicht wirkt leer. Es riecht nach Bier hier drin, nach Schweiß und Sperma. Draußen purzeln immer mehr Mädchen aus den Treppenhäusern, blutjunge Dinger, manche schon in der ersten Schwangerschaft. Eine schleppt ihren Freier in ein Zimmer neben der Toilette, und einen Augenblick lang sieht Carl eine Matratze, eine zerfledderte Matratze, eine Matratze, die bis auf die Straße hinaus stinkt. Dann schließt sich die Tür.

»Da drin?«

»Da drin«, sagt Ana. »Drei Jahre lang.«

Vor Carls Augen tanzt ein Mädchen, die Jüngste von allen. Sie ist ein außergewöhnlich schönes Mädchen, und sie zeigt Carl ihre hellbraunen Brüste, während ihre Augen Drogenfeuer speien.

»Doris? Nimm sie dir, wenn sie dir gefällt – aber nicht, wenn ich bei dir bin!« sagt Ana. »Und sieh dich vor – sie ist krank.«

Statt des Mädchens nimmt Carl die nächste Flasche Rum, und dann braucht Ana Geld, und dann ist sie verschwunden. Plötzlich ist die Bar wirklich nur noch ein häßliches, dunkles Loch. Ohne Ana wirkt sie schal, leer, abgestanden und nicht einmal mehr höllisch. Die resignierten Säufer an den Tischen können sie nicht füllen. Selbst die noch taufrische Schönheit Doris, selbst der Glanz, der von diesen großen Kinderbrüsten ausgeht, hat mit Ana den Raum verlassen. Zurückgeblieben ist ein frühreifes, unglückliches kleines Mädchen, das gegen das Schicksal antanzt. Carl fühlt sich verlassen. Wenn Ana verschwindet, weiß keiner, wann und ob sie zurückkommt.

Ein tiefschwarzer alter Mann mit einem dichten weißen Bart zieht ihn am Arm. Draußen auf der Straße steht sie bei einem bärenfarbigen Riesen, der aussieht wie ein ganzer Banküberfall.

»Das ist er«, sagt Ana und deutet auf Carl, als zeige sie ihren neuen Mercedes vor.

Der Riese lächelt, packt Carls Hand und zerquetscht sie. Seine Schneidezähne sind auf der Strecke geblieben. Lächelnd wirkt er wie ein Bär, der nicht mehr beißen kann.

»Gehn wir!«

Sie betreten einen schmalen, dunklen Gang. Ratten rennen quiekend davon. Am Ende des Ganges wartet vor einer erleuchteten Tür eine blicklose Mumie. Die Mumie sitzt, auf einen Stock gestützt, bewegungslos auf einer Blechbüchse. Auf dem Bett im Zimmer liegen eine Frau und ein Kind. Das Kind röchelt im Schlaf durch den offenen Mund. Hier riecht es nicht nach Bier und Sperma, hier riecht es nach Schimmel, Krankheit und Tod. Zwischen Tür und Angel schnupfen sie den Koks, den Ana aufgetrieben hat. Plötzlich steht ein Mann am anderen Ende des Tunnels. Der Mann trägt Uniform. In der Hand hält er eine Maschinenpistole. Carl zupft Ana an ihrem Silberflitter und reißt fragend die Augen auf. Sie lacht ihr tiefes, glucksendes Lachen, geht hin und gibt dem Mann eine Prise. Es ist der Nachtwächter der Möbelhandlung auf der anderen Seite der Straße. Er schnupft, geht zurück und wacht weiter. Auch die Mumie erhält ihren Anteil. Auch der zahnlose Bär erhält seinen Anteil. Ana ist großzügig. Wenn sie hat, teilt sie aus, mit vollen Händen.

Später, gegen Ende der zweiten Flasche Rum, schickt sie den Alten nach Marihuana. Heute ist die Nacht der vollkommenen Liebe. Die Bettler, die Krüppel, die Betrunkenen grinsen. Sie wissen, welches Spiel Ana spielt. Carl ist nicht der erste Freier, den sie durch die Gifte jagt.

Auf einem vier Quadratmeter großen Bett in einer sechs Quadratmeter großen Holzhütte auf dem Flachdach eines baufälligen, meergrünen Steinhauses beißen die Piranjas in Anas Blut, und die Rosen in ihrem Fleisch stehen in Flammen. Zwischen Puppenmöbeln, vertrockneten Blumen, dem Bild eines Sängers, dem Bild der Mutter, Bildern von Kindern auf einer blühenden Wiese, unter dem besorgten Blick eines weiteren Christus, der sein strahlendes Herz vorzeigt, lernt Carl, was vollkommene körperliche Liebe ist. Die Spielzeugmöbel fallen dabei um, und ein Zeitatom lang denkt Carl an Bukowski, dem bei einer ähnlichen Gelegenheit Töpfe mit blühenden Geranien auf den Rücken fielen. Dann versinkt er in diesem vierfachen Rausch, im brennenden schwarzen Fleisch der Frau, in der Ekstase, in der Auflösung, in der Wahrheit.

Die heiße Ladung Saft, die er schließlich in den gierenden Bauch des Weibes schießt, schenkt ihm, was er schon lange gesucht hat:

Friede auf Erden und zwei Menschen ein Wohlgefallen.

Neunundsechzig

Sie rauchten Zigaretten. Carl stellte diese kleinen Möbel wieder auf. Ana zog sich an. Dann bediente sie sich mit einem Hunderter aus Carls Hosentasche.

»Ich stehle nicht. Ich nehme mir nur, was mir zusteht«, hatte sie ihm kürzlich verkündet. Carl, der neue, hatte ihr recht gegeben. Der alte hatte sich im Grabe herumgedreht.

»Wo gehst du hin?«

»Koks suchen.«

Er nickte. Nicht jede Nacht war die Nacht der vollkommenen Liebe. Er hoffte nur, auch beim nächsten Durchgang beteiligt zu sein.

Sie ging.

Er drückte die Zigarette aus und streckte sich. Das Leben war angenehm mit Drogen, Sex und Strom. Sogar der Ventilator drehte sich. Im Radio sangen die Rolling Stones wie in alten Zeiten. Hinter den Pappwänden, die Anas Hütte von denen ihrer Nachbarn rechts und links trennten, sangen die Matratzen.

Er war also in eine Hure verknallt. In eine Hure verknallt zu sein, war nicht das schlechteste. Es schloß Mißverständnisse aus. Es milderte gewisse Verletzungen, denn es machte sie chronisch. Es schloß – zumindest von Seiten des Mannes – Lügen aus, denn es machte sie überflüssig. Es wurde nicht langweilig. Es kam der Wahrheit ziemlich nahe.

Im übrigen war eine Hure nur eine Frau, die sich klar ausdrückte. ›Prostitution‹ gehört zu den Wörtern, bei denen jeder zu wissen glaubt, was sie meinen: die zeitlich begrenzte Vermietung von Geschlechtsorganen unter Ausschluß von Gefühlen. Dies stimmte schon in Europa nicht immer. In der Karibik stimmte es selten, und in der Dominikanischen Republik so gut wie nie. Die Mädchen hier liebten die Liebe – auch dann noch, wenn sie ihre einzige Einkommensquelle darstellte. Es gab Tausende von Pinten, Bars, Diskotheken und Restaurants mit zugehörigem Hotel in Santo Domingo. In allen arbeiteten fünf, zehn, zwanzig Mädchen als ›Serviererinnen‹. Sie alle gingen mit dem Kunden ins nächste erreichbare Bett, wenn er es wünschte. Sie machten es für ein paar Pesos, für ein Essen, für ein Hemd, aber sie fickten mit ganzem Herzen, mit dem ganzen Leib und mit fröhlicher Zärtlichkeit. Im Geheimen wünschten sie sich, daß der Kunde so viel Geld hatte, daß sie es sich leisten konnten, ihm treu zu bleiben.

Und Ana, deren Fleisch nach der Liebe versengt roch, Ana, die das Leben mit ihren beiden schmalen Händen am Schopf packte und es schüttelte, bis es hergab, was sie haben wollte, Ana, die Unersättliche, die doch alles teilte, was sie bekam – Rum, Drogen, Essen, Schmuck, alles –, Ana mit dem Gesicht der kriegerischen Kariben und dem Körper einer afrikanischen Venus – war Ana tatsächlich eine Hure? Er wußte es nicht. Er wußte nur, daß ein Feuer in ihr brannte. Sie entzündete es am Abend mit Alkohol. Sie löschte es lange nach Mitternacht mit Sex. Tagsüber war sie eine verletzliche junge Frau, die Jazz und hochhackige Schuhe liebte. Manchmal sagte sie die Wahrheit, manchmal log sie. Wenn sie Carl erzählte, John Coltrane sei ihr Lieblingssaxophonist, glaubte er ihr. Wenn sie behauptete, sie schlafe niemals öfter als zwei, drei Nächte mit dem gleiche Kunden, lachte er sie aus, denn er wußte, daß sie sich diesen Luxus nicht leisten konnte.

Er schloß die Augen und ließ den Film der letzten Stunden ablaufen. Es war ein guter Film. Einer von denen, die einem die Idee nahelegen, irgendwo in dem ganzen Schlamassel sei doch noch eine Art Sinn versteckt. Ein Resnais-

Film wie ›Letztes Jahr in Marienbad‹. Und Ana war die Regisseurin.

Dann schoben sich Bilder aus einem anderen Leben auf die Innenseite seiner Lider: Sie liegt da mitten in den Vergißmeinnicht, und es ist ziemlich warm, und endlich hat er ihr das Höschen abgestreift. Das Höschen ist weiß mit rosa Tupfen. Seit Wochen hat er auf diesen Augenblick gefiebert, ihn sich ausgemalt, darauf gewichst – er hat an nichts anderes mehr denken können. Er ist siebzehn und sie vier Jahre jünger. Er zieht seine Badehose aus, dann küßt er ihre kleine Muschi – und zieht die Badehose wieder an. Die Entjungferung überläßt er großzügig-feige einem alten Knacker aus einer anderen Stadt. Als sie schon reichlich Erfahrung hat, heiratet er sie. Die Ehe geht so schief, wie nur eine Ehe gehen kann. Sie kommt an keinem Kiffer vorbei und an keinem Musiker. Als sie dann noch die ganze Crew der Psychedeliker vernascht, flippt er aus. Sie zerbricht schließlich an einem schönen Afrikaner mit schlechtem Charakter. Carl zerbricht seither in regelmäßigen Abständen.

Der Film riß. Carl schlug sich mit der flachen Hand vor die Stirn. Dann sprang er vom Bett und holte sein Notizbuch. Ein Wust von Gedanken näherte sich in Höchstgeschwindigkeit. Er konnte es sich nicht leisten, sie spurlos durch sein Hirn flutschen zu lassen.

Er klappte das Buch auf und schrieb: »Und trotzdem will ich's nicht lassen. Bin ich verrückt? Oder einfach nur ehrlich? Was ist denn schon dran an diesem Akt, auf den ich damals verzichtet habe? Wenn's gut geht, dauert es eine halbe Stunde, in seltenen Fällen wie heute nacht länger. Es gibt eine Zahl von Varitationen, die sich erhöht, wenn man weitere Mitwirkende hinzuzieht. Aus natürlichen Gründen geht es nur soundsooft innerhalb von vierundzwanzig Stunden. Was ist also dran?

Nichts vermutlich.

Wenn mann das aber weiß, warum in drei Teufels Namen läßt mann sich nicht einfach die Eier abschneiden, und das Thema ist gegessen? Warum? Weil dann kein Thema mehr bleibt, vermutlich. Entweder du opferst dich dem ganzen Streß der Verbesserung der Welt oder des Menschen oder deiner selbst, und das geht erfahrungsgemäß schief, wenn du nicht gerade Aurobindo oder so heißt, oder du hängst dich an die Kohle (was nur Umweg ist, denn du brauchst sie schließlich auch wieder nur für deine Alte oder für eine andere Alte), oder du marschierst geradewegs auf die Sache los und willst ficken und sonst gar nichts. So ist es doch, machen wir uns nichts vor!

Und an diesem Punkt bleibt nur eine Erklärung, die natürliche: du dienst der Fortpflanzung und der Erhaltung der Art, so beschissen sie sein mag. Auch wenn du das gar nicht willst und SIE erst recht nicht mit ihrer Pillerei. Es ist trotzdem so, da hat der Papst ganz recht: Auch das Glück des Orgasmus ist nichts weiter als ein Biodiktat. Und das haben wir einfach nicht im Griff. Es überwältigt uns. Und außer Sprüchen haben wir ihm nichts entgegenzusetzen. Hallelujah!

Mann, wir leben im Zeitalter der künstlichen Intelligenzen! Stellen wir unsere Teile der Computer-Industrie zur Verfügung, und wir sind aus dem Schneider!

Aber ich denke nicht im Traum daran, das zu tun. Lieber lebe ich in Santo Domingo – ausgezogen bis auf die Seele. Und diese Seele will Frauen, denn die Seele des Mannes sitzt im Schwanz, und deshalb muß der Schwanz des Mannes in die Seele der Frau treffen. Für die Liebe ist nur noch Platz in Kindermärchen. Begegnungen sind Kampf, Nichtbegegnungen Harakiri. Und das alles, weil ein paar Millionen Spermatozoiden ihre Heimat verlassen möchten, um sich auf diesen mörderischen Marathon einzulassen, den keiner gewinnen kann, weil sich auch der Sieger den Kopf an der Pille blutig stößt. Nein, das kann doch wohl nicht war sein! Also?

DIESE SCHEISSWELT IST SO VERKOMMEN, DASS AUSSER DER HOFFNUNG AUF EIN STÜCK HAUT UND HALBWEGS EKSTATISCHE DREISSIG MINUTEN KEINE HOFFNUNG MEHR BLEIBT!

Und deshalb ist das alles so wichtig. Und da in Europa – Emanzipation hin oder her – kein Geschlechtspartner bereit ist, auch nur einen Fußbreit von seinen Privilegien abzuweichen, spielen wir immer wieder dasselbe blöde Spiel, aber wenigstens müssen wir so nicht zum Mittelpunkt der Schöpfung werden und diesen Mittelpunkt auch noch zu verbessern suchen. Wenigstens müssen wir so nicht zum Retter der Menschheit werden. Wenigstens müssen wir nur dieses Stück Haut finden – ALSO!«

Carl klappte das Notizbuch zu. In den Nebenhütten hatten sie den Overdrive eingeschaltet. Die Pappwände am Kopf- und Fußende des Bettes kamen ins Schwingen. Carl wurde wieder geil. Er nahm seinen Schwengel in die Hand. Die Stones räumten ihren Platz und ließen Bob Dylan ran. Plötzlich drang Hundegebell von der Straße herauf. Es klang, als hätten sämtliche Köter von Villa Consuelo gleichzeitig losgelegt. Das Gebell steigerte sich zu einem wahren Kläfferorkan. Bob Dylan brach ab. Der Ventilator blieb stehen. Das Licht ging aus. Es war schon wieder so weit: Stromausfall.

Dann geriet das Bett in merkwürdige Schlingerbewegungen. Dann kippten die kleinen Möbel um, die Carl gerade aufgestellt hatte. Dann fiel ein Bild von der Wand.

Der zweite Stoß des Bebens kam runde zwanzig Sekunden später, und jetzt erst erinnerte sich Carl daran, wo er sich befand. Er befand sich in einer Holzhütte auf dem Flachdach eines Steinhauses. Eines baufälligen Steinhauses. Er stürzte zur Tür. Die Tür ging nicht auf. Er rüttelte an ihr. Die Tür hielt. Ana hatte ihn eingeschlossen.

Er ging zum Bett zurück und legte sich wieder hin. Draußen fiel ein Schuß. Die Köter bellten weiter. ›Meinetwegen‹, dachte er. ›Wenn es schon zu Ende gehen soll, dann wenigstens in einer Nacht wie dieser.‹ Trümmer waren schließlich so gut wie jede andere Todesursache. Dann eben Trümmer. In den Nebenhütten schienen sie ähnlich zu denken. Sie hatten den Rhythmus wiedergefunden. Er schlief ein.

Ana kam gegen acht. Ihr Gesicht sah ziemlich zerstört aus, und sie war voll bis unter die Haarwurzeln. Sie pißte in eine Schüssel, spuckte, nieste, spuckte wieder und legte sich zu Carl.

»Ich hab das Zeug mit einer Freundin genommen«, sagte sie. Dann begann sie zu schnarchen.

Carl hätte liebend gerne gewußt, welches Kaliber diese Freundin zwischen den Beinen trug, aber Geheimnisse waren bei Ana gut aufgehoben. Eines immerhin hatte sie ihm klar gemacht: die Zugbrücke, die den Graben zwischen der Welt und ihren Gefühlen überspannte, war noch immer hochgezogen. Und das war wahrscheinlich gut so.

Siebzig

Carl starrte auf den schlafenden Körper neben sich. Ana, dreißig, Mutter eines achtzehnjährigen Sohnes, dienstälteste schwarze Hure von Villa Consuelo, Santo Domingo, Dominikanische Republik – seine Frau. Noch vor ein paar Monaten wäre diese Verbindung ausgeschlossen gewesen. Er fragte sich, wie sich ein Leben so schnell und gründlich verändern konnte. Er fragte sich, hinter was er eigentlich her war. Manchmal hatte er sich im Verdacht, nichts weiter als ein Sexomane zu sein, ein klassischer *dirty old man*, ein Zyniker, dem das Leben davongeschwommen war, der nicht einmal mehr Aids fürchtete. Aber dann erinnerte er sich an die Tatsachen: er hatte eine Existenz aufgegeben, um eine wirkliche Frau zu finden. Gefunden hatte er diese Hure. Was machte das für einen Sinn?

Er erinnerte sich an das Bild der Frau, das in Europa in ihm gewachsen war. Ein Zerrbild. Ein Bild ohne Geheimnis. Ein Bild ohne Tiefe und ohne Höhe. Die vierte Dimension fehlte, die weibliche. Aber hier unter den Frauen der Duarte, in den Umarmungen Beas oder Anas, im zuckenden, rohen, blutigen Fleisch der zum Leben Verurteilten, fand er das Rätsel wieder, das Geheimnis und die vierte Dimension, die der Frau gehört und nur der Frau, und zu der der Mann keinen Zutritt hat, weil er aus Erde gemacht ist und nur aus Erde – ein Adam eben, eine Belanglosigkeit. Die Frau aber machte Gott nicht aus Erde, sondern aus Adams Rippen, denn er wollte sich selbst übertreffen. Er schuf das Geheimnis der vierten Dimension, und vor der Frau, die es bewahrt hat, steht der Mann ergriffen und staunend.

Vor der Frau, die es bewahrt hat, wird er klein, ein kleiner Machomann, und er opfert auf ihrem Altar und bringt ihr Speise und Trank, Fleisch, Blut und Knochen, Hirn und Hoden dar. Er ist zum Macho geworden, weil er erkannt hat, daß ihm etwas gegenübersteht, das er nie begreifen wird, dem er opfern muß, wenn er überleben will, und nur als Mann kann er dieses Opfer bringen. Nur als Mann hat er die Kraft, dieses Rätsel wirklich anzunehmen. Nur als Mann, der ausschließlich auf seine Männlichkeit setzt, behält er seine Würde und kann bestehen.

Carl wünschte nicht, das Geheimnis zu lüften. Er wünschte, in ihm zu leben. Und Ana, die Hure, erfüllte ihm seinen Wunsch. Die Frauen in Europa hatten den Wunsch nicht erfüllt, aber Carl hielt es für ziemlich kurzsichtig, ihnen die Schuld an ihrer Unfähigkeit in die Schuhe zu schieben. Schuld waren allemal die Männer selber – sie hatten die Frauen so gemacht, wie sie heute waren. Sie hatten sie in eine Freiheit entlassen, die sie überforderte, indem sie sich ihnen zu Füßen warfen, um sie ›kämpften‹, sie ›anbeteten‹, ›begehrten‹, ›liebten‹. Folglich kannten sie die Welt nur aus dieser Optik. Sie hatten keinen blassen Schimmer davon, was ein Mann ist, denn sie kannten nur Männer, die sich geschlagen gaben. Und die Männer hatten keinen blassen Schimmer davon, was eine Frau ist – das war Europa. In der einen Hand die Mimose, in der anderen das Messer. Auf die Knie, oder ich schneide dir die Eier weg! Jeder Mann liebte seinen Sack. Jeder kniete. Sie waren einfach albern.

Die vergangene Nacht hatte Carl bewiesen, was er immer vermutet hatte: an den Grenzen des Erträglichen fängt die Wahrheit an. An den Grenzen der Wahrheit fängt das Leben an. Darunter liegt ein Sumpf aus gegenseitiger Verständigung. Alle kommen um in diesem Sumpf, die nicht kompromißlos ihre Nase herausstrecken, ob sie nun Grund unter den Füßen haben oder nicht.

Carl hatte die Nase oben behalten. Er hatte alles riskiert, nichts gewonnen und nichts verloren, aber neben ihm schnarchte Ana. Ihr Schnarchen war die beste Antwort auf alle Fragen.

Einundsiebzig

Trotz dieser Erkenntnisse folgte dem Erdbeben ein Seelenbeben, denn es wollte Carl nicht gelingen, Anas dreisten Ausflug in der Nacht der vollkommenen Liebe zu vergessen. Sie hatte ihn in Lebensgefahr gebracht. Außerdem hatte sie kaum einen Zweifel daran gelassen, daß es in ihrem Leben einen anderen Mann gab, einen, der als Geschenk empfing, was Carl sich kaufte. Siegfrieds Schulter war getroffen, und Carl fand sich in Schwierigkeiten. Der alte Carl, wieder auferstanden von den Toten, grinste höhnisch.

›Ich hab's ja gewußt‹, sagte er, ›hab ich dir nicht immer gesagt, daß du nicht Mannes genug bist, um es mit einer Frau diesen Kalibers aufzunehmen? Jetzt frißt dich die Eifersucht – und zu recht. Was diese Ana an dir liebt, sind deine Dollars und sonst nichts. Wenn du auch nur über das lebensnotwendige Minimum an Stolz verfügen würdest, hättest du sie längst in den Wind geschossen!‹

Der neue Carl wehrte sich nach Kräften, denn er hatte volles Verständnis dafür, daß eine Frau wie Ana nicht ausschließlich ihren Freiern zur Verfügung stand. Im übrigen war das Geschäft, das sie ihm anbot, ein fairer Handel: sie bediente sich aus seiner Hosentasche und zahlte zurück mit heißen Nächten, mit wilder Lebensfreude und mit Schutz. Mehr konnte mann nicht verlangen.

Mit dem Vorschlaghammer dieser Logik brachte er den alten Carl ein weiteres Mal zum Schweigen. Nach einer Woche hatte er den Vorfall verdaut und kehrte ins *Candíl* zurück.

Sie tanzte zu einer dieser langsamen, weinerlichen, lateinamerikanischen Schnulzen. Sie hatte die Arme um den

Nacken des Kerls gelegt und die Augen geschlossen. Ihr Oberschenkel massierte die Weichteile des Kerls. Der Oberschenkel des Kerls hatte sich zwischen ihren Beinen verloren. Der Kerl trug ein Goldkettchen um den Hals und eine Menge Ringe an den Fingern. Er steckte in schwarzen Stiefeln mit hohen Absätzen, Blue Jeans und einem weißen Hemd. Das Hemd beulte sich über der Hose an der Stelle, wo es den Revolver verbarg. Ein Sombrero beschattete sein Gesicht und ließ nur einen schwarzen Schnurrbart erkennen. Soweit Carl es sehen konnte, besorgten es sich die beiden gut und gründlich.

Er setzte sich und bestellte zur Abwechslung ein Bier. Dieser Revolver gefiel ihm nicht. Im Augenblick gefiel ihm überhaupt nichts. Es war nicht angezeigt, sich in einer Rumflasche zu ertränken.

Als die Schnulze zu Ende war, kamen die beiden an seinem Tisch vorbei. Ana würdigte ihn keines Blickes. Das Hemd des Kerls beulte sich jetzt auch vorn. Ana legte die Hand auf seinen Oberschenkel. Ihr Bauch und ihre Hüften bewegten sich im Takt der nächsten Platte, sie sang, sie lachte, sie brüllte dem Kerl Worte ins Ohr. Auch der Kerl lachte. Er schaute Carl abschätzend aus kleinen, dunklen Äuglein an und lachte erneut. Ana hieb ihm die Faust in die Seite. Sie stand auf, redete mit einem der anderen Mädchen und winkte den Kerl zum nächsten Tanz in den Nebenraum.

»Du sollst im Hotel auf sie warten«, sagte das andere Mädchen. Carl zahlte sein Bier und ging hinaus in die Nacht. Seit kurzem wohnte er im Hotel *Siglo 20*.

Das *Siglo 20* lag einen knappen Block vom *Candíl* entfernt. Carl setzte sich in die Hotelbar und behielt den Eingang der Pinte im Auge. Er hatte Ana mit vielen Männern gesehen. Er hatte gelernt, damit zu leben, aber heute spielte sich etwas ab, was sie ihm noch nicht vorgeführt hatte.

Der Kerl da drin würde sie abschleppen und ins Delirium tremens ficken, und wenn sie ihm wirklich so gut gefiel, wie es den Anschein hatte, würde er ihr ein großzügiges

Angebot für das nächste Vierteljahr machen. Danach würde es aus sein mit der Idylle zwischen dem Gringo und der Hure, denn nach den Gesetzen des Marktes hatte Ana in diesem Fall den Besitzer zu wechseln. Carl überraschte sich selber: er machte sich Sorgen.

Sie kamen Hand in Hand heraus. Carl trat auf die Straße hinaus. Statt zu schießen, verschwand der Kerl wie der Blitz. Ana legte die Arme um Carls Hals und küßte ihn innig. Sie ergriff seine Hand und zog ihn Richtung Hotel. Sie wechselten kein Wort.

Erst als die Zimmertür ins Schloß gefallen war, fragte Carl: »Und?«

»Und was?«

»Bist du wirklich schon frei?«

»Natürlich bin ich frei.«

»Und er?«

»Er? Vergiß ihn! Das ist ein Jugendfreund von mir.«

Carl zuckte die Achseln, ging ins Bad und wusch sich die Hände.

Als er ins Zimmer zurückkam, war sie verschwunden. Auf dem Bett lag ein Zettel: »Warte auf mich! Bin gleich zurück!«

Sie erschien nach anderthalb Stunden. Sie hatte ganz plötzlich Hunger bekommen, unwiderstehlichen Hunger. Sie war Spaghetti essen gegangen. Leider lag das Restaurant ziemlich weit weg. Dann hatte es auch lange gedauert, bis die Bedienung die Spaghetti endlich brachte. Während der Wartezeit hatte sie ununterbrochen an Carl gedacht. Als das Essen endlich vor ihr stand, hatte sie ein derart schlechtes Gewissen gehabt, daß sie nichts mehr hinunterbrachte. Sie hatte ein Motorradtaxi genommen, und hier war sie. Nein, Hunger hatte sie keinen mehr. Sie war nur noch müde, todmüde. Sie wollte schlafen.

»Willst du mir nicht die wahre Geschichte erzählen?«, fragte Carl.

»Es gibt keine wahre Geschichte«, lautete die rätselhafte Antwort.

Sie zog sich aus und legte sich ins Bett. Sie roch frisch geduscht, und ihr Haar war noch feucht. Sie war zu müde, um Liebe zu machen. Sie war zu müde für alles. Sie hatte hart gearbeitet. Sie brauchte ihren Schlaf. Sie schlief.

Zweiundsiebzig

Belgica pflegte sich zu Carl auf das Bett zu setzen und ihm die spanischen Namen der menschlichen Körperteile zu nennen. Sie trug einen winzigen schwarzen BH, und das Schwarz machte sich gut auf ihrer milchkaffeefarbenen Haut. Außerdem ließ der BH einen Teil der Brustwarzen frei. Ein offenbar maßgeschneidertes Höschen verdeckte mit Mühe ihren Busch. Belgica war sechzehn, Fotomodell, Mannequin und Freundin von Sara. Sara war siebzehn, Fotomodell, Mannequin und Belgicas Genossin in Zimmer 8 des *Siglo 20*. Während des täglichen Spanischunterrichts pflegte sie sich zu waschen. Gewöhnlich vergaß sie, die Tür zum Bad zuzumachen. Carl empfand die Unterrichtsstunden als ziemlich anstrengend. Er selbst bewohnte Zimmer 6 schräg gegenüber. Er verfügte über ein eigenes Bad, Tisch, Stuhl, Schrank, Bett und einen Fernseher. Getränke gab es unten in der Bar zu vernünftigen Preisen, und schließlich rückte Fermin, der Besitzer, sogar einen Ventilator heraus. Es fehlten nur noch zwei Spiegel – einer hinter der Schreibmaschine und einer über dem Bett.

Es war ein nettes, ruhiges Zimmerchen, genau das, was Carl die ganze Zeit gesucht hatte. Das Fenster führte auf einen verlassenen Hinterhof mit einem Rasenstück und zwei Bäumen, und hinter den Bäumen lag ein verfallenes Fabrikgebäude, das eine Trompetenschule beherbergte. Von morgens bis abends standen irgendwelche Trompeter auf dem Rasen oder unter den Bäumen und bliesen Tonleitern oder Cole-Porter-Stücke oder Fetzen der gerade gängigen Merengues. Carl empfand sie als inspirierend. Er würde ihnen per Schreibmaschine antworten. Es sei denn …

»Fermin, wie steht es mit dem Strom?«, hatte Carl am ersten Tag gefragt.

Fermin, ein Spanier in Carls Alter, hatte ein etwas verhärtetes Jean-Marais-Gesicht, milchblaue Augen und welliges graues Haar. Er sah aus, als habe er noch nie etwas anderes als Kokain zu sich genommen. Er fuhr einen dicken Schlitten und roch nach Dollars. So wie ein vernünftiger Mensch Richard Nixon keinen Gebrauchtwagen abgekauft hätte, so würde ein vernünftiger Mensch Fermin kein Hotelzimmer abnehmen. Carl war kein vernünftiger Mensch.

»Strom ist kein Problem«, sagte Fermin und lächelte treuherzig. »Der Generator da draußen ist meiner.«

Er zeigte auf die Straße. Auf der Straße stand ein neuer Generator.

»Und Wasser?«

»Wasser? Das *Siglo 20* hat soviel Wasser, daß ich die Hälfte davon verschenken könnte.«

Carl bezahlte eine Monatsmiete und bezog Zimmer 6 im dritten Stock. Den ersten Schrecken jagte im Belgica ein, als sie ihm nur mit einem Taschentuch bekleidet im Gang entgegenkam. Der zweite Schlag traf ihn, als er eine halbe Seite geschrieben hatte: der Ventilator blieb stehen, Carl rannte in die Bar hinunter.

»Fermin, der Strom ist weg.«

»Ich weiß«, sagte Fermin.

»Und der Generator?«

»Läuft.«

»Und weshalb arbeitet mein Ventilator nicht?«

»Weil der Generator nur die Bar versorgt.«

»Geh zum Teufel!« brummte Carl auf Deutsch.

Er stieg zurück in den dritten Stock. Schließlich blieb ihm die Dusche. Wenn er alle zehn Minuten kalt duschte, würde er auch ohne Ventilator schreiben können. Er zog sich aus, ging ins Bad und drehte den Hahn auf. Die Dusche rülpste, hustete, schnaufte und stöhnte. Dann schwieg sie wieder.

Carl rannte zurück in die Bar. Fermin war weg. Fermin blieb gewöhnlich bis spät in die Nacht weg. Hinter der Theke stand eine Dame, die schon bessere Zeiten gesehen hatte.

»Ich möchte duschen«, sagte Carl.

»Das geht jetzt nicht. Fermin hat den Schlüssel. Fermin ist nicht da.«

»Was für einen Schlüssel denn?«

»Den Schlüssel zum Wasser natürlich. Den Pumpenschlüssel.«

Es stellte sich heraus, daß Fermin den Hotelgästen täglich zweimal dreißig Minuten Wasser gönnte. Da er ständig geschäftlich unterwegs war, gab es keine festen Zeiten. Die einzige Möglichkeit, sich zu duschen, bestand darin, in der Bar auf Fermin zu warten und sich vollaufen zu lassen.

Im dritten Stock wohnten neun Mädchen, die allesamt irgendwelchen erotischen Beschäftigungen nachgingen. Es gab Mannequins und Strichliesen, Tänzerinnen, Stripperinnen, Fotomodelle und Bedienungen, die in Kneipen wie dem *Candíl* arbeiteten. Die meisten benutzten den gemeinschaftlichen Dusch- und Waschraum, wenn Fermin eine halbe Stunde Wasser genehmigte. Gewöhnlich rannten sie nackt aus den Zimmern ins Bad und zurück. Dazu lachten und kicherten sie, warfen einen kurzen Blick durch die offene Tür in Carls Zimmer und widmeten sich schließlich wieder dem unablässigen Strom männlicher Besucher, die den dritten Stock des *Siglo 20* aufsuchten. Zeigte sich die Regierung geneigt, dem Stadtteil etwas Strom zur Verfügung zu stellen, brach der akustische Krieg aus: in sämtlichen Zimmern brüllten die Radios, jedes auf einem anderen Sender.

Carl hatte eine Kurzgeschichte angefangen. Am dritten Tag im *Siglo 20* warf er die halbe Seite, die er inzwischen zustande gebracht hatte, in den Papierkorb. Am vierten Tag klappte er den Deckel über die Schreibmaschine und verstaute sie ihm Schrank.

Dreiundsiebzig

Der Episode mit dem Revolverhelden folgte süßes Tauwetter, unterbrochen nur von vereinzelten Koksstürmen und Rumgewittern. Ana machte sich daran, das zweite der sieben Siegel zu zerbrechen: sie gab Carl das Gefühl, sie verstehe ihn. Wenn er von seiner Schreibkrise sprach, hörte sie ihm zu mit gespitzten Ohren. Sie nickte an den richtigen Stellen, sie tröstete, sie machte Hoffnung. Sie gab sich mütterlich, ohne daß Carl es anfangs bemerkte. Das Siegel splitterte.

Das Band, das die beiden zusammenhielt, wurde straffer. Sie begannen, voneinander abhängig zu sein. Selbst Carls Furunkel schlossen sich. Anas Griffe in seine Hosentasche wurden seltener, obwohl sie demonstrativ auf jede Art von Nebeneinnahmen verzichtete. Zweifellos zwang sie sich zu diesem geschäftsschädigenden Gebaren. Das aber konnte nicht der Sinn der Sache sein, und Carl wäre nicht Carl gewesen, hätte er nicht eines Tages gespürt, wie sie ihn fesselte. Seine Schreibmaschine aber schwieg beharrlich, obwohl er die Hände voller Stoff hatte. Wenn er das Wort nicht zu Papier brachte, konnte er auch nicht in den stillen Wassern trauter Zweisamkeit schwimmen.

Der einzigen Droge beraubt, die ihn zähmte, wilderte er.

Es war einer dieser stromlosen Nachmittage. Carl stromerte durch die Viertel links und rechts der Duarte, durch San Carlos und Villa Francisca, La Claridad und Capotillo bis hinunter nach Simon Bolivar. Es gab nichts anderes zu tun. Auch die Rennbahn hatte inzwischen dichtgemacht. Die Wäschereien hatten ebenso aufgegeben wie die Fleischerläden, die Fischgeschäfte und die meisten Lebensmittelläden. Wer seinen Laden noch offen hielt, verkaufte schlecht gewordene Ware. Die Folge waren Massenvergiftungen. An den Kreuzungen standen die Ampeln still. Der Verkehr brach zusammen. *Listín Diario*, die Tageszeitung, machte sich nicht mehr die Mühe, die Zahl der Unfallopfer anzugeben. Die Krankenhäuser quollen über. Die Selbstmordrate stieg sprunghaft an. Es schien eine Frage von Tagen, wann entweder die Revolution ausbrechen oder die Stadt kollabieren würde.

Aber die Radios der Straßenhändler brüllten wie eh und je, und vor den Kaufhäusern heulten die Generatoren. Sie heulten auch vor den Bars. Manchmal stach Carl der Hafer, Ana hin, Ana her. Wie alle geilen alten Säcke hatte er eine Schwäche für junge Mädchen zwischen vierzehn und siebzehn. Bei ihnen konnte er zumindest hoffen, nicht einer Legion, sondern nur einem Bataillon von Schwänzen zu folgen, die schon in ihnen herumgestochert hatten. Außerdem trugen sie in ihren Gesichtern noch Spuren der verlorenen Unschuld. Am längsten hielten sich die Mundwinkel. Die Mundwinkel machten sich erst ab achtzehn auf die Talfahrt des Lebens.

Die *Barra divina* belegte das Erdgeschoß des eindeutig heruntergekommensten Hauses in der ganzen Straße, und die Gestalten, die draußen herumlungerten, wirkten noch eine Spur finsterer als die vor dem *Candíl*. In der Tür kreuzten sich die Schwaden aus dem Dieselgenerator mit denen der Raucher drinnen. Carl ging hinein.

Er war an das rote Schummerlicht des *Candíl* gewöhnt. Hier empfing ihn blaues Schummerlicht. Er erkundete fremdes Terrain. Er unterschied ein paar besetzte Tische, eine Gestalt hinter der Bar und eine Gestalt vor der Bar. Er fühlte sich ein wenig unbehaglich, während er auf sie zusteuerte. Das Gesicht des Bartenders blieb trocken wie die Essener Schriften, als er sich setzte. Er bestellte eine kleine Flasche Rum, öffnete sie, schenkte sich ein und trank. Dann warf er einen Blick auf das Geschöpf an seiner Seite. In seiner Hose wurde es lebendig.

Neben ihm saß eines dieser Mädchen, wie sie nur der Urschlamm der Rassen in der Karibik hervorbringen kann, Tochter eines Mestizen und einer Mulattin vielleicht und durch das Blut einer chinesischen und einer indischen Urgroßmutter zusätzlich verfeinert, keinem Volk mehr zugehörig, ein Kelch, in den Europa, Afrika und Asien Schönheit gegossen hatten.

Das Gesicht, in das Carl blickte, zersprang in zwei grundverschiedene Hälften, deren Kampf es jede Sekunde anders aussehen ließ. Das linke Auge saß etwas höher, das rechte etwas schräger. Der rechte Nasenflügel verkündete bebend, was der linke stoisch leugnete. Selbst die Backenknochen in diesem Gesicht traten verschieden weit hervor. Nur das energische Kinn, der breite, volle Mund und die hohe Stirn unter dem roten Stoppelhaar hielten das Ganze zusammen und erlaubten dem Gegenüber, ein Gesicht zu sehen.

Sie schien sich ihrer Schönheit bewußt. Kein Pinselstrich verunstaltete sie. Noch bewußter schien sie sich allerdings ihres Eidechsenkörpers. Das weiße Hemd klaffte weit auseinander und ließ vollendete goldene Brüste sehen. Den Rest verschlang die Dunkelheit der *Barra Divina*.

»Wir sollten vielleicht vorher etwas trinken«, sagte Carl und legte die Hand auf den bloßen Arm. Ihre Haut schien unter Strom zu stehen. Jedenfalls enthielt sie mehr Strom als das gesamte Netz von Santo Domingo. Sie schaute ihn skeptisch an, dann stimmte erst die eine Gesichtshälfte zu, dann die andere. Sie lächelte. Lächelnd verschmolzen die beiden Hälften.

›So also hat er die Mona Lisa gemalt‹, dachte Carl, dann stellte er für diesen Nachmittag das Denken ein.

Im Bett verwandelte sie sich in eine Mischung aus Fisch, Schlange und Raubkatze. Ihre Geilheit war jung und natürlich, hemmungslos, grenzenlos. Ihr Körper zuckte und wand sich, ihr Mund war überall, ihre Brüste, die plötzlich noch viel – ja, was denn? ja, stürmischer wurden, zitterten wie gepökeltes Fleisch, und ihre Hände brachten Carl so in Fahrt, daß er zuschlug. Er schlug auf diesen jungen, rotgoldenen Arsch, und er schlug mit aller Kraft, und sie lachte dazu ein gurrendes, kehliges Lachen, und dann war es vorbei.

»Warum hast du mich geschlagen?«, fragte sie, die Zigarette im Mund.

»Weil ich dich liebe«, sagte Carl, und er sagte die Wahrheit. Er hatte es schon lange aufgeben, Sex und Liebe schulmeisterlich voneinander zu unterscheiden. Sie waren die zwei Seiten derselben Münze.

Später beim Essen erfuhr er, daß sie Magda hieß, sechzehn Jahre alt war und bei ihrer Mutter wohnte. Sie wollte ihm die Adresse geben.

»Komm ins *Candíl,* wenn du Zeit für mich hast!« sagte er.

Als er selbst spät in der Nacht an Anas Arbeitsplatz aufkreuzte, fand er keine Spur von ihr. Sie war die ganze Nacht nicht dagewesen. Das Tauwetter war zu Ende.

Vierundsiebzig

Zündstoff hatte sich angesammelt, genug, um sich eine ganze Woche die Hölle heißzumachen. Sie sparten sich die Mühe. Im Widerstreit zwischen Anas angeschlagenem Stolz und ihren materiellen Bedürfnissen siegte der Dollar. Außerdem hatte sie selber genug Dreck am Stecken. Carl hingegen tröstete sich mit dem Gedanken, daß eine treue, mütterliche Ana nur noch der Schatten ihrer selbst sein würde. Ihr Feuer mußte lodern. Hielt sie es klein, erlosch es. Eifersucht war schließlich das Salz der Liebe – solange niemand die Suppe versalzte. Ana dosierte geschickt. Sie kannte ihre Männer, und sie wußte, wieviel sie ihnen zumuten konnte. Überschritt sie die Schmerzgrenze, so tat sie diesen Schritt mit voller Absicht. Bisher hatte sie ihn vermieden.

Als Magda eines Abends mit den geblähten Segeln ihrer Jugend und im kürzesten Rock von Santo Domingo im *Candíl* einlief, hatten die Buschtrommeln der Duarte Ana längst darüber aufgeklärt, wer da in die Höhle der Löwin kam. Sie ließ sich nicht dazu herab, das Küken mißbilligend anzusehen oder mit Verachtung zu strafen. Sie bediente Magda mit stoischem Hochmut. Sie brachte ihr Bier, wischte das Kondenswasser von ihrem Tisch, säuberte den Aschenbecher und verzog dabei keine Miene. Sie behandelte sie wie jede andere ihrer Untertaninnen, nur eine Spur höflicher, eine Spur formvollendeter, eine Spur ironischer.

Als Magda die Demütigung endlich bewußt wurde, hatte sie längst keine Karte mehr in der Hand. Müde ging sie hinaus auf die Straße. Carl folgte ihr. In ihren Augen standen Tränen. Er nahm sie mit ins Hotel, aber es war nicht wie beim ersten Mal. Ana hatte das Feuer brutal erstickt. Magda kam nie wieder ins *Candíl*, und Carl sah sie nie wieder.

Als er zurückkam, erfuhr er, daß ein Freier Anas Salida bezahlt und sie zum Essen eingeladen hatte. Sie würde in einer Stunde zurück sein. Er solle auf sie warten.

Er wartete. Er wartete halbherzig, aber er wartete. Er vermutete, sie würde ihn hier sitzen lassen, bis er so schwarz war wie sie selbst. Schließlich hatte er ihren Tempel geschändet. Schließlich hatte er Wasser in den Wein ihres leichten Sieges über Magda geschüttet, indem er diese letzte, überflüssige Nummer geschoben hatte. Auch Rache war ein Gefühl, das man genießen konnte. Carl wartete dennoch.

Eine halbe Stunde später stürmte sie herein wie ein Komet mit einem goldenen Schweif. Sie war glänzender Laune, sie tanzte im Sitzen, sie warf die Arme in die Luft, sie sang, sie lachte. Sie war stocknüchtern, und sie blieb es bis zum Morgengrauen, als sie lächelnd an Carls Seite einschlief.

Als er gegen Mittag erwachte, stellte er den Fernseher an. Irgend jemand mußte dem *Siglo 20* Strom geschenkt haben: auf der Mattscheibe erschien ein Bild. Sie brachten Nachrichten. *Gilbert*, der Taifun des Jahrhunderts, nahm Kurs auf Santo Domingo.

Fünfundsiebzig

Es war Dienstag, Anas freier Tag. Am Abend würde sie Carl eine Freundin vorstellen. Die Freundin arbeitete in einer Bar in der Americo Lugo, nicht weit vom Friedhof. Die Freundin würde ihm gefallen. Außerdem brauchte sie dringend Geld. Sie hatte ein Baby und wußte nicht, wer der Vater war.

»Um zehn im *Candíl*!«

Aufgeräumt und liebevoll drückte Ana Carls Eier und verschwand. Magda schien sie ebensowenig zu beeindrucken wie *Gilbert*, aber Carl kannte ihren Stolz. Er traute dem Frieden nicht. Dieser Friede hatte ebenso wie das Traumwetter draußen zu viel von der Ruhe vor dem Sturm an sich. Ana hatte seine Seitensprünge bisher kassiert wie ein guter Boxer die linke Gerade eines schwachen Gegners: als lästige, aber harmlose Stichelei. Daß er Magda ins *Candíl* bestellt hatte, glich dagegen einem Tiefschlag. Carl wartete auf die Rechnung. Einiges deutete darauf hin, daß Ana ihn mit dieser Freundin zu verkuppeln beabsichtigte. Er konnte sich nicht vorstellen, daß die Rechnung in einem Geschenk bestehen sollte. Nein, ihm schwante nichts Gutes. Und *Gilbert* näherte sich mit einer Windgeschwindigkeit von knapp zweihundert Stundenkilometern. Carl wurde den Gedanken nicht los, daß es besser war, sich für die kommende Nacht ein wenig aufzumöbeln. Er besuchte Belgica.

»Vaina, cuca, pupusa«, sagte Belgica und zeigte zwischen ihre goldenen Schenkel. Sara duschte. Carl deutete auf ihr wonniges Hinterteil.

»Culo«, sagte Belgica. Carl schrieb das auf. Belgica

packte seinen Sack. »Huevos.« Sie wechselte den Griff: »Verga.«

Sie befeuchtete die Lippen mit ihrer Zunge und steckte den Daumen in den Mund.

»Mamar?«

Carl hob fragend die Augenbraue.

»Dos cientos Pesos«, sagte Belgica und kicherte.

»Du spinnst«, antwortete Carl und ging in Zimmer 6 zurück. Drunten auf dem Rasen übten die Trompeter. Einer blies ›Devora mi otra vez‹, Beas Lied. Es war einfach gewesen mit Bea. Sie war für eine Stunde ins Hotel gekommen, und dann war sie wieder verschwunden. Ana verschwand nicht. Selbst wenn sie körperlich nicht anwesend war, geisterte sie in ihm herum.

Er holte die Maschine aus dem Schrank und spannte ein Blatt ein. Wunderbarerweise drehte sich der Ventilator noch immer.

»Wunderbarerweise dreht sich der Ventilator noch immer«, schrieb Carl. »Er steht unter derselben elektrischen Spannung wie ich, nur die Quellen, die uns speisen, sind verschieden. Er bekommt seinen Strom vom staatlichen Elektrizitätswerk. Meinen liefert Ana. Ana ist zuverlässiger.«

Der Ventilator blieb stehen. Carl brach der Schweiß aus. Er zerknüllte das Blatt und warf es in den Papierkorb. Er erschlug zwei Moskitos und packte die Maschine weg. Den Rest des Tages verbrachte er zwischen gesichtslosen US-Plastiktouristen in der Zona Colonial. Am Abend fühlte er sich gerüstet.

Ana erschien Punkt zehn im *Candíl*, offenbar in der Stimmung, Bäume auszureißen. Sie steckte in roten Hot Pants und einer dieser schulterfreien Blusen, die nach Flamenco duften. Ihre Beine hielten, was der Hals versprach, und die hochroten, feuchten Lippen bestätigten die Information: ihr Fleisch stand in Flammen. Wehe dem Mann, der sich auf ein Spiel einließ! Er würde sich nicht nur die Finger verbrennen.

Ein Bier später ging sie mit Carl durch ein Gewirr von Straßen und Gassen. Menschenleer lagen sie in der Nacht. Ab und zu führte der Weg an einem Kaufhaus vorbei, in dem ein Generator röhrte. Dann fielen Pfützen von Licht auf die Straße. Im Südosten zuckten Blitze, die Vorboten *Gilberts*. Nach einer knappen Stunde erreichten sie die Spelunke *La Sangre de Carmen, Carmens Blut*. In *Carmens Blut* arbeitete Ines.

Ines entpuppte sich als kleine, samthäutige Mestizin mit dem Temperament eines drei Tage alten Zickleins. Sie hüpfte von hier nach da und von da nach hier, setzte sich bald an diesen, bald an jenen Tisch, rannte von der Tanzfläche zur Bar, von der Bar auf die Straße und von der Straße wieder auf die Tanzfläche. Dabei glühten ihre Bäcklein, ihre Brüstchen hüpften, und die schwarzen Locken wirbelten wie Schlangen um ihren Kopf. Ana war für sie eine Göttin, und sie war aus dem Himmel in *Carmens Blut* herabgestiegen, um die Opfergaben abzuholen. Carl mußte eine Art Übermann sein, ein Halbgott von der Sorte, wie nur Europa und die USA sie hervorbrachten, einer mit einem riesigen, dollargeschmückten Schwanz und dazu dem Herzen eines Franziskanermönchs.

Zweieinhalb Flaschen lang ging alles gut. Ana hatte eine Menge Freunde hier drin, sie tanzte mal mit dem einen, mal mit dem anderen, und jedem einzelnen setzte sie zu. Carl tanzte mit Ines. Ines hatte noch einiges zu lernen.

Gegen halb eins verlangte die Göttin die erste Gabe: sie hatte Hunger. Alle Welt hatte Hunger. Jemand ging raus, kam mit Spaghetti und gebratenen Hühnern zurück – für sie und alle ihre Freunde.

Carl erinnerte sich, daß heute für ihn Zahltag war. Ana strickte offenbar bereits an seiner Rechnung.

Später, als alle schon ziemlich hinüber waren, ging an

einem der Tische der Rum aus. An dem Tisch saßen zwei von Anas Freunden, die leider abgebrannt waren. Es handelte sich um *gute* Freunde, und sie hatten schon viel für Ana getan. Carl bestellte. Schließlich war er der Gringo. Einen Tanz später kehrte Ana nicht mehr an seinen Tisch zurück. Sie setzte sich zu den beiden *guten* Freunden, und von da an tanzte sie nur noch mit den größeren der beiden. Gegen drei leerte sich *Carmens Blut*. Es gab noch eine kurze Schlägerei im Eingang, ein paar Flaschen flogen ins Innere, Messer wurden gezückt und wieder eingesteckt, dann waren nur noch Ana mit ihren beiden Freunden, Carl und Ines in der Bar.

Ana rückte dem Langen inzwischen unmißverständlich auf den Pelz. Sie massierte seinen Schwanz, sie biß ihn in die Ohren, sie fuhr mit ihren schmalen Fingern durch sein fettiges, schwarzes Haar. Hin und wieder bedachte sie Carl mit einem tiefen, rätselhaften Blick, dann machte sie weiter. Sie hatte beschlossen, die Schmerzgrenze zu überschreiten. Ihr Herz war kalt und hart geworden wie ein Diamant. Kaltblütig arbeiteten ihre Hände, ihre Schenkel, ihr Mund. Sie übte ihren Beruf aus, aber dieser schlacksige junge Mann war kein Kunde. Er trank Carls Rum und war drauf und dran, vor seinen Augen seine Frau zu vernaschen. Dies war eine Kriegserklärung. ›Das war's dann wohl‹, dachte Carl und ging auf's Clo. Während er brunzte, fühlte er etwas in sich reißen.

›Wachstumsprozesse‹, dachte er. ›Schließlich häute ich mich.‹ Als er in die Kneipe zurückkam, war er allein mit Ines.

In diesem Augenblick erreichten *Gilberts* Ausläufer Santo Domingo. Während Wasserwände vom Himmel fielen, krachten Donnerschläge, die selbst den letzten Merengue in *Carmens Blut* noch übertönten. Carl bewunderte die Regie und zahlte die Rechnung. Ines schaute erwartungsvoll.

»Ruf ein Taxi!«

Sie lächelte.

»Um diese Zeit und bei diesem Wetter kommt kein Taxi hierher, mein Schatz.«

So hatten sie sich das also gedacht: Rache für Magda und ein Almosen für die arme Ines – zwei Fliegen mit einer Klappe. Aber den zweiten Teil der Rechnung hatten sie ohne Carl gemacht. Er würde sich um diese Ines kümmern, aber den Zeitpunkt würde er selber bestimmen. Er war kein Fußball. Er ließ sich nicht in der Gegend herumkicken.

»Wie komme ich zum *Siglo 20*?«

»Du willst zu Fuß gehen?«

»Wenn du kein Taxi auftreibst, gehe ich zu Fuß.«

»Aber du kannst bei mir schlafen, mein Schatz!«

»Vergiß es! Wie komme ich zum *Siglo 20*?«

Sie biß sich in die Lippen. Ihre Samtaugen wurden feucht, aber sie sagte tapfer: »Fünf Querstraßen links runter, dann sieben Querstraßen nach rechts.«

Carl ließ sie stehen und ging hinaus auf die Straße. Eine Sekunde später hatte er keinen trockenen Faden mehr am Leib. Rings um ihn zuckten Blitze, und die Donnerschläge krachten unmittelbar neben seinen Ohren. *Gilbert* war da. In wenigen Stunden würde sein *Auge* die Stadt erreichen. Es war höchste Zeit, sich in Sicherheit zu bringen. Er schaffte die ersten drei Blocks ohne Mühe, dann kam er in ein Viertel mit ungeteerten Straßen. Die Dunkelheit war undurchdringlich geworden. Nur Blitze wiesen den Weg. Die Straßen hatten sich in Flüsse verwandelt, und das Wasser stieg weiter. Vor kurzer Zeit hatte es Carl bis zum Knöchel gereicht. Jetzt floß es um seine Knie. Er kämpfte sich vorwärts. Das Wasser roch faulig. Tote Ratten schwammen darin, vergammeltes Gemüse – der ganze Müll des Viertels war unterwegs. Carl hatte keine Ahnung, wo er sich befand, ob er noch die Richtung hielt, wie weit er gekommen war. Ein paarmal trat er in Löcher, fiel und schwamm ein

Stück. Es ging offenbar leicht bergauf. Der Müllfluß kam ihm entgegen.

Stunden vergingen so. Als eine graue, unheilverkündende Dämmerung den östlichen Himmel aufhellte, spülte der Müll ihn in die Duarte. Eine halbe Stunde später ließ er Fermin wecken und verlangte zu duschen.

Sechsundsiebzig

›Was hat euch alle in die Zeit gescheucht? Was hat euch alle in eure Körper gescheucht?‹

Burroughs schrieb das, der große alte Mann. Carls Wunde brannte, und er fühlte sich bemüßigt, Burroughs Fragen seine eigenen hinzuzufügen: Warum wird aus der Zeit dieser zähe Brei, den nur noch der Laserstrahl der Ekstase durchdringt? Warum wird der Körper zu einer Kammer der Schmerzen statt zu einem Kabinett der Lüste? Was hat es euch geholfen, daß ihr keine Gefahren gescheut habt, ihr Burroughs, Ginsbergs, Kerouacs, Baudelaires und Villons, ihr Hipster und Jipster? Hattet ihr einen besseren Tod vor euch deshalb? Habt ihr euch so lange vollgepumpt, bis ihr an die Wiedergeburt glauben konntet? Oder an diese Betriebsnudel namens Gott? Oder dieses schreckliche Altersheim namens Paradies? Wenn es so war, dann habt ihr verloren, denn dann habt ihr einfach nur Todesangst gehabt und wolltet sie loswerden. Dafür kann man schon mal riskieren zu sterben, klar.

Auf dem Stein der Weisen steht vermutlich, daß der Sinn nur so lange einer ist – wie er uns verborgen bleibt. Kümmern wir uns also um die Leiden der Menschheit, das lenkt ab, klingt ehrlich und verkauft sich gut! Wozu weiter in den eigenen Abgründen herumstochern wie Rindfleischfresser in den Zähnen?

Aber wir sind ja Schriftsteller. Wir haben es *gesagt*! Wir haben es *zu Papier gebracht*! Un bel' niente, sagt man in Italien. Wir haben auf's Papier gewichst, und jetzt schnuppern wir mit verklärten Gesichtern an der rechten unteren Ecke, wo sich das Ausrufezeichen befindet. Wir gehen uns selbst auf den Leim. Wir pinkeln den Mächtigen ans Hosenbein und denken, wir hätten etwas *getan*. Wir haben nichts getan. Wir haben gepinkelt.

Aber ich verstehe euch. Ihr wißt nichts von diesem leicht schleimigen Gefühl namens Liebe, weil ihr stark seid, und dieses Gefühl wird aus Schwäche geboren. Es ist auch nur der soundsovielte Bluff an einem Pokerabend. Nun gut, ihr habt's vermutlich inzwischen hinter euch. Im Besitz irgendeiner schlampigen Gewißheit dämmert ihr den letzten Wochen entgegen und lebt von den Zinsen. Ihr habt mir mal geholfen, das war nett von euch. Leider ist es schon lange her. Jetzt helfe ich mir selber. Ich häute mich, bis nur noch Fleisch meine Knochen bedeckt, denn das Fleisch versteht: Frauen müssen unbarmherzig sein und es zeigen.

Siebenundsiebzig

Nach *Gilberts* Durchzug stieg das Stromdefizit Santo Domingos auf 450000 von 700000 täglich benötigten Kilowattstunden an, und der Löwenanteil der Restproduktion floß in die Industrie, die großen Hotels und die Wohngebiete der Reichen. In der Duarte, in Villa Consuelo und den anderen Elendsvierteln verschärfte sich der Notstand. Wasser wurde mehr denn je zu einem Luxusartikel. Die höhergelegenen Stadtteile bekamen überhaupt nichts mehr ab, aber endlich hatte die Regierung eine Ausrede: *Gilbert* war schuld.

Auch Fermin nutzte die Gelegenheit: eine der beiden halben Wasserstunden wurde ersatzlos gestrichen. Carls Furunkel brachen wieder auf. Wieder faulte er vor sich hin.

Auch in seinem Inneren hatte die Sturmnacht einiges angerichtet. Auf Anas Schachzug reagierte er heftiger, als er befürchtet hatte. Er zog sich eine Erkältung zu. Er riß beim oralen Verkehr mit Doris aus der namenlosen Bar das Maul zu weit auf, und seine Mundwinkel bedeckten sich mit Schorf. Er stolperte in eines dieser Löcher, die die Gehwege so abwechslungsreich gestalteten, und verstauchte sich den Knöchel. Er kam sich ohnmächtig, klein und widerwärtig vor. Er sah kein Land mehr. Er rannte durch die Straßen Santo Domingos wie ein Spielzeugauto auf der Suche nach der letzten Tankstelle. Worauf er schließlich stieß, war nicht die Tankstelle. Er stieß auf Anas Unschuld.

Ja, sie verkaufte ihren Arsch. Ihr Herz verkaufte sie nicht. Sie verlieh es nicht einmal. Ihr Stolz hielt stand. Carl hatte die Festung zu stürmen versucht, Ana hatte sie verteidigt. Sie hatten sich nichts geschenkt in dieser Auseinandersetzung. Im übrigen hatte sie ihn gewarnt: Ich habe einen Abgrund für dich, hatte ihr Blick in jener ersten Nacht im *Candíl* gesagt. Carl war gesprungen, und er war keineswegs wider besseres Wissen gesprungen. Jetzt hatte er sich die Knochen gebrochen. Nein, er konnte Ana keinen Vorwurf machen. Aber ebensowenig war er scharf auf weitere Wunden: seit ihrer Flucht aus *Carmens Blut* ging er ihr aus dem Weg.

Schließlich erreichte ihn das Auge seines Sturms und stellte ihn still. Er lernte, sich mitten im Chaos der Duarte zu konzentrieren und verbrachte die Vormittage in einer winzigen Cafeteria nicht weit vom *Bulova*. Dort versteckte er sich und kritzelte sein Notizbuch voll. Nachmittags lernte er bei Belgica Anatomie und Spanisch. Gegen Abend schlenderte er hinunter in die Zona Colonial, genehmigte sich ein gutes Essen und eine teure Flasche Wein, stellte fest, daß seine Tage in Santo Domingo auf diese Weise mit Sicherheit gezählt waren, verdrängte diesen Gedanken, kehrte zurück ins *Siglo 20* und schlief den Schlaf der Ungerechten.

Einmal begegenete ihm Ana. Grußlos gingen sie aneinander vorbei. Zwei Tage später verließ ihn das Auge des Sturms, und seine Rückseite wehte ihn nach Klein-Haiti.

Die Haitianer bewohnten ein verkommenes Viertel hinter dem Zentralmarkt an der Grenze der Zona Colonial. Die meisten von ihnen waren vor der Gewalt in Haiti geflohen, vor den Tonton Macoutes, vor den Militärputschs und Staatstreichen, vor dem Erbe Baby Doc's. Einige hielten sich über Wasser, indem sie Schmuggelwege austüftelten. Andere versuchten, die haitianische naive Malerei an den Mann zu bringen. Wer eine Tochter oder Frau mitgebracht hatte, schickte sie auf den Strich. Sie alle vegetierten an der Grenze des Hungertodes. Sie lebten zusammengepfercht auf zwei Straßen in ein paar Pensionen und einigen

Mietshäusern. Alle Welt machte einen Bogen um das Viertel. Carl marschierte mitten hinein.

Er fand ein tiefschwarzes Mädchen mit zugefeilten, in Silber gefaßten Schneidezähnen. Ihr Lächeln glich dem einer Kreissäge, aber sie hatte Verständnis für ihn. Im übrigen war sie selber nicht ganz bei Trost. Sie besorgte ihm potenzfördernde Voodoo-Mittel und organisierte ungefragt Miniorgien zu dritt oder viert. Carl zeigte sich den Anforderungen dieser Sitzungen ohne weiteres gewachsen, wenn er vorher einen Tropfen von Esters Zaubersaft auf seine Eichel schmierte. An manchen Tagen erschien er schon am frühen Morgen in Klein-Haiti, um es erst am Abend wieder zu verlassen. In den Pausen schlug er seine Zähne in das Rindfleisch der Straßenverkäufer und spülte es in der Pinte an der Ecke im Kreis kohlefarbener und ausschließlich Patois sprechender Desperados mit Rum hinunter.

Nach wenigen Tagen hatte Carl eine Menge Freunde unter den Haitianern. Die Eltern der jungen Mädchen, die er auf dem Altar seiner Verlassenheit opferte, riefen ihn freundlich zu einem Schwatz über die Straße, denn endlich brachten die Gören was heim. Ana tröpfelte aus seinem Bewußtsein. Er ertränkte jeden Gedanken an sie in Rum und Sperma, und er versagte sich jetzt auch die kleinlichen Racheakte der ersten Tage, als er in der Gewißheit, sie würde es erfahren, noch Villa Consuelo unsicher gemacht hatte.

Sie aus seinen Träumen zu verjagen gelang ihm nicht. Mit der Beharrlichkeit eines Holzwurms nagte sie an seinem Schlaf. Nicht einmal anderthalb Liter Rum konnten sie vertreiben. Nichts war in der Lage, die Gräben zuzuschütten, die die Sturmnacht aufgerissen hatte. Carl wühlte im Dreck, aber außer schmutzigen Händen kam nichts dabei heraus.

Nach zwei Wochen haitianischer Voodoo-Fickerei fühlte

er sich körperlich am Ende. Nicht einmal mehr Esters Zaubersaft brachte seinen Schwengel in eine halbwegs vorzeigbare Form. Der Besitzer des Werkzeugs hatte keinen Saft mehr. Zum Supermann war Carl dann doch nicht geworden bei seiner Häutung.

Die Buschtrommeln verbreiteten die Nachricht bis ins *Candíl.*

Neunundsiebzig

Sie stürmte ins Zimmer, als habe sich nie auch nur die Spur eines Schattens über ihr junges Glück gelegt. Die Tür war kaum ins Schloß gefallen, als sie begann, sich auszuziehen. Carl erwachte aus einem Traum. Soeben war er erschossen worden. Jetzt befand er sich auf dem Weg in die ewigen Jagdgründe. Er fragte sich, was Ana auf diesem Weg zu suchen hatte. Sie legte sich neben ihn, und die Wärme ihres Körpers überzeugte ihn, daß er ausgeträumt hatte. Dies war Wirklichkeit. Er legte die Hand zwischen ihre Beine. Es fühlte sich gut an. Sein Zeigefinger ging auf Entdeckungsreise. Er wünschte, in Erfahrung zu bringen, ob etwas auf dem vertrauten Gelände sich verändert hatte, ob es Verwerfungen gab, Aufbrüche, neue Täler, neue Berge. Als habe er sich verbrannt, zog er seine Hand wieder zurück. Ana war trocken wie die Sahara.

»Halt!« brummte er. »Was soll das?«

»Ich brauche Geld. Du verlangst doch *Liebe* für dein Geld, oder nicht?«

»Da drüben liegt meine Hose. Bediene dich, und laß den Hokuspokus!«

Sie ließ den Hokuspokus, zog sich wieder an und fischte einen Hunderter aus der Hose.

»Ich bin bei keinem Mann mehr gelegen, seit ich dich kenne. Ich habe keinen Centavo angeschafft, seit ich dich kenne. Ich habe Hunger!«

Die Vorstellung war nicht schlecht. In ihren Augen blitzte Zorn, und ihre Lippen bebten. Vermutlich hatte sie tatsächlich Hunger, wenn sie auch sonst eine faustdicke

Lüge aufgetischt hatte. Satt hätte sie sich nie im Leben zu diesem Kniefall herabgelassen.

»Dann iß!«, sagte Carl und drehte sich auf die andere Seite. »Und biete mir nie wieder deine fuckin' pupusa an, wenn du keine Lust dazu hast!«

Sie knallte die Tür zu und klapperte den Gang hinunter. Sie knallte auch die Außentür zu. Carl kehrte in die ewigen Jagdgründe zurück. Vier Stunden später, nachdem die dritte Tasse Kaffee die Nebel aus seinem Hirn gespült hatte, wurde er sich darüber klar, daß er die merkwürdigste Versöhnung seines an derartigen Begebenheiten reichen Lebens hinter sich hatte. Am Abend ging er ins *Candíl*. Nach Mitternacht stellte sich heraus, daß er sich zumindest in einem Punkt geirrt hatte: er verfügte noch über jede Menge Saft. Es kam nur darauf an, wer ihn haben wollte.

Achtundsiebzig

Isabel, die Hausbesitzerin, hatte Stearin aufgetrieben. Im Schatten der drei Hütten auf dem Flachdach des meergrünen Hauses fädelten sie Dochte in winzige Blechnäpfe. Windlichter waren ein gutes Geschäft in Zeiten der Energiekrise. Im Schein eines Windlichtes konnte man wenigstens noch Domino spielen, etwas lesen, kochen, essen, den Abend totschlagen. Wer sich an den stummen Demonstrationen in den Slums beteiligte, trug ein Windlicht. Die Mädchen in der Duarte saßen neben einem Windlicht, das ihre Vorzüge beleuchtete, falls sie welche aufzuweisen hatten. Nichts war in diesen Zeiten in Santo Domingo leichter zu verkaufen als Windlichter.

Isabel brauchte Geld. Ihr Mann saß im Knast. Er war für einen Diebstahl eingefahren, den er nie begangen hatte. Wenn Isabel nicht das Geld für einen guten Anwalt aufbrachte, hatte Juan für die nächsten zwei Jahre keine Chance.

Carl fädelte die Dochte ein und hing seinen Gedanken nach. Er hatte die Bank angerufen. Er hatte ein paar Geschichten verkauft, und die Bank würde ihm Geld schicken. Trotzdem ging es ans Eingemachte, und er sah weiterhin keine Möglichkeit, zu schreiben oder auf andere Weise etwas zu verdienen. Nicht in Santo Domingo in Zeiten der Krise. Nicht einmal mit Ana als seiner Frau. Wenn es so weiterging, würde er demnächst selber Windlichter verkaufen müssen – oder zum Zuhälter werden.

Die Versöhnung mit Ana hatte sich als wirksam und dauerhaft entpuppt. Die Kaiserin des *Candíl* hatte die Segel gestrichen. Der Schlagabtausch war zu Ende, die Zugbrücke heruntergelassen. Der Weg in die Festung stand offen.

Auf der Strecke geblieben war Anas Bild von sich selbst.

Er schaute sie an. Sie steckte in einem hochgeschlossenen Kleid, sie war ungeschminkt, und außer einem einfachen Silberring trug sie keinen Schmuck. Nackt und bloß wirkte ihr Gesicht noch härter, noch bedrohlicher als unter der Kriegsbemalung, die die Arbeit im *Candíl* erforderte. Hölzern wirkte es, ebenhölzern. Und hinter der hohen Stirn kämpften unvereinbare Gedanken miteinander.

»Du kannst bei mir einziehen«, hatte sie vor ein paar Tagen gesagt.

Danach war sie einkaufen gegangen. Als sie zurückkam, hatte sie Carl mit einem mörderischen Blick angesehen und gesagt: »Du kannst selbstverständlich *nicht* bei mir einziehen. Eine wie ich hat keinen Mann.«

Und Carl hätte nicht sagen können, welcher der beiden Sätze ihn mehr erschreckt hatte.

Aus der Wohnung unter dem Dach drang das Weinen eines Kindes. Isabel ging nach unten, um ihr Jüngstes zu stillen. Ana legte die Hand auf Carls Arm. Schmerzhaft drangen die Fingernägel in sein Fleisch. Er ließ den Docht fallen und schaute sie an. Nicht nur das Kind da unten weinte. Auch Ana weinte. Seit langem hatte ihn nichts mehr so überrascht wie diese Tränen. Er kannte sie als eine Frau, die selbst der ausweglosesten Lage noch etwas Erfreuliches abzwingt, die sich jeder Situation stellt, ohne auch nur eine Frage über die Lippen zu bringen. Und jetzt heulte sie Rotz und Wasser!

Er hob ihr Kinn, um die Tränen wegzuküssen, wie er es in schlechten Filmen gelernt hatte. Unwillig schüttelte sie den Kopf, schürzte den Rock und wischte sich die Augen aus. Sie schneuzte in den Saum, ließ Carls Arm los und sagte:

»Es ist Zeit für die Wahrheit. Ich bin mit jedem dieser

Männer ins Bett gestiegen, die du mit mir gesehen hast. Ich hatte keine andere Wahl. Ich hatte Schulden bei ihnen, hohe Schulden. Jetzt sind sie bezahlt. Du kannst gehen, wenn du mich nicht mehr willst.«

Die Hausbesitzerin kam zurück. Sie fädelten weiter Dochte ein. Über Santo Domingo wehte ein heißer, trockener Wind. Der Wind spielte mit Anas Haar. Es sah gut aus.

Achtzig

Das Kino lag am Rand der Zona Colonial nicht weit von Klein-Haiti. Sie gingen zu Fuß die ganze lange Duarte hinunter. Ana hatte darauf bestanden. In ihrem Gesicht fanden sich blaue, lila und rote Schatten und Aufhellungen, an den Ohren baumelte das Lapislazuli-Opfer des Dicken, und sie trug ihr auffälligstes Kleid, den glitzernden Silberfetzen. Sie wollte gesehen werden. Hoch erhobenen Hauptes schritt sie neben ihrem Gringo her. Sie genoß die lüsternen Blicke der Männer und die neidischen der Mädchen. Jede wünschte sich einen Gringo. Ein kirre gemachter Gringo bedeutete das Ende der Talfahrt und manchmal sogar die Fahrkarte ins Gelobte Land, die Vereinigten Staaten, wo in den Straßen Dollars, Milch und Honig flossen und man sich nur zu bücken brauchte, um reich zu werden.

Es war schon dunkel. Die Straßenhändler packten ihre Waren ein und räumten die Stände für die Huren. In kleinen Gruppen begannen sie, die Duarte zu übernehmen. »Nata, nata!«, riefen sie den Männern zu, »Sahne, Sahne!« In einer halben Stunde würde hier die Liebe zu blühen beginnen, das letzte Gewächs, das im Sumpf von Santo Domingo noch gedieh.

Ana befand sich in milder, friedlicher Stimmung, wie häufig seit ihrem Geständnis. Sie erzählte von ihrem Sohn in San Pedro de Marcoris, von ihrer Mutter in New York, von den Jazz- und Rockstars, die sie verehrte, von ihrer Kindheit in den Hügeln von San Juan, nicht weit von der haitischen Grenze. Sie hatte den Arm um Carls Hüfte gelegt und hielt in fest, als könne er gestohlen werden. Sie redete und redete. Sie schien los werden zu wollen, was sie seit Jahren niemandem erzählt hatte. Erst an der Kinokasse verstummte sie.

Nach der Vorstellung aßen sie Pizza in der Zona Colonial, schlenderten durch die laue Nacht zurück nach Villa Consuelo und liebten sich lange und bedächtig.

Es war sechs Uhr morgens, als jemand energisch an die Tür klopfte. Mit einem Ruck setzte Ana sich auf und legte Carl die Hand über den Mund.

»Wenn du nicht sofort die verdammte Tür aufmachst, dann trete ich sie kaputt!«

Die Stimme war etwas hoch, aber sie kam zweifelsfrei von einem Mann, und Ana kannte sie. Sie wurde blaß.

»Mach die verdammte Tür auf, sonst kannst du was erleben!«

Er hatte noch nicht zu Ende geredet, da warf er sich gegen die Tür. Beim zweiten Anlauf sprang der Riegel aus dem Holz. Die Tür brach auf. Ana, halb nackt, stürzte zum Eingang.

»Warte!«

»Aha – einen Kerl hast du! Schick ihn weg – sofort! Es gibt wenige Frauen in Santo Domingo, für die ich mich auf den Weg mache.«

Er langte in die Hosentasche und förderte ein Schnappmesser zu Tage. Mit einem leisen ›Klick‹ sauste die Klinge aus dem Griff. Er ritzte Anas nackten Bauch und sagte: »Wenn der Kerl in einer Minute noch hier ist …«

»Er geht ja schon«, sagte Ana und nickte Carl zu. Sie war noch blasser geworden. Ihre Stimme klang belegt. Carl fuhr in die Hosen. Der Junge da draußen mochte um die achtundzwanzig sein. Er trug Stiefel und einen Schnurrbart und sah sehr lateinamerikanisch aus. Er hatte die Figur eines Mittelgewichtsboxers, er hatte dieses Messer auf Anas Bauch gesetzt und schien im Umgang damit geübt, und seine von zwei senkrechten Denkfalten zerteilte Stirn wirkte ausgesprochen niedrig. Auf Anas Bauch erschienen ein paar Blutstropfen. Carl machte, daß er da rauskam.

Einundachtzig

Durch die Hitze, den Lärm, den Staub und inmitten schwarzer Gaswolken ging Carl die Duarte hinunter Richtung *Bulova*. Alle paar Minuten schüttelte ihn ein Hustenanfall, sein verstauchter Knöchel schmerzte noch immer, und die Furunkel blühten leuchtend gelb und rot. Er fragte sich, wieso die anderen alle noch am Leben waren. Er fragte sich, wie lange er selbst noch am Leben bleiben würde, wie lange sein Organismus diesem karibischen Wahnsinn gewachsen wäre, wie lange sein brachliegendes Hirn noch stillhalten würde.

Er war ausgezogen, die Frau zu finden, die ihn durch ihre bloße Gegenwart befähigen würde, zu sagen, was er zu sagen hatte. Er hatte diese Frau gefunden, als er die Suche nach ihr schon aufgegeben hatte, aber jetzt sagte er überhaupt nichts mehr. Santo Domingo war stärker als er. Was weder Guadeloupe noch Dominica geschafft hatten, für Santo Domingo war es ein Leichtes gewesen: die Stadt hatte ihn zum Schweigen gebracht. Es hatte genügt, ihm Wasser und Strom abzudrehen und seinen Körper ein bißchen anzukratzen, und schon war er verstummt.

Er betrat das *Bulova*. Das *Bulova* verkörperte inzwischen so etwas wie eine hoffnungsvolle Vergangenheit für ihn. In den ersten Wochen hier, den Wochen der beginnenden Häutung, waren ihm wenigstens hin und wieder ein paar lesbare Sätze gelungen. Kaum einen Gedanken hatte er auf seine materielle Sicherheit verschwendet. ›Ich werde etwas schreiben, was ich verkaufen kann‹, hatte er sich gesagt. ›Und davon werde ich leben.‹ Es hatte ganz einfach ausgesehen, aber damals hatte sich der Ventilator noch für viele Stunden am Tag gedreht. Jetzt drehte sich überhaupt nichts mehr.

Der Chinese am Empfang bot den gewohnten grauen und mürrischen Anblick. Er sprach weder Spanisch noch Englisch, aber vor ihm lag ein Brief. Carl deutete auf den Brief dann auf sich selbst. Der Chinese schaute ihn an, als habe er nicht mehr alle Tassen im Schrank. Schließlich öffnete sich ein Filzvorhang, und Areli, die Haarige, betrat die Rezeption. Sie war dünn geworden, sie wirkte abgespannt, und das Feuer in ihren bunten Augen war erloschen.

»Nein, Carl, mein Schatz«, sagte sie, »du hast keine Post.«

»Bist du sicher?«

»Ich schaue jeden Tag für dich nach. Nicht ein einziger Brief ist gekommen.«

Vier Monate waren vergangen, seit Carl Gott und der Welt in Europa das *Bulova* als seine feste Adresse angegeben hatte. Er hätte sich die Mühe und das Porto sparen können: postalisch gesehen existierte das *Bulova* überhaupt nicht. Entmutigt trat er den Rückzug an. Er kam sich vor wie ein versprengter Soldat, abgeschnitten von seiner Einheit und mit dem letzten Viertelliter Wasser im Tornister. Und das in Feindesland.

›Weg hier! Du mußt weg hier!‹ sagte eine innere Stimme.

»Und wohin?« fragte Carl laut.

›Auf's Land‹, sagte die innere Stimme. ›In ein Haus am Meer mit Generator und allem drum und dran.‹

»Und wer soll das bezahlen?« fragte Carl.

Die innere Stimme schwieg. Innere Stimmen kümmern sich nicht um's Budget. Trotzdem machte Carl sich auf den langen Weg zur Avenida John Kennedy. In der Avenida John Kennedy gab es eine Firma, die Leihwagen vermietete. Carl suchte ein Gemeinschaftstaxi. Die Gemeinschaftstaxis beförderten auf festgelegten Routen und für ein paar Centavos je sechs bis acht Personen, neben- und übereinander gepfercht wie Säcke. Carl suchte vergeblich. Kein Mensch hier hatte die Absicht, die Avenida John Kennedy aufzusuchen. Dort standen die Paläste der Banken und Versicherungen. Wer mit Banken und Versicherungen zu tun hatte, besaß einen Wagen oder benutzte ein Taxi. Carl ging zu Fuß.

Anderthalb Stunden später empfing er hustend, schweißüberströmt und mit klatschnassem Hemd die Bestätigung für seine Befürchtungen: Leihwagen waren in Santo Domingo nur für die wirklichen Gringos erschwinglich, die mit den dollargeschmückten Schwänzen. Und ohne Wagen bestand nicht die geringste Hoffnung, außerhalb dieser Stadt auch nur eine Hütte zu finden, geschweige denn einen billigen Palast.

Carl trottete zurück. Der Rückweg war lang genug, um sich einzugestehen, daß er täglich schlechtere Karten hatte. Wenn kein Wunder geschah, würde er bald zum letzten Mal durch die Duarte gehen. Wenn kein Wunder geschah, war sein Traum ausgeträumt, aus seinem Leben mit Hilfe einer Frau ein Kunstwerk zu machen. Er fragte sich, wie er Ana beibringen sollte, was die Uhr geschlagen hatte. Und Ana befand sich in den Händen eines Messerhelden.

Zweiundachtzig

Er hieß Manuel, aber in der Unterwelt war er nur als ›Der Hecht‹ bekannt. Er war sechsundzwanzig Jahre alt, und die Kerben im Griff seines Messers verrieten sein Talent: ›Der Hecht‹ arbeitete als Killer. Die Mädchen der Stadt betrachtete er als sein Eigentum. Da sie trotz Krise, Hunger und Not an ihrem Leben hingen, ließen sie ihn gewähren.

Ana hielt er für eines der besten Pferde in seinem Stall. Vor drei Jahren hatte er sich dazu herabgelassen, sechs Monate mit ihr zusammenzuleben. Dann hatte er sie an die schwüle Luft gesetzt. Seither erschien er in unregelmäßigen Abständen auf dem Flachdach, um sein Mütchen zu kühlen. Auch Ana hing an ihrem Leben.

Sie erzählte diese Geschichte aus dem Dschungelbuch der großen Stadt, als berichte sie über eine ganz und gar alltägliche Begebenheit, aber der hochmütige Ausdruck ihres Gesichts sprach eine andere Sprache: sie war verletzt.

Die Kulisse für die Beichte lieferte der *Fliegende Hund,* eines der besseren Etablissements von Villa Consuelo. Der Generator steht ein gutes Stück weit weg, und der Pegel der Musik erlaubt es, sich im *Fliegenden Hund* auf eine Distanz von einem halben Meter verständlich zu machen. Der Rum kostet etwas mehr hier, und Mädchen haben die Gäste selber mitzubringen. Da die meisten der Gäste davon leben, die Söhne ihrer Väter zu sein, treiben sie gewöhnlich blutjunge Feger wie Belgica auf, die bereit sind, für einen Hunderter auf dem Tisch zu strippen oder in der Art Billie Holydays mit der bloßen Möse Geldscheine von einem Stuhl zu klauben.

»Geh'n wir in den *Fliegenden Hund*!« hatte Carl vorgeschlagen, als Ana schließlich – mehr kratzbürstig als aufgekratzt – kurz vor Mitternacht ins Hotel gestürmt war. Seit dem unsanften Erwachen am Morgen war er den Gedanken nicht losgeworden, daß der Messerheld der Mann war, den Ana in der Nacht der vollkommenen Liebe und des Erdbebens besucht hatte. Der *Fliegende Hund* und eine Flasche Champagner würden vielleicht in der Lage sein, ihm Einlaß in die Stahlkammer ihrer Geheimnisse zu verschaffen – auch wenn er aus ökonomischen und Krisengründen das Recht auf einen solchen Versuch bereits so gut wie verloren hatte.

»Er war also dein Lover und dein Zuhälter?« fragte er und legte die Hand zwischen ihre Beine, um ihr die Antwort zu erleichtern. Ihre Möse pulsierte und ihr Kopf nickte.

»Und ist er es immer noch?«

Sie schob seine Hand weg und preßte die Lippen zusammen. Sie griff zum Glas, trank es aus und holte die Hand zurück. Sie zuckte die Achseln, und als Julio Iglesias eine Pause einlegte, sagte sie: »Nicht so, wie du denkst. Aber wenn er Geld verlangt, muß ich es besorgen.«

Sie hatte versucht, ihn abzuwimmeln. Sie hatte die Wohnung gewechselt, um sich zu verstecken. Sie hatte den Schutz ihrer Freunde gesucht. Er hatte sich nicht abwimmeln lassen. Er hatte sie gefunden, wieder und wieder. Die Freunde hatten ihr nicht helfen können. Niemand faßte ›Den Hecht‹ an.

Carl verstand. Er begriff jetzt auch, wie es zu den Schwankungen in Anas Bedarf an Pesos kam. Ja, wenn er mit ihr auf's Land ziehen könnte, wenn er ein Haus, einen Wagen und einen Generator hätte, wenn ...

Es waren müßige Überlegungen. Weder hatte er, noch konnte er – abgesehen davon, daß die Idee auch ihre Schattenseiten hatte: Ana in der Schürze? Trautes Heim, Glück allein? Nein, auch das wäre keine Lösung. Jetzt war es an

Carl, die Lippen zusammenzupressen. Er hatte sein Pulver verschossen. Er konnte ihr nicht helfen. Er konnte kaum sich selber helfen. Er schenkte nach. Mehr zu tun, stand nicht in seiner Macht.

Später fanden sich ein paar lautstarke, protzige junge Männer an der Bar ein. Carl betrachtete sie aus den Augenwinkeln. ›Der Hecht‹ war nicht dabei. Er ging pissen.

Als er zurückkam, hatte sich die Atmosphäre auf merkwürdige Art verändert. Die lauten Burschen waren verschwunden. Auf dem Boden lagen Scherben einer Bierflasche. Die restlichen Gäste starrten stumm in ihre Gläser. Ana stand an der Bar und war in einen Wortwechsel mit dem Barkeeper verstrickt.

»Was ist los?« fragte Carl, als sie an den Tisch zurückkam.

»Nichts«, sagte sie, aber ihre Lippen zitterten. Ein paar Minuten später hatte Carl vergessen, worüber er sich gewunderte hatte. Mehr als alles andere beschäftigte ihn die Sackgasse, in die er geraten war.

Draußen auf der Straße, als sie durch die heiße Nacht auf Anas Kabuff zusteuerten, fand er schließlich den Mut, ihr reinen Wein einzuschenken.

»Wenn kein Wunder geschieht, Ana, kann ich nicht mehr lange hier bleiben. Das Geld geht zu Ende, und in Santo Domingo kann ich keines verdienen. Ich bekomme nicht einmal Post. Seit Wochen schreibe ich kein Wort. Ich muß weg.«

Er spürte, wie ihr Körper steif wurde, und er fragte sich, wieviele Gringos sie auf diese Weise schon verloren hatte.

»Wohin wirst du gehen?« fragte sie nach einem langen Schweigen.

»Ich weiß es nicht. Haiti, Jamaica, Mexiko – ich weiß es nicht. Irgendwohin, wo ich schreiben kann.«

»Nimm mich mit!« flüsterte sie. »Egal wohin.«

Dreiundachtzig

Carl hatte einen weiteren Versuch unternommen, die dominikanischen Hürden in seiner Schriftstellerlaufbahn zu überspringen. Seit Tagen hielt er sich in der stromlosen Zeit in der Hotelbar auf und trank Mineralwasser. Kaum schaltete Fermin den Generator ab, weil die Staatsenergie wieder floß, stürmte er in den dritten Stock und setzte sich an die Schreibmaschine. Viel bewirkte die Methode nicht: in einer Woche hatte er drei Seiten zustande gebracht. Heute morgen war ihm eine weitere gelungen, aber Sekunden, nachdem der Ventilator erneut in den Streik getreten war, fiel der erste Schweißtropfen von seiner Stirn auf das K der Schreibmaschine. Er wischte ihn weg, packte die Maschine in den Schrank und rieb sich mit einem Handtuch trocken. Das Handtuch warf er auf den wachsenden Stapel schmutziger Wäsche in der Ecke. Niemand wusch mehr in Santo Domingo. Wasser war zu kostbar geworden für schmutzige Wäsche. Am Vortag hatte Carl sich einen Satz neuer Kleider kaufen müssen.

Er ging ins Erdgeschoß hinunter und trat hinaus in die brüllende, kochende Stadt. Seine Furunkel schmerzten, und als er die Duarte erreichte, schnürte ihm der erste Hustenanfall die Kehle zu. Die Anfälle wurden täglich schlimmer, denn was er einatmete, hatte mit Luft wenig gemeinsam. Es handelte sich um eine Mischung aus Staub und Auspuffgasen in höchster Konzentration. Ein vernünftiger Mensch ging nur noch mit einem auf Mund und Nase gepreßten Taschentuch durch die Duarte. Carl fragte sich jeden Tag, wie er dieser Falle entkommen konnte, ohne Ana zu verlieren. Er fand keine Lösung.

»Nimm mich mit!« hatte sie gesagt, und er wünschte, er hätte die Mittel dazu. Er hatte sie nicht. Er wußte inzwischen, was das Leben in einem fremden Land in den ersten Wochen kostete. Schon für ihn allein würde es schwierig werden.

Die Eusebio Manzueta bietet das vertraute Bild: halbseidene Gestalten im Schatten der Häuser, barfüßige junge Mädchen, zu allem bereit, Krüppel, plärrende Radios, Generatoren, Müll. Carl steigt die gelben Treppen des meergrünen Hauses hinauf. Auf den Treppen spielen Kinder. Sie machen kein Aufhebens um ihn. Er gehört schon seit langem dazu in der Eusebio Manzueta.

Er erreicht das Dach und geht auf die drei Bretterhütten zu. Schweiß läuft ihm in die Augen. Er blinzelt. Das Flachdach verdoppelt die Hitze. Zwinkernd im flimmernden, weißen Mittagslicht sieht er das Vorhängeschloß an Anas Tür. Es gefällt ihm nicht, dieses Vorhängeschloß. Etwas ist falsch daran. Er tritt näher. Das Schloß ist offen – das ist das Falsche. Er reißt die Tür auf. Das Zimmer ist leer. Anas Sachen sind verschwunden.

Carl stürzt hinaus ins gleißende Licht und hämmert an die Tür der nächsten Hütte. Ein Mann kommt heraus, derselbe, der in der Erdbebennacht die Pappwände zum Schwingen gebracht hat.

»Wo ist Ana?«

»Sie haben sie geschnappt«, sagt José mit ausdruckslosem Gesicht.

»Was soll das heißen?«

»Na, geschnappt eben. Sie sitzt.«

»Und ihre Sachen?«

»Hat Isabel. Sie hat das Zimmer neu vermietet.«

Carl steht da auf diesem Dach in der brüllenden Hitze der sterbenden Stadt – bewegungslos, wie vom Blitz getroffen. Plötzlich liebt er dieses Mädchen mit grausamer Heftigkeit. Er legt José die Hand auf den Arm, schaut ihm in die trüben Augen und geht weg. Die Kinder spielen immer noch auf der Treppe. Sie nehmen immer noch keine Notiz von ihm. Er geht hinaus auf die Straße. Die Straße sieht aus wie vorher. Nur führt sie jetzt deutlich bergab.

Vierundachtzig

»Dank meiner persönlichen Kontakte habe ich herausgefunden, worum es geht«, sagte der Anwalt triumphierend. Er trug ein blau-weiß gestreiftes Hemd, eine rosarote Krawatte und den Ausdruck völliger Zufriedenheit im Gesicht. An seinen Händen glänzten goldene Ringe und abgekaute Fingernägel. Die Luft in seinem Studio war vom Duft der Lotionen und Brillantinen geschwängert, mit denen er sich fein machte. Das Parfüm der kleinen Ines aus *Carmens Blut* hatte keine Chance, sich bemerkbar zu machen.

»Marihuana?« fragte sie fast unhörbar.

Der Anwalt schüttelte den Kopf. Er zündete sich eine Zigarette an, um die Sache spannend zu machen, blies einen Rauchring und runzelte die glatte Stirn.

»Sie«, sagte er schließlich und zeigte mit einem der abgekauten Nägel auf Carl, »Sie haben vor einer Woche mit ihr im *Fliegenden Hund* Champagner getrunken. Stimmt das?«

Carl nickte.

»Während Sie auf der Toilette waren, hat ein junger Mann versucht, Ihre Begleiterin ins nächste Hotel zu schleppen. Sie hat abgelehnt. Als der Junge zudringlich wurde, hat sie ihm eine Bierflasche über den Kopf gezogen.«

»Na und?« fragte Ines mit großen, runden, staunenden Augen. Von welchem Santo Domingo sprach dieser Mann auf der anderen Seite des Plastikschreibtisches? Nicht von ihrem Santo Domingo. In Ines' Santo Domingo wurde jede Nacht ein paar hundert Leuten eine Flasche über den Schädel gezogen. Noch nie war deswegen jemand verhaftet worden.

»Der Vater des Jungen ist Oberst im aktiven Dienst«,

sagte der Anwalt und ließ genüßlich jedes Wort auf der Zunge zergehen. Jeder wußte, daß das Militär allmächtig war in dieser Republik. Ines wurde blaß.

Der Anwalt stippte die Asche auf den Boden, lehnte sich zurück und faltete die Hände. Die Ringe blitzten in der Nachmittagssonne.

»Man spricht von einem verletzten Auge. Man spricht von Operation. Der Richter wird eine hohe Kaution verlangen.«

»Wie hoch?« fragte Carl.

»Ich rechne mit vierhundert Pesos. Über mein Honorar reden wir nach erfolgter Freilassung. Sobald Sie mir die vierhundert Pesos bringen, kann ich die erforderlichen Maßnahmen einleiten.«

Carl legte vier Hunderter auf den Tisch. Der Anwalt steckte sie in die Hemdentasche.

»Kommen Sie morgen früh gegen elf. Um elf wird Ihre Freundin frei sein.«

»Kann ich sie sehen? Jetzt?«

»Kein Problem. Das Polizeigefängnis liegt keine zwei Blocks von hier. Geben Sie dem Beamten fünf Pesos, das sollte genügen.«

Carl gab dem Polizeibeamten fünf Pesos. Es genügte. Der Beamte führte ihn zu einem flachen Gebäude hinter der Wache und zog sich zurück. Carl blickte durch eine Gittertür in einen düsteren Raum. Der Raum enthielt etwa zwanzig Frauen und sonst nichts. Die Frauen lehnten an den Wänden oder saßen auf dem Boden. Es gab kein Bett da drin, keinen Stuhl und kein Closett. Intensiver Uringeruch würzte die Luft. Ana kauerte in der hintersten Ecke. Sie hatte die Bluse ausgezogen, und ihre bloßen Brüste starrten vor Schmutz. In ihren Augen stand der Ausdruck eines gehetzten Tieres. Sie schaute Carl lange an, dann dreht sie den Kopf weg und starrte auf die Wand. Von Ines nahm sie überhaupt keine Notiz.

Die übrigen Frauen drängten zur Tür und streckten die Hände aus.

»Gib mir einen Peso!«

»Gib mir eine Zigarette!«

Carl verschenkte sein Kleingeld und verteilte die Zigaretten, die er bei sich hatte. Seine Augen hingen an Ana. Sie war als einzige nicht zur Tür gekommen. Sie starrte weiter auf diese Wand, als erscheine da ihr ganz persönliches Menetekel.

Im Restaurant um die Ecke trank er mit Ines ein Bier, während sie in der Küche zusammenstellten, was er bestellt hatte: gebackene Hühner, gebratene Fische, Braten, Reis, Kuchen, Zigaretten, Wasser, Säfte, Bier, Toilettenpapier. Sie waren gut vorbereitet in diesem Restaurant. Sie hatten für alles die passenden Plastikgefäße. Es zahlte sich aus, ein Restaurant neben dem Polizeigefängnis zu betreiben.

Diesmal kam sie zur Tür.

Für weitere fünf Pesos erlaubte der Beamte die Übergabe des Freßpakets. Ana nahm es in Empfang, ohne Carl anzusehen. Müde verteilte sie den Inhalt an die Mitgefangenen. Sie selbst rührte nichts davon an. Sie ging in ihre Ecke zurück und kauerte sich auf den Boden. Ihr Kopf sank auf die Brust, als sei er ihr für alle Zeiten zu schwer geworden. Als sie ihn wieder hob, traf ihr Blick Carl wie eine Peitsche. Die Resignation darin hatte sich in Haß verwandelt.

Auf dem Weg zurück nach Villa Consuelo lag ein billiges Hotel. Ines kannte es.

»Du bist also ihre beste Freundin?« fragte Carl.

Sie nickte.

»Dann laß uns da reingehen!«

Ein ziemlich hirnrissiger Gedanke spukte in seinem Kopf herum. Der Gedanke beruhte auf der Erfahrung, daß der Mensch nur selten so viel Energie freisetzt wie beim Geschlechtsakt. Während Carl hinter Ines' winzigem Arsch die Treppe hinaufstieg, bereitete er sich auf einen hyperenergetischen Ana-Gedenkfick vor. Auch das unterste Chakra war schließlich ein Chakra. Es saß da, wo die Kundalini-Kraft wohnt – im Genitalbereich. Die Kundalini-Kraft würde die Energie dahin tragen, wo sie gebraucht wurde: ins Polizeigefängnis.

Was schließlich dabei herauskam, war eine kraftlose, von Traurigkeit überschattete Nummer, denn keiner der beiden Akteure war so recht bei der Sache. Ihre Gedanken kreisten um Ana. Das Chakra war abgemeldet.

»Meinst du, sie hat gewußt, wen sie da mit der Flasche traktiert?« fragte Carl, während sie sich anzogen.

»Er ist ein Stammkunde von ihr«, antwortete Ines und knöpfte die Bluse zu.

Fünfundachtzig

Als er am nächsten Morgen gegen elf Uhr den Anwalt aufsuchte, stand Carl vor verschlossenen Türen. Er setzte sich in den Schatten und wartete. Gegen zwölf erschien die Sekretärin.

»Er ist im Gericht«, sagte die Sekretärin mit der Stimme einer welken Margarite. »Mehr weiß ich nicht.«

Es war halb eins, als Carl das Gerichtsgebäude in der Zona Colonial betrat, ein klassisches spanisches Bauwerk, errichtet um einen Patio mit einem Springbrunnen, ehrwürdig, mächtig, katholisch. In den Säulengängen wimmelte es von Menschen. Alle Welt in Santo Domingo schien in einen Prozeß verstrickt – Campesinos und kleine Gangster, Huren und Geschäftsleute saßen Seite an Seite auf den Steinbänken und warteten auf ihren Auftritt, auf ihr Urteil, auf ihren Sieg oder ihre Niederlage, und zwischen ihnen schwänzelten die Anwälte hin und her, verfolgt von erblondeten Sekretärinnen, Arm in Arm mit den besseren Kunden in den dunkelblauen Tuchanzügen, mit glatten, lächelnden Gesichtern, wohlgenährt und sauber. Die Galerie über dem Haupteingang war vergittert, und zwischen den Gitterstäben ragten Beine hervor. Über den Beinen waren Hände zu erkennen, die die Gitter umklammerten. Hier warteten die männlichen Gefangenen auf ihre Freilassung oder die Verkündung des Strafmaßes, fast alle barfuß, viele von Grind und Schorf bedeckt, die meisten mit zerrissenen Hosen.

Am Ende des Hauptganges entdeckte Carl den Raum der weiblichen Gefangenen. Vor den Gittern drängten sich Männer. Sie betrachteten ausgiebig das Weiberfleisch da drin, das ihren Blicken schutzloser denn je ausgeliefert war.

Sie witzelten und erzählten mit lauter Stimme ihre Zoten. Die Frauen lachten. Ana war nicht unter ihnen.

Schließlich fand Carl den Anwalt. Er stand in einer Gruppe von Männern, die bedeutsam dreinschauten und zweifellos zu den besseren Kreisen von Santo Domingo gehörten. Carl trat zu der Gruppe. Der Anwalt schien einen äußerst wichtigen Sachverhalt zu erklären.

»Augenblick mal!« sagte Carl und legte ihm die Hand auf die Schulter. Der Mann fuhr herum wie von der Tarantel gestochen.

»Wo ist Ana?«

Der Anwalt zog ihn von der Gruppe fort. Die Männer hoben die Augenbrauen.

»Es ist etwas dazwischen gekommen«, flüsterte der Anwalt. »Wir brauchen das Zeugnis des Amtsarztes, aber der arbeitet nur am Nachmittag. Und das Gericht hört um zwei Uhr mit der Arbeit auf. Morgen, kommen Sie morgen! Sie können schon um neun kommen. Morgen wird sie frei sein.«

Carl verließ das Gerichtsgebäude und machte sich auf den Weg zum Polizeigefängnis. Er fühlte einen dumpfen Zorn in sich aufsteigen, einen unguten Zorn, der alles einschloß, was er sah, hörte, schmeckte, roch und spürte: die tief hängenden schwarzen Wolken über der Stadt, den Film aus Schweiß und Staub auf seiner Haut, die ausgestreckten Hände bettelnder Kinder, die Hochglanztouristen vor dem Palacio de los Capitanes, das Parfüm der Edelnutten in der Calle El Conde, den Schwefel der Duarte, den sauren Geschmack der Zigaretten, den Geräuschbrei oberhalb der Grenze des Erträglichen, das Geschiebe auf den Gehwegen, die toten Augen derer, die ihn rempelten, das Gesabber der Idioten – alles. Monatelang hatte er den Horror der Stadt ertragen, ohne mit der Wimper zu zucken. Jetzt schlug er über ihm zusammen. Von einem Tag auf den anderen hatte er ihm nichts mehr entgegenzusetzen. Zum ersten Mal seit seiner Ankunft empfand er Santo Domingo als eine Bedrohung. Zum ersten Mal blickte er in sein wirkliches Gesicht und sah die Fratze.

Auf dem Fünften Revier weigerten sie sich, ihn ein weiteres Mal zu Ana durchzulassen. Die Leiterin des Reviers war aus dem Urlaub zurück. Wie ein böses Omen saß sie an ihrem Schreibtisch und versperrte den Durchgang zum Gefängnishof. Ihre Brillengläser funkelten erbarmungslos. Carl erschien sie wie ein bebrilltes, bewaffnetes Nilpferd, aber immerhin gestattete sie ihm, die Plastikgefäße mit dem Essen, die Pappbecher mit den Getränken, die Zigaretten und die Streichhölzer dazulassen. Carl zog sich zurück, Mord in den Augen.

Er vergegenwärtigte sich das Bild vom Vortag: Ana mit bloßen, schmutzigen Brüsten, im Gesicht den Ausdruck einer gehetzten Gazelle, den Blick in die Wand gebohrt, stumm; dann der lange, wie tote Blick in Carls Augen; schließlich der letzte, kurze, voller Haß. Ihm dämmerte, was in ihr vorging. Sie hatte diesem Kerl eine Flasche über den Schädel gezogen, weil sie die Nacht mit Carl verbringen wollte, anstatt anzuschaffen. Sie hatte gewußt, was sie tat und wen sie vor sich hatte. Sie hatte sich übernommen, und jetzt saß sie in diesem Loch – für Carl. Sie hatte die Zugbrücke heruntergelassen und Carl den Zutritt zu ihren Gefühlen gestattet. Vermutlich hatte sie diesen Schritt schon öfter getan in den vergangenen achtzehn Jahren. Vermutlich hatte sie sich eines Tages geschworen: nie wieder! Und dann war es doch wieder passiert, und wie immer war es sie selbst, die am Ende die Zeche zahlte. Und als wäre das Maß nicht voll genug, hatte Carl ihr zehn Minuten nach dem verhängnisvollen Schlag verkündet, daß er sie verlassen würde. Ja, sie hatte Grund für haßerfüllte Blicke. Carl war schuldig.

Als er das *Siglo 20* erreichte, hatte sich sein Zorn in ein nagendes Schuldgefühl verwandelt. Fermins gesamter Rumvorrat reichte in dieser Nacht nicht aus, um es zu ertränken.

Sechsundachtzig

Juan Bosch hatte das Pech gehabt, dem Dauerpräsidenten Joaquin Balaguer für ein paar Jahre das Amt abzunehmen. Jetzt stand er mit einer Anklage wegen Korruption vor Gericht. In den Straßen rund um den Justizpalast patrouillierte Militär. Vor dem Haupteingang war ein Markt entstanden. Wer etwas zu verkaufen hatte, bot es auf den Stufen von Justitias Tempel an. Das Gebäude selbst hatte sich in einen Hexenkessel verwandelt. Schwer- und Schwerstbewaffnete in allen möglichen Uniformen standen vor den Türen der Büros und Gerichtssäle, lehnten an den Arkaden oder spazierten durch die Gänge. Journalisten und Diplomaten in Begleitung der schönsten Kurtisanen der Dominikanischen Republik stritten sich um Plätze im Verhandlungssaal. Es summte wie in einem Bienenkorb.

Es war Carl gelungen, mit einer Gruppe europäischer Presseleute in das Gebäude zu schlüpfen. Jetzt suchte er seinen Anwalt. Er fand keine Spur von ihm. Er ging hinüber zum Aufenthaltsraum der weiblichen Häftlinge und fand ihn leer. Er schaute auf die Empore, wo am Vortag die männlichen Häftlinge die Beine durch die Eisenstäbe gesteckt hatten, und entdeckte niemand. Er fand einen Platz auf einer Steinbank nicht weit vom Verhandlungssaal und setzte sich. Heute war Freitag. Wenn sie Ana heute nicht freiließen, würde sie das Wochenende im Polizeigefängnis verbringen müssen. Gegen elf entdeckte er den Anwalt. Mit einem strahlenden Lächeln kam er auf ihn zu.

»Es ist alles in Ordnung«, sagte er. »Ich habe noch gestern mittag die Kaution bezahlt.«

»Und Ana?«

Das Lächeln erlosch.

»Ach ja, Ana. Ana hat ein bißchen Pech. Aus Sicherheitsgründen ruhen sämtliche Rechtsgeschäfte. Wir eröffnen heute einen großen Prozeß, einen *wichtigen* Prozeß. Montag, kommen Sie am Montag. Am Montag holen wir sie raus!«

Er drehte sich um und schwänzelte davon.

Bosch würde seine Freude an ihm haben.

Siebenundachtzig

Carl legte das mörderischste Wochenende seit seiner Ankunft hin. Jetzt, da ihm die Felle davongeschwommen waren, suchten ihn Schübe von Gewalttätigkeit heim. Sonst eher gutmütig und nachsichtig, förderte er Touristenqualitäten zu Tage: sobald er einen winzigen Fehler, eine minimale Unregelmäßigkeit entdeckte, polterte er los – und an Anlässen dazu herrschte keinerlei Mangel in Santo Domingo.

Den Samstagnachmittag verbrachte er auf der wiedereröffneten Rennbahn, trank schwer, schimpfte unflätig und laut auf das Management (»Korrupte Schweine, dominikanische!« brüllte er hinauf zur Ehrentribüne und drohte mit der Faust) und war schließlich nahe daran, einer mandeläugigen, milchkaffeefarbenen Kellnerin den Hals umzudrehen, weil sie ihm nicht genug Eis brachte. Nach dem vierten Rennen suchte er das Weite. Ein letzter Rest von Vernunft sagte ihm, daß er selber im Polizeigefängnis landen würde, wenn er so weitermachte.

Er machte so weiter. In Villa Francisca, einem Viertel, das sich nur durch das höhere Verkehrsaufkommen von Villa Consuelo unterschied, schwankte er auf eine Bar zu. Die Bar ließ an Eindeutigkeit nichts zu wünschen übrig. Seeleute und stämmige Huren gingen aus und ein. Carl erreichte den Eingang.

»Halt! So kann ich Sie nicht reinlassen.«

Die Stimme kam von einem Hünen. Der Hüne steckte in einem weißen Dinnerjackett und verrichtete offenbar die Arbeit eines Türstehers.

»Ich bin stocknüchtern, Mann! Geh aus dem Weg!«, knurrte Carl.

Der Hüne ergriff seinen Oberarm. Der Schmerz ließ Carl die Unterschiede in Körpergröße und Bewaffnung erkennen: in der Hand hielt der Mann ein Messer. Das Messer zeigte auf Carls Füße. Carls Füße steckten in leichten Ledersandalen.

»Ob du nüchtern oder besoffen bist, ist mir schnuppe«, flüsterte der Türsteher. »Aber Penner, die nicht mal Schuhe haben, lassen wir hier nicht rein. Und jetzt verschwinde!«

Er ließ los.

»Verfluchte Heuchler!« sagte Carl auf Deutsch. Dann ging er über die Straße, schenkte die Sandalen einem Bettler und kaufte ein Paar billige Plastikschuhe. Den Türsteher würdigte er keines Blickes, als er in die Bar stürmte, nur um sie nach zwei Minuten wieder zu verlassen.

In der Nacht legte er sich mit einer Stripperin an. Die Stripperin bediente sich aus seiner Rumflasche, ohne die in solchen Fällen vorgesehene Leistung zu erbringen. Die Gorillas in dem Schuppen machten kurzen Prozeß: sie warfen ihn auf die Straße. Irgendwie erreichte er das Hotel.

Am Sonntag gestand er sich ein, daß er eine Null war. Es war ihm nicht einmal gelungen, Ana dieses Wochenende auf dem Fünften Revier zu ersparen. Der Kater verstärkte die Depression. Als er beim Zähneputzen in den Spiegel schaute, entdeckte er ein zerstörtes Gesicht. Es gefiel im nicht, dieses Gesicht. Er verpaßte ihm eine rechte Gerade. Das Gesicht zersplitterte. In der Hotelbar goß er Rum auf die Schnitte in seiner Hand, dann soff er den Kater in die Flucht. Bis Sonnenuntergang zog er durch die Kneipen, knurrte, bellte, schlug mit der Faust auf Tische und trank. Dann endlich war er am Ende: sein Körper machte nicht mehr mit. Ein Taxi fuhr ihn ins Hotel. Fermin brachte ihn ins Bett.

Achtundachtzig

Am Montagmorgen stand Carl mit dröhnendem Schädel im Gericht. Die Rechtspflege hatte wieder zur Normalität zurückgefunden. In den Gängen flanierte das Gesindel der Unschuldigen, saubere, gepflegte Rechtsdiener mit Sonnenbrillen und 24-Stunden-Koffern. Sie spuckten in regelmäßigen Abständen auf den Boden, dann wandten sie sich wieder ihren Opfern zu. Carl schaute sich suchend um. Sein Anwalt war nirgends zu sehen. Ein abgehalfterter Preisboxer mit einer Schiebermütze aus schwarzem Leder und einem ehemals weißen Hemd kam auf ihn zu.

»Sie sind Carl?«

Er nickte.

»Ich bin Ihr neuer Anwalt. Ich arbeite mit Celeste zusammen. Celeste hat einen wichtigen Fall. Ich werde die Sache in Ordnung bringen.«

Der Mann sah so verboten aus, daß Carl sofort Vertrauen zu ihm faßte.

»Und was werden Sie unternehmen?«, fragte er.

»Zuerst müssen wir die Kaution bezahlen«, war die Antwort. Er sah das ungläubige Staunen in Carls Gesicht, langte in die Tasche und zauberte fünfhundert Pesos hervor.

»Nehmen Sie das! Ich will, daß Sie mir vertrauen. Wenn das Mädchen frei ist, geben Sie mir das Geld zurück. Einverstanden?«

Eine Viertelstunde später fuhren Carl und sein neuer Anwalt auf einem Motorrad ohne Bremsen durch das Verkehrschaos von Santo Domingo zum Polizeigefängnis, um dafür zu sorgen, daß Ana zum Gericht gebracht wurde. Auf der Wache erfuhren sie, daß sie bereits auf dem Weg dorthin war. Sie fuhren zurück.

Sie stand an der Gittertür. Jemand hatte ihr offenbar frische Kleider gebracht, sie war gewaschen und geschminkt. Sie unterhielt sich mit Ines und keinem Geringeren als ›Dem Hecht‹. Sie lächelte, die Stimmung war gelöst. Sie preßte ihren Körper gegen das Gitter und berührte ›Den Hecht‹. Ihre Hand lag um seinen Nacken.

Carl trat näher. Die Begrüßung bestand aus einem kurzen, eisigen Blick, dann wandte sie sich wieder den anderen zu. Carl ging weg. Eine halbe Stunde später waren die Besucher verschwunden. Carl stellte sich an die Tür. Ana lehnte im Hintergrund der Zelle an der Wand. Er winkte ihr. Stumm schüttelte sie den Kopf.

Gegen vier kehrten Ines und ›Der Hecht‹ zurück. Ein Schließer öffnete die Zellentür. Jetzt, als der Schlüssel sich kreischend drehte, gab Carl dem Anwalt seine fünfhundert Pesos zurück. Der Mann hatte saubere Arbeit geleistet. Carl zahlte ihm einen Fünfziger extra.

Im Kreis ihrer Freunde schritt Ana hocherhobenen Hauptes mit ihrem geraden, stolzen Gang durch den Flur des Gerichts, an Carl vorbei, hinaus in die mörderische Freiheit von Santo Domingo. Ihre Augen funkelten kalt. Die Zugbrücke war wieder oben. Sie war wieder Hure geworden. Die Vergangenheit hatte sie eingeholt, und die Zukunft lag in so weiter Ferne, wie sie immer gelegen hatte.

Neunundachtzig

Das Telefon- und Telegrafenamt lag in der Federico Henriquez y Carvahal nicht weit vom Parque de la Cultura. Carl hatte eine vage Verabredung mit Eric, sich im Spätherbst in Los Angeles zu treffen. Da er sich inzwischen wie ein blinder Passagier auf einem Dampfer ohne Ziel fühlte, gedachte er, diese Verabredung einzuhalten. Der Weg zum Telefon allerdings geriet ihm zum Kreuzweg. Er führte am Fünften Polizeirevier vorbei und an der Kanzlei des windigen Celeste, er passierte das Stundenhotel, in das er sich mit Ines verkrochen hatte, und die Ecke, an der er Bea kennengelernt hatte. Stationen eines sinnlosen Trips? Momente im schmerzhaften Prozeß der Häutung? Oder Orte, an denen er das Manna des prallen Lebens empfangen hatte?

Eine Woche nach Anas glorreichem Auszug aus dem Justizpalast und aus Carls Leben hatte er noch immer keine schlüssige Antwort auf diese Fragen gefunden, aber er hatte keine Eile dabei. Das Leben selbst würde die Antworten liefern, wenn nicht heute, dann morgen. *Sein* Leben. Er fragte sich nicht, wie es weitergehen würde. Er hatte genug Acid geschluckt in den vergangenen Jahrzehnten, um sich über die Sinnlosigkeit einer solchen Frage klar zu sein. Nur eines wußte er: er würde nicht nach Europa zurückgehen. Er würde nicht aufgeben. Die Suche, der Trip, die Häutung würden weitergehen, und wenn das in Santo Domingo nicht möglich war, dann würde es zum Teufel nochmal woanders möglich sein.

Gewiß, er stand vor einem Trümmerhaufen. Sein Geld war so gut wie aufgebraucht, seine Gesundheit angeschlagen, und die Frau, die er gesucht und gefunden hatte, hatte er nicht zu halten vermocht.

Das alles zuwege zu bringen, hatte ihn gerade mal ein Dreivierteljahr gekostet.

›Ein erstaunliches Ergebnis!‹ sagte er sich. ›Andere brauchen wesentlich länger, um sich zu ruinieren. Junge, ich bin stolz auf dich!‹

Er überquerte eine Straße und erreichte mit knapper Not die andere Seite. Ein Gemeinschaftstaxi ohne Türen verpaßte ihn um nicht mehr als zehn Zentimeter. Das Erlebnis gab den Ausschlag: Carl entschied sich, zumindest für den Augenblick die Schuld an der Katastrophe den Umständen in die Schuhe zu schieben, der Krise, der Agonie dieser Stadt, den Stromausfällen. Schreiben war die einzige Droge, von der er wirklich abhängig war. Wenn er längere Zeit nicht schrieb, verlor er die Kontrolle über sich, und seine Beziehung zur Wirklichkeit wurde trübe. Die Umstände hatten ihn von seiner Brother de Luxe abgekoppelt. Die Umstände waren schuld an dem Debakel.

Er stand vor dem Telefon- und Telegrafenamt und verschob alle weiteren Überlegungen auf unbestimmte Zeit. Fünf Minuten später sprach er mit Eric in München.

»Komm nach L. A.«, sagte Eric. »Ich habe ab übermorgen ein Haus für uns am Strand von Malibu. Und Geld habe ich auch für dich.«

»Wann fliegst du?« fragte Carl.

»Morgen.«

»Dann bis übermorgen«, sagte Carl und legte auf.

Als er aus dem klimatisierten Amt hinaus in die feuchte Hitze der Straße trat, hatte er das Gefühl, ein Traum und ein Alptraum näherten sich brüderlich vereint ihrem Ende. Eine Weile starrte er auf das Verkehrschaos, registrierte den Schweiß, der sein Hemd näßte, die allgegenwärtige Musik, den schalen Charme der röchelnden Stadt.

Das alles würde er hinter sich lassen. Das alles würde ihm schon bald fehlen.

Zwischen Lachen und Weinen entschied er sich für die dritte Lösung: er sang.